Nadja Sennewald

RunRabbitRun

PIPER ORIGINAL

Nadja Sennewald

RunRabbitRun

Roman

Piper München Zürich

Fuer Rolf und Elke Sennewald

Originalausgabe
Juli 2004

Gesamtherstellung: Clausen & Bosse, Leck
Printed in Germany ISBN 3-492-27075-1

www.piper.de

1

Aus den Augenwinkeln sehe ich was Dunkles zwischen den geparkten Autos, auf der Straße, direkt vor mir, reiße an den Bremsen, krache volle Wucht in was Großes, Körperliches, Menschliches. Ich stoße mich vom Bike ab, lande hart auf der Straße, schürfe mit den Handflächen den Asphalt entlang. Straße, ich liege auf der Straße. Meine Hände brennen nicht. Ich bin gelähmt, ich kann sie nicht spüren. Ich bewege den Arm, der Arm bewegt sich, ich bin nicht gelähmt. Meine Handflächen sind nicht aufgeraspelt, ich habe die Bike-Handschuhe an, genau. Mir gehts gut, relativ gut. Versuche mal aufzustehen, geht ganz gut das Aufstehen. Verdammt, das Bike! In der Vorderfelge wölbt sich eine fette Acht. Black Beauty, noch nicht abbezahlt ist meine schwarze Schönheit und schon ist sie Schrott. Ich könnte heulen. Neben Black Beauty liegt dreckverschmiert ein Typ und stöhnt.

»Verdammte Scheiße, du hast ja wohl den Arsch offen!« Der Typ antwortet nicht.

»He, alles klar?« Er stöhnt wieder. Edle Klamotten hat der Junge, dreckig aber teuer, der ist nicht von hier, der kommt bestimmt aus nem Nobelviertel. Blut fließt aus seiner Nase.

»Also nicht klar. O.K., ich ruf dir jetzt nen Krankenwagen.« Der Typ öffnet halb die Augen und sagt: »Keinen Arzt, bitte, keinen Notarzt. Geht gleich wieder.« Er spuckt ein bisschen Blut und schließt die Augen. »Sieht aber nicht so aus, als obs gleich wieder geht. Ich hol jetzt nen Arzt.« Er macht die Augen wieder auf und streckt seine Hand aus: »Nein, hilf mir mal hoch, dann gehts schon.« Wenn er meint. Ich packe seine Hand und ziehe ihn mit Schwung hoch. »Aaah!« Er schreit auf und fällt wieder um. »Sag ich doch, dass nix geht. Ich ruf den Arzt.« Ich klicke das Smart Phone vom Gürtel und tippe die Notrufnummer.

»Nein!« Er schlägt nach mir, das Smartie fällt mir aus der Hand, gerade noch greife ich das Gerät aus der Luft, knapp, bevor es auf den Boden schlägt.

»Spinnst du? Das ist ein empfindliches Teil, Firmeneigentum!« Beinahe hätte ich ihn zurückgeschlagen, halte mich gerade noch zurück. Seine Nase blutet schon. »Tschuldige«, sagt der Typ schwach. »Ich bin echt in Schwierigkeiten. Ich kann nicht zum Arzt.« Jetzt macht der einen auf Mitleid. Ich glaubs nicht.

»Hör mal, ich hab dich voll umgenietet. Stell dir vor, du kriegst heut Nacht ne Hirnblutung und krepierst, dann bin ich schuld. Nee, nicht mit mir. Du gehst zum Arzt.«

Der Typ ist grau im Gesicht. Das Blut hat er sich mit dem Ärmel quer übers Gesicht gewischt. »Bitte. Du musst mir das glauben. Ich kann auf keinen Fall zum Arzt. Mir gehts gut, das ist nur Nasenbluten. Und mein Fuß tut weh, aber das ist bestimmt morgen wieder O.K.« Wenn er nicht zum Arzt will, ist das sein Problem, da hat er Recht. Vielleicht hat er keine Gesundheits-Credits, da kann ein Krankenhausaufenthalt ganz schön reinreißen. Für Finanzprobleme habe ich gerade großes Verständnis.

»Na gut. Dann helf ich dir nach Hause. Wo wohnst du denn? Scheiße! Warte mal, ich sag schnell meine letzte Tour ab.«

Ich drücke die Nummer der Speedy-Gonzales-Zentrale. »He Bert, kannst du jemand anders in die Hausmannstraße schicken? Ich hatte gerade nen kleinen Unfall.«

»Alles klar mit dir, hast du dir was getan?«

»Nee, aber das verfickte Vorderrad hat nen kleinen Achter. Muss das morgen Vormittag erst mal reparieren.«

»Hattest du wieder Musik auf beiden Ohren?«

»Komm Berti, lass gut sein. Ich meld mich, wenns Rad wieder fit ist.«

Ich beende das Gespräch und wende mich wieder dem Typen zu.

Der hat sich inzwischen aufgesetzt. Scheint wirklich schon besser zu gehen.

»Hilf mir mal hoch.« Diesmal klappt es. Mit schiefem Mund balanciert er auf einem Bein.

»Also, wo wohnst du?«

»In ... in ... na, in Berlin.«

»Mann, bist du behämmert. Welcher Bezirk, welche Straße, welche Hausnummer?«

Er knautscht sein Gesicht noch schiefer. »Keine Ahnung.«

»Kein Wunder, dass du mir vors Rad läufst, wenn du nicht mal checkst, wo du wohnst. Wie heißt du? Dann scann ich den Adressindex mit dem Smartie.«

Seine Nase fängt an zu zittern. Sieht bescheuert aus in dem geknautschten Gesicht. Der versucht an mein mitfühlendes Herz zu appellieren. Seine Entschiedenheit von vorhin, sein »Nein, kein Arzt, mir gehts gut«-Getue ist verdunstet. Er sieht aus wie ein Kaninchen auf der Autobahn. Hoffentlich fängt er jetzt nicht an zu heulen.

»Hallo, wie heißt du?«

»Ich weiß es nicht.«

»Du weißt nicht, wie du heißt?«

»Nein.«

»Mir langts. Ich ruf jetzt den Arzt.«

»Nein!« Er schreit richtig.

»Und was soll ich jetzt mit dir machen?«

Er zuckt mit den Schultern. Dann sagt er zaghaft: »Vielleicht könnte ich zu dir ... erst mal?« Ich glaubs nicht. Der Junge ist dreist bis zum Anschlag. »Vielleicht hast du ja ein Sofa? Oder eine Isomatte? Nur, bis ich ein bisschen ... ich meine, mir gehts gut, ehrlich. Nur bis morgen früh ... Bitte.« Die Dreistigkeit kennt keine Grenzen. Andererseits habe ich ihn umgemäht. Ich habe in den letzten Monaten keine Haftpflicht-Credits gezahlt. Die Haftpflicht ist essenziell in meinem Job. Ich habe überhaupt nichts gezahlt in den letzten Monaten, jeden Cent habe ich beiseite gelegt für das neue Bike, Scheinchen für Scheinchen, und mir dann die ganze Kohle klauen lassen. Wenn er die Bullen ruft und doch was Ernstes hat, bin ich schuld. Ich nehm ihn mit. Dann kann er mich wenigstens nicht wegen unterlassener Hilfeleistung drankriegen.

»O.K., du kannst bis morgen früh bei mir bleiben. Entweder dein Name fällt dir bis dahin ein oder ich bring dich zum Arzt. Kannst du dich auf dem Bike festhalten?«

Er nickt und sieht zu Boden. Eine Unterwerfungsgeste. Der macht mich aggressiv, voll das Opfer, der Typ. Warum habe ich son scheißweiches Herz, warum nehme ich den jetzt mit, ich habe echt genug eigene Probleme.

»Willkommen, willkommen, meine sehr verehrten Damen und Herren, Zuschauer und Zuschauerinnen, Boys und Girls. Willkommen bei einer weiteren Runde von ›RunRabbitRun‹, Ihrer Reality-Show mit dem Extra-Kick. Extra-Kick und Extra-Klick, denn Sie sind live dabei! Das Jagdfieber steckt in uns allen, das Abenteuer ruft, der Hase rennt. Nun, schalten wir doch mal zum Hasenstall und sehen nach, was unser Häschen heute so getrieben hat. Die neuesten Hinweise über die heutige Route unseres hakenschlagenden Nagetierchens, dazu Tipps und Vermutungen über sein aktuelles Schlupfloch gibts unter www.runrabbitrun.tv für nur zwei Euro pro Minute. Ich bin Tobby Reissen und begleite Sie wie immer durch die Show.«

h.b. klickte »RunRabbitRun« in die rechte untere Ecke ihres Bildschirms und stellte den Ton leiser. Sie schlürfte einen Schluck schwarzen Kaffee. Eigentlich musste sie die Links von www.schuhnaumann.de ein letztes Mal überprüfen. Sie hatte überhaupt keine Lust dazu, es war ein komplett öder, uninspirierter Webauftritt eines Familienbetriebs. Herr und Frau Naumann wussten zwar nicht, was sie wollten, aber dafür genau, was sie nicht wollten. »Wir sind ein seriöses und gediegenes Schuhhaus. Wir bitten Sie, das bei der Gestaltung unseres Webauftritts in Betracht zu ziehen und keine aufdringlichen Farben zu verwenden.« Nun rotierten beige Gesundheitsschuhe langsam vor braunem Hintergrund. Die Naumanns waren auf orthopädische Schuhe spezialisiert. Das Durchschnittsalter ihrer Kunden lag bei fünfundsechzig, einer Altersgruppe, in der sich das elektronische Shopping besonders durchgesetzt hatte. Schließlich hatten sogar die Naumanns die Zeichen der Zeit erkannt und doch noch einen Webauftritt in Auftrag gegeben.

Ich hab den Typen auf Black Beauty quer durch die Stadt geschoben, im Zickzack, damit wir durch keinen Security-Check müssen. Der Idiot hat noch nicht mal ne Identity Card dabei. Ich bin Mutter Theresa und die Welt dankt es mir nicht. Die Welt sperrt mir meinen Account und straft mich mit Idioten. Mit seinem Fuß kann der Idiot nicht auftreten, und das Gewicht von zwei Personen wollte ich der Vorderfelge nicht zumuten. Also habe ich den Idioten eine Stunde durch die Stadt geschoben. Der Achter hat sich trotzdem noch stärker reingedreht. Da ist jetzt nichts mehr zu retten, ich muss ne neue Felge besorgen. Den Idioten bis in den vierten Stock zu hieven war ne Strafe Gottes. Mutter Theresa hätte sich vermutlich gefreut, aber die war ja auch katholisch. Meine Laune war schon vorher null, jetzt ist sie weit unter null. So was von unter null. Nahe am absoluten Gefrierpunkt.

»Hier kannst du pennen.« Ich schubse ihn aufs Küchensofa. »Essen ist im Kühlschrank.« Ich kann mich zu keiner weiteren Freundlichkeit durchringen. Der Idiot sieht so aus, als würde er am liebsten heulen. Ist mir egal. Ist mir nicht egal. Er soll sich scheiße fühlen, meine Felge ist im Arsch und er ist schuld.

h.b.s Tür öffnet sich: »Hallo Kookie!« Sie bleibt stehen und starrt auf die angematschte Gestalt auf dem Küchensofa.

»Was hast du denn mit dem gemacht?«

»Halbdebiles Unfallopfer«, raunze ich, schlage mit nem Tritt die

Zimmertür hinter mir zu und lasse mich auf meine Matratze fallen. Neben der Matratze steht die verdammte Kiste, auf der die nächste Rate lag, ehrlich verdient, cash, ein kleiner anachronistischer Papierhaufen. Gut, ich musste auf Papier ausweichen, weil ich die Summe aus meinem Account nicht mehr rausleiern konnte, aber der Fahrradhändler ist in Ordnung, der lässt sich auch auf Papier ein. Dass mir dieser alberne kleine Haufen von der Kiste geklaut wurde, das ist die Bösartigkeit der Welt. Sven das Schwein. Sven, der vermutlich gar nicht Sven hieß, mein letzter Zufallslover, Sven der Dieb, Sven-total-öde-im-Bett.

»Du siehst richtig scheiße aus!«
»Danke!«, sagte der Typ und lächelte sie schief an.
h.b. fühlte einen Schauder sozialer Kompetenz durch sich hindurchrieseln.
»Ich glaube, du brauchst Hilfe.«
Innerhalb der nächsten zehn Minuten versorgte sie ihn mit einem warmen Waschlappen (fürs Gesicht), einem kalten Waschlappen (für den Knöchel), Hustenbonbons (vorbeugend, für die Gesundheit) und einer mikrowellenerhitzten Frühlingsrolle (für das innere Gleichgewicht). Dann setzte sie einen weiteren Kaffee auf, ließ sich zufrieden auf das Sofa fallen und betrachtete das Unfallopfer. Etwas mitgenommen, aber unter dem Dreck ganz schön geschniegelt. Seine Haare waren akkurat und schwiegermutterkompatibel geschnitten, dazu trug er Neo-Dandy-Markenklamotten. Der Typ schnitt die Frühlingsrolle mit Messer und Gabel in wohlportionierte Stücke, schob sich einen Bissen mit der Gabel in den Mund, legte die Gabel zurück auf den Teller und kaute gründlich, bevor er den nächsten Bissen nachschob.
»Sag mal, wie heißt du eigentlich?«, fragte h.b.
Der Typ kaute an seiner Frühlingsrolle und antwortete nicht.
»Also, ich heiße h.b. Wie heißt du?«

Er wedelte mit der Hand, um ihr zu signalisieren, dass er mit vollem Mund nicht reden konnte, schluckte und strahlte sie dann mit sehr weißen Zähnen an: »Sehr lecker. Kann ich vielleicht noch eine haben?«

»Hallo, ich habe dir eine Frage gestellt! WIE HEISST DU?«

Sein Lächeln verblasste, seine Nase zuckte, und er steckte sich hektisch ein weiteres Stück Frühlingsrolle in den Mund.

»Ich weiß nicht, wie ich heiße«, sagte er mit vollen Backen und rieb sich die Nase. Er wich ihrem Blick aus. h.b. lehnte sich im Stuhl zurück und verschränkte die Arme. Sie glaubte ihm kein Wort.

Frau Schmidt-Schöffenbacher, Kommunikationspsychologin und Senderchefin von net.tv, tippte ungeduldig mit ihrem Smart Pen gegen den Monitor und machte dann einen türkisfarbenen Kringel um den Blazer von Tobby Reissen. Sie analysierte die jüngste Folge von »RunRabbitRun«. Der Blazer spannte ein wenig, Herr Reissen wurde etwas dick um die Mitte. So ging das nicht, das wusste er. Er musste mehr Selbstdisziplin zeigen oder sich einen Termin zur Fettentfernung machen lassen. Sie sprach Notizen in ihr Smart Phone. Die Kostümbildnerin würde auch eine Abmahnung erhalten. Wenn man nicht alles selbst machte, wenn man sich nicht ständig selbst einsetzte für Qualität und Leistung, dann würde es steil bergab gehen mit dem Niveau des Senders. Frau Schmidt-Schöffenbacher stand auf, strich den Rock ihres eisblauen Kostüms glatt und verließ sehr aufrecht ihr Büro, um Feierabend zu machen.

Jo schwang auf der Schaukel über den nächtlichen Mauerpark. Ein Hund kläffte. Links blinkte der Fernsehturm, geradeaus glitzerten vereinzelte Fensterlichter schlafloser Wohnsilobewohner. Auch er konnte nicht schlafen. Er fasste vorsichtig auf seinen glattrasierten Kopf. Der provisorische Verband aus Wundsalbe, Kompresse, Frischhaltefolie und Klebeband knisterte. Sein neues UV-chromatisches Headtattoo brannte und pochte. Den Verband sollte er noch ein paar Tage drauflassen, damit die Wunde gut abheilte. Er schwang sich höher und blickte nach oben. Ein Flugzeug tickerte rot-weiß durch den Nachthimmel, die Sterne zwinkerten. Die hatten gut zwinkern, die fanden seine irdischen Probleme lächerlich. Im Vergleich zu den großen Fragen des Kosmos waren sie das vermutlich auch. Jo spürte, wie Gänsehaut seine Arme hochkroch. Zu dem Schädelpochen gesellte sich das schlechte Gewissen. Seine Hände hatten das Geld genommen, nicht er. Seine Hände waren schneller gewesen als sein Verstand, er hatte nichts dagegen tun können. Vielleicht war es eine Art kosmische Prüfung gewesen, in irgendeiner Form bedeutsam für den Verlauf seines weiteren Lebens. Er hatte sie versaut, die Prüfung. Andererseits, wie konnte er da sicher sein? Sicher sein, dass es eine Prüfung war, die Auswirkungen auf seinen weiteren Lebensweg hatte? Es war wie mit den Lichtpunkten im Wohnblock: Er wusste nicht, dass es hinter ihnen Leben gab, er vermutete es nur. Jo schwang sich höher in den schwarzen Himmel. Vielleicht war er der einzige Bewusstseinsfunke im All. Vielleicht war alles andere nur Kulisse, um ihm vorzugaukeln, es gäbe andere Menschen. Vielleicht existierten Kookie und h.b. nur in seiner Vorstellung. Oder eine kosmische Kraft hatte beschlossen, das ganze Spektrum menschlicher Kleinlichkeiten wie Liebe, Freundschaft und Verrat zu studieren, und er war die Spielfigur. Kein Wunder, dass er nicht hatte widerstehen können, wenn er nur eine armselige Marionette war, ein Spielball gigantischer Mächte. Jo stellte sich vor, dass die Schaukelseile an einem unglaublich weit entfernten Punkt im All festgemacht waren, sodass er sich in unendlichen Schwüngen vor- und zurückbewegte. Ein göttliches Pendel, an dessen Ende er schaukelte. Sein Schädel fühlte sich an wie eine hauchzarte Porzellantasse, in der jemand den Tee mit einem Vorschlaghammer umrührte. Sein Magen boxte schmerzhaft nach oben, er musste würgen. Er rammte die Füße in die Erde, langsam kam die Weltraumschaukel zum Stillstand. Ihm war schlecht. Schwankend stand er auf und fand Halt am Schaukelpfosten. Er lehnte seine Stirn gegen den Pfahl und kotzte.

h.b. rieb sich die Augen. Es dämmerte, graues Licht breitete sich allmählich in ihrem Zimmer aus. Endlich fertig mit www.schuhnaumann.de. Keinen Tag länger schlechte Visipics von klobigen Schuhen in deprimierenden Brauntönen bearbeiten. Sie streckte sich in ihrem Chefsessel und gähnte. Der Sessel war ein Erbstück ihres Großvaters, ein wuchtiges Designerstück aus den 80ern, protzig aus schwarzem Leder und blinkendem Chrom. Ihr Großvater war ein fieser Ausbeuter gewesen, ein Kapitalistenschwein der alten Schule. Trotzdem, ohne den Chefsessel konnte h.b. nicht richtig denken. Von diesem Sessel aus spann sie genüsslich die Netze ihrer elektronischen Subversionen. In den letzten Wochen war dank www.schuhnaumann.de nicht viel Zeit für subversive Taten gewesen. h.b. seufzte. Was tat mensch nicht alles, um das Geld für Miete und Essen zusammenzubekommen. Kookie schuldete ihr drei Monatsmieten, das wurde langsam ein Problem. h.b. starrte auf die in Brauntönen gehaltene Webpage. Im Hintergrund liefen immer noch die Wiederholungsloops von »RunRabbitRun«. Sie fühlte sich viel zu müde, um jetzt noch die Gameshow auszuwerten. Sie streckte sich und ihr Blick fiel auf die *»Unabhängigkeitserklärung des Cyberspace«,* die sie hinter ihren Monitor an die Wand gepinnt hatte. Das historische Pamphlet hing dort als Motivationsmittel in demotivierten Momenten. h.b. begann die Zeilen zu überfliegen.

»Regierungen der Industriestaaten, ihr erschöpften Riesen aus Fleisch und Stahl, ich komme aus dem Cyberspace, dem neuen Zuhause des Geis-

tes. Im Namen der Zukunft bitte ich euch, die ihr der Vergangenheit angehört: Lasst uns in Ruhe! Ihr seid uns nicht willkommen. Dort, wo wir uns versammeln, habt ihr keine Macht.

Wir haben keine gewählte Regierung und werden wahrscheinlich nie eine haben – und so spricht aus mir keine größere Autorität als die der Freiheit selbst. Ich erkläre den globalen sozialen Raum, den wir errichten, als unabhängig von den Tyranneien, die ihr uns aufzwingen wollt. Ihr habt weder das moralische Recht, über uns zu herrschen, noch habt ihr Methoden der Durchsetzung, die wir wahrhaft fürchten müssten.

(...)

Der Cyberspace besteht aus Transaktionen, Beziehungen und Gedanken, die wie eine stehende Welle im Netz unserer Kommunikation angeordnet sind. Unsere ist die Welt, die überall und nirgends ist, aber nicht dort, wo Körper leben.

Wir erschaffen eine Welt, die alle betreten können, ohne Bevorzugung oder Benachteiligung aufgrund von Rasse, Wohlstand, Militärgewalt oder Herkunft.

Wir erschaffen eine Welt, in der alle, an jedem Ort, zu jeder Zeit ihre Überzeugungen äußern können, wie einzigartig diese auch sind, ohne Angst davor haben zu müssen, zum Schweigen oder zur Anpassung gezwungen zu werden.

Eure Rechtsvorstellungen von Eigentum, Meinungsfreiheit, Identität, Bewegungsfreiheit und kausalem Zusammenhang sind auf uns nicht anwendbar. Sie begründen sich alle aus der Materie, und Materie gibt es hier nicht.

(...)

Wir erklären unser virtuelles Selbst eurer Herrschaft gegenüber als immun, selbst wenn unsere Körper weiterhin euren Regeln unterliegen.

Wir werden uns über den ganzen Planeten verbreiten, sodass niemand unsere Gedanken einsperren kann. Wir werden eine neue Zivilisation des Geistes im Cyberspace erschaffen.

(...)

Der Autor dieser etwas barocken Unabhängigkeitserklärung, der ehemalige Textschreiber der Greatful Dead John Perry Barlow, hatte sich gründlich getäuscht. Das World Wide Web war seit langem vollständig kolonialisiert, der Austausch von Ideen und Informationen strikt reglementiert. Der Text war auf den 8. Februar 1996 datiert, den Tag, an dem in den USA der »Telecommunications Reform Act« beschlossen wurde. Wenige Jahre später folgte Europa mit der »Telekommunikations-Überwachungsverordnung«. Seitdem wurde die gesamte Kommunikation im www überwacht, in Europa war die Behörde »Enfopol« zuständig. Das www wurde im Prinzip nur noch als großer Supermarkt und staatlicher Verwaltungs- und Überwachungsapparat genutzt. Für Geld war dort alles zu haben, alles außer freier Information. Bei jedem Informationsaustausch wurden Kontaktprofile der User erstellt. Zusätzlich durchliefen alle Webseiten, Diskussionsforen und E-Mails Stichwortscanner, wurden bei verdächtigem Inhalt aussortiert und von den Behörden mitgelesen. Ein anonymer Aufenthalt im www war illegal und technisch kaum noch möglich.

Jeder Rechner war auf den Namen einer volljährigen Person registriert, jeder Weg, der von diesem Rechner im Netz beschritten wurde, ließ sich zurückverfolgen. Jeder haftete persönlich für die Benutzung seines Rechners, Internetcafés konnte man nur gegen die Vorlage eines Personalausweises nutzen. Anfang des Jahrtausends wurde auf Betreiben der Unterhaltungsindustrie der »Duty of Copyrights Act« beschlossen, um die Open-Source- und die Freeware-Bewegungen einzudämmen. Danach war es verboten, geistiges Eigentum kostenlos an mehr als zehn Personen weiterzuverbreiten. Eine Weitergabe an bis zu zehn Personen galt als »Schenkung«, was darüber hinausging, war gebührenpflichtig: im Prinzip also alles, was außerhalb des eigenen Kopfes formuliert wurde. Theoretisch hätte man Copyrightgebühren zahlen müssen, wenn man einen Witz weitererzählte. Im Privatgebrauch wurde das Gesetz nicht ganz so streng gehandhabt. Wer jedoch mit freier Software arbeitete, war gesetzlich verpflichtet, die Urheber von Programmen ausfindig zu machen und ihnen Copyrightgebühren zu zahlen. Die Verwendung von freien, kostenlosen Betriebssystemen wie Linux, an denen Tausende über Jahre hinweg programmiert hatten, wurde dadurch illegal. Verstöße gegen den »Duty of Copyrights Act« wurden mit hohen Geldbußen und sogar Gefängnisstrafen geahndet. Die freie Software Community gab auf, wurde verhaftet oder ging in den Untergrund. Zunächst gab es einige Proteste, deren Informationswert allerdings fast völlig vom Kriegsgeschehen im Nahen Osten überlagert wurde. Die Proteste wurden schnell, unauffällig und effektiv zum Verstummen gebracht.

h.b. klickte die Gameshow größer. Sie hatte beschlossen, sich vor dem Schlafen doch noch den ganzen Loop anzusehen. In ihrer »GameshowNo«-Gruppe, einer Arbeitsgruppe der Greeks, war h.b. für »RunRabbitRun« zuständig. Die Greeks waren ein weltweiter Zusammenschluss von Cyber-Anarchisten, die für freie Kommunikation, das hieß die kostenlose und nicht überwachte Nutzung der Netze kämpften. Der Öffentlichkeit führten sie durch gezielte Aktionen und Sabotageakte die Mechanismen des elektronischen Überwachungsapparats vor und erweiterten gleichzeitig das Trojanische Netz, ihr anarchisches Netz im Netz.

»... und Extra-Klick, denn Sie sind live dabei! Das Jagdfieber steckt in uns allen, das Abenteuer ruft, der Hase rennt. Nun, schalten wir doch mal zum Hasenstall und sehen nach, was unser Häschen heute so getrieben hat. Die neuesten Hinweise über die heutige Route unseres hakenschlagenden Nagetierchens, dazu Tipps und Vermutungen über sein aktuelles Schlupfloch gibts unter www.runrabbitrun.tv für nur zwei Euro pro Minute. Ich bin Tobby Reissen und begleite Sie wie immer durch die Show.«

Das Bild wechselte von Tobby Reissens eckigem Moderatorengrinsen zu der Innenaufnahme eines engen Raums, in dem eine Gestalt auf einer Liege saß. Der Raum erinnerte h.b. an eine Gefängniszelle.

»Nun, unser Hase hat die Schonzeit in seinem geheimen Schlupfloch zu einem kleinen Nickerchen genutzt. Es ist aktuell zwanzig Uhr und drei Minuten, in weniger als einer Stunde geht die Jagd weiter. Wir sind dir dicht auf den Fersen. Wie fühlst du dich, Rabbit?«
Das Gesicht des Kandidaten war bunt gerastert, sodass nicht einmal seine Haarfarbe zu erkennen war. Er wandte sich der Kamera zu.
»Gut, gut gehts mir, Tobby. Danke.«
»Deine erste Tagesaufgabe hast du ja erfolgreich gelöst, nicht wahr. War was Einfaches, zur Eingewöhnung sozusagen, hahaha. Zeig mal her, das gute Stück.«
Der Kandidat hielt einen ausgestopften Hasen ins Bild.
»Die Tagesaufgabe lautete:
›Sei ein Hoppeltier
Den Feldhasen bring uns her
Renn Hase, renn schnell.‹
Ein ausgestopftes Häschen hat der Kandidat organisiert, gewieftes Kerlchen, unser Hoppeltier. Der Hase hat ein Häschen aus dem Museum für Naturkunde entliehen. Keine Empörung, meine Damen und Herren, Boys und Girls, User und Userinnen, die Trophäe wird dem Museum selbstverständlich wieder zurückgegeben. Wir sind ja schließlich keine Diebe, Hacker oder Mörder, hahaha.«
Das Bild schaltete wieder ins Studio. Tobby Reissen hielt dem Zeugen, einem Museumswärter in Uniform, ein Mikro unter die Nase.
»Nun, Herr Lüdert, haben Sie gar keinen Verdacht geschöpft?«
Herr Lüdert schnaufte. »Doch, beim Frühstück hatten wir natürlich ›RunRabbitRun‹ laufen, meine Frau hat noch Witze gemacht, dass heute im Museum vielleicht eine Million hereinspaziert. Aber wir sind ja völlig unterbesetzt im Museum, das ist ein Problem, weil das Museum hat nicht genug finanzielle Mittel. Also, ich habe heute schon

besonders geguckt nach verdächtigen Subjekten, aber dass das Karnickel mich belauert und den gemeinen Feldhasen entwendet, also mit so einer Unverfrorenheit hinter meinem Rücken sich an Museumseigentum vergeht, als ich gerade mal pis... Möp!... austreten war...«

Herr Lüdert blubberte empört weiter. h.b. stellte die Gameshow auf »Pause« und klickte Lüderts Gesicht größer, bis der dicke, milchige Schweißtropfen an seiner Nasenspitze die gesamte Bildschirmfläche einnahm. Der Schweißtropfen war es wert, in ihr Bildarchiv aufgenommen zu werden. Sie speicherte ihn im Ordner »Körperteile«. Ein Schweißtropfen war zwar nicht wirklich ein Körperteil, aber die Nase unter dem Tropfen war eins. Während sie speicherte, wurde von ihrem Konto die Copyrightgebühr von 0,79 € an net.tv abgebucht. h.b. ließ die Show weiterlaufen. Wieder war der Kandidat in seinem Schlupfloch zu sehen. Er hatte den ausgestopften Feldhasen neben sich auf die Liege gesetzt und rieb sich die Nase im gerasterten Gesicht. h.b. runzelte die Stirn. Irgendetwas kam ihr bekannt vor an diesem Spieleshow-Exhibitionisten, trotz der Gesichtsrasterung. Aus dem Fernsehen konnte sie ihn nicht kennen, an den Gameshows durften nur völlig unbekannte Kandidaten teilnehmen. Die Beliebteren erhielten nach der Show ein paar Werbeverträge und konnten sich so ihre Rente sichern. Die meisten verschwanden sofort wieder in der Versenkung. Als Spieleshowkandidaten bekamen sie ein paar Tage die Aufmerksamkeit der Medien, ein paar Tage Berühmtheit und Bedeutung, die dann für den Rest des Lebens reichen mussten. Einmal in einer Gameshow aufzutreten war zu einem wichtigen gesellschaftlichen Ritus geworden. Den Auserwählten haftete die Aura der höheren Weihen des Informationszeitalters an. h.b. kam nicht darauf, woher sie den Kandidaten kannte. Vielleicht war sie mit ihm zur Schule gegangen.

2

Es ist neun Uhr. Es ist neun Uhr morgens und ich stehe vor Kaufhof. Kaufhof hat zu, ich bin pünktlich und Kaufhof ist es nicht. Mit mir stehen ein paar Omas und Hausfrauen mit Kinderwagen vor den geschlossenen Türen am Alexanderplatz. Die Omas starren auf die Spitzen ihrer Gesundheitsschuhe. Eine wippt langsam vor und zurück und wiederholt in einem fort: »Strumpfhosen, Glühbirne sechzig Watt, Karamellchen, Strumpfhosen, Glühbirne sechzig Watt, Karamellchen.« Warum braucht die Alte im Hochsommer Strumpfhosen? Für nen Banküberfall? Klar plant die nen Banküberfall, die kann bestimmt nicht von ihrer Rente leben. Vielleicht hat sie hartherzige, egoistische Neo-Dandykinder, die sich nicht um sie kümmern und ihr kein Geld schenken, und jetzt hat sie beschlossen, ne Bank zu überfallen. Lohnt sich ja richtig im Alter. Wenn sie nicht erwischt wird, mietet sie sich ein Penthouse mit Fahrstuhl und Whirlpool und lässt sich von Callboys massieren. Und wenn sie erwischt wird, sitzt sie im Knast, kriegt was zu essen und muss keine Miete mehr zahlen. Vielleicht braucht sie ne Komplizin. Vielleicht sollte ich ihr meine Hilfe anbieten. Müsste natürlich so aussehen, als hätte sie alles allein geplant. Wir würden uns drei Jahre nicht sehen und dann an nem geheimen Ort treffen, und ich würde meinen Beuteanteil kriegen in ner großen geblümten Handtasche. Aber das wäre erst in drei Jahren, das ist zu spät, das hilft mir nicht mit der Rate für Black Beauty. Endlich wird aufgesperrt, die Oma huscht als Erste rein. Hat es eilig mit der Bank. Ich habe es auch eilig, ich muss das Bike fitmachen. Sorry Oma, habe heute keine Zeit für nen Banküberfall, aber denk beim nächsten Mal an mich. Den Achter krieg ich nicht mehr raus aus der Felge, das ist ein jämmerliches Eiern. Flopp, flopp, flopp bin ich zu Kaufhof gefahren. Kaufhof! Das geht mir wirklich gegen den Stolz. Billigware an mein gutes neues Stück zu schrauben, das ist ein Frevel an der Materie, ein Verstoß gegen die Weltordnung. Vorhin habe ich versucht, mir ne Felge über Yves zu besorgen, die hat eigentlich immer passende Hehlerware im Bootsschuppen, aber heute habe ich Pech gehabt. h.b. kann ich nicht schon wieder anpumpen. Also habe ich auf Jo gehofft. Jo ist darauf spezialisiert, Dinge umsonst zu organisieren, aber Jo hat sich nicht gemeldet. Vielleicht auch egal, vielleicht ist ne Felge zu groß, um sie unauffällig aus Kaufhof rauszuschaffen. Jo hätte sich trotzdem melden können. Wenn sie gebraucht werden, sind sie nicht da, die guten Freunde. Ganz brav zahle ich an der Kasse. 79,90 Euro. Mein letztes Papiergeld, Trinkgelder von gestern. Bitte, danke, hier Ihr Wechselgeld. Ich schenks Ihnen, zehn Cent retten auch nichts mehr. Und wieder ist ein Fünftel Rate dahin.

h.b. wachte mit einem Ruck auf. Sie wusste, woher ihr der Typ aus der Gameshow so bekannt vorkam! Sie blickte auf die Uhr. Verdammt! Schon nach elf! Sie sprang aus dem Bett und rannte in die Küche. Der Hase war weg. Eine Million Euro hatten zwanzig Sekunden lang wie eine Karotte vor ihrer Nase gebaumelt. Langsam setzte sich h.b. Hätte sie das getan? War auch sie schon infiziert vom Gameshow-Denunziantentum? Sie schüttelte sich. Das ging gegen jeden Greek Kodex! Es klingelte. Der Hase stand mit einer Tüte Schrippen vor der Tür und grinste. »Frühstück!« h.b. schluckte. Frühstück. Das war eine gute Idee. Sie musste dringend nachdenken. Über eine Million Euro. Und zwar schnell. Aber ohne Kaffee ging gar nichts.

Jo frühstückte im Burger King am Alexanderplatz einen Blaubeermuffin mit warmem Wasser. Er war die ganze Nacht und den ganzen Morgen durch die Stadt spaziert und hatte mit sich und der Welt gehadert. Das neue Tattoo schmerzte immer noch höllisch, aber ein Schmerzmittel kam nicht in Frage. Er musste eisern bleiben in seinem Entschluss, drogenfrei zu leben.

Deswegen hatte er sich überhaupt das alte Tattoo überstechen lassen, als Symbol für eine neue Lebensphase. Jo tunkte den Blaubeermuffin in den Pappbecher mit heißem Wasser. Genaugenommen mochte er Blaubeeren nicht besonders, aber Schokomuffins waren tabu. Schokolade gehörte zu seiner Liste von unbedingt zu vermeidenden Substanzen. Ebenso Koffein und Teein. Der Muffin schmeckte ranzig und hatte eine schwammartige Konsistenz. Kookie hatte ihm mehrere Nachrichten auf seine Inbox gesprochen. Ihr neues Bike war angeschrottet, außerdem hatte sie die Rate noch nicht zusammen. Er musste ihr helfen, er war moralisch verpflichtet, alles in seiner Macht stehende zu tun, um ihr zu helfen. Aber wie? Nach dem Frühstück besaß er noch 37 Cent. Jo seufzte, sah auf den Schaft des Fernsehturms und zählte die im gläsernen Bahnhof einfahrenden S-Bahnen. Wenn mehr als zehn S-Bahnen einfahren würden, bevor er den Muffin und das lauwarme Wasser runtergewürgt hatte, dann musste er sich heute ans Geldverdienen machen. Er kaute und schluckte, kaute und verschluckte sich. Hustend zählte er die S-Bahnen. Sieben… acht…neun…zehn. Zu spät. Er trank das Pappbecherwasser aus und schob sein Tablett mit dem Muffinrest in den Abfallwagen. Er lief quer über den Platz zu Kaufhof, nickte dem uniformierten Securitatis-Wächter zu, der zurücknickte, stellte sich zwischen Bratwurstbude und Kaufhofeingang und kramte in seinem Rucksack nach den Jonglierbällen. Ein bisschen Mätzchen machen für die Touris in der Mittagshitze, was tat mensch mit schlechtem Gewissen nicht alles für gute Freundinnen.

Der Hase lehnte sich satt und zufrieden zurück. Er hatte gut geschlafen und ausgiebig geduscht. Mit Genuss hatte er die diversen Shampoos, Duschgels und Bodylotions im Bad durchprobiert. Im Vergleich zu gestern schwelgte er heute im puren Luxus. So gefiel ihm das Heldenhasenleben. Er hatte sogar Schrippen geholt. h.b. war davon nicht beeindruckt, sie schien heute schlechte Laune zu haben. Vielleicht war sie ein Morgenmuffel. Sie redete kaum und kaute seit Ewigkeiten auf dem gleichen Brötchen rum. Vielleicht hatte sie schlecht geschlafen. Um die Augen war sie ganz verquollen. Gekämmt war sie auch nicht. Außerdem schmatzte sie beim Essen. Sein Typ war sie jedenfalls nicht. »So.« h.b. stand auf und räumte ihren Teller in die Spüle. Sie stellte das Wasser an, stellte es wieder aus, drehte sich kurz zu ihm um, strich sich fahrig durch die Haare und stellte das Wasser wieder an. Irgendwie wirkte sie nervös. Hatte sie etwa Verdacht geschöpft? »Wir haben kein Spüli mehr. Ich geh mal kurz zum Nachbarn welches holen«, sagte sie, drehte den Wasserhahn wieder zu und bewegte sich Richtung Haustür. Er stand auf. Irgendwas stimmte nicht. Das Spüli stand auf dem Regal über der Spüle. h.b. hechtete zur Tür und drehte den Schlüssel um. Er stürzte ihr hinterher, knickte mit dem lädierten Knöchel um und landete jaulend auf dem Boden. h.b. sah mit verschränkten Armen auf ihn herab. »Ich weiß …«

Mit panisch verzerrtem Gesicht sah er sie an. Jedes Geräusch wurde von seinem Bodymike live ins Netz übertragen. Vermutlich hielten gerade Tausende von Hobbyjägern vor dem Bildschirm den Atem an.

»… Ich weiß, dass du alle unsere Shampoos benutzt hast. Du stinkst wie eine Parfümerie«, sagte h.b.

»Ich …«, sagte er schwach und hielt sich stöhnend den Knöchel.

»Ist ja nicht so schlimm mit dem Shampoo«, sagte h.b. und hielt einen Finger an die Lippen. Sie griff nach dem Telefonblock, kritzelte etwas darauf und schob ihm den Zettel hin. »Wann macht deine Minicam das nächste Foto?«

Er blickte auf die Wanduhr und schmierte auf die Rückseite: »In zwölf Minuten. Jede volle Stunde.« Minicam und Bodymike hingen um seinen Hals. Sie waren als Retro-Amulett getarnt, um die winzige Linse herum rankten sich dekorativ verschnörkelte Sonnenstrahlen aus Silber.

h.b. fing an, von ihrem langweiligen Webjob für www.schuhnaumann.de zu erzählen. Währenddessen half sie dem Hasen zurück auf den Stuhl, schob mit dem Unterarm alle Frühstücksutensilien an den Rand und legte ein großes Blatt Papier auf den Tisch. Während sie über orthopädische Schuhe schimpfte, begann sie zu schreiben. Der Hase zitterte.
»Angebot: Ich helf dir und krieg fünf Millionen.«
Der Hase konnte es nicht fassen. Die war total verrückt, die Frau. Ihm konnte niemand helfen. Er wurde jede Sekunde elektronisch überwacht. Der Hase war ein Einzelkämpfer, das war die Spielregel. Tricks waren völlig ausgeschlossen. Das Spiel war für ihn vorbei, das musste ihr klar sein. Es war unfair, das Finale künstlich auszudehnen.
Er nahm den Stift und schrieb: »Ich werde ELEKTRONISCH ÜBERWACHT!«
h.b. kniff die Augen zusammen und machte eine ungeduldige Handbewegung.
»Ohne Gewinnbeteiligung kommst du nicht raus. Du hast allein keine Chance.« Sie zeigte auf seinen Fuß.
»Wie willst du helfen? UNMÖGLICH!«
»Daten umleiten«, schrieb h.b. auf das Papier und grinste ihn erwartungsvoll an.
Daten umleiten? Sie schlug ernsthaft Datenmanipulation vor? Ihm wurde sehr unwohl. Datenmanipulation war kriminell, damit wollte er nichts zu tun haben.
h.b. gestikulierte zur Uhr, riss das Papier weg und duckte sich unter den Tisch. Zuckersüß sagte sie: »Ich muss mal kurz aufs Klo.«
Kaum hörbar piepte es. Seine Minicam machte das Zwölf-Uhr-Visipic.
h.b. tauchte wieder auf. »Ich kann das Bodymike umleiten«, schrieb sie auf den Zettel. Er nickte. Immerhin würde er Zeit gewinnen. Und noch konnte er beweisen, dass er sich in ihrer Gewalt befand und ihren kriminellen Machenschaften ausgeliefert

war. Er musste sich auf nichts Illegales einlassen, zur Not konnte er sich jederzeit selbst enttarnen. h.b. sagte laut: »Ich muss hier ein bisschen aufräumen. Du kannst ja Zeitung lesen oder so.« Sie gab ihm die Zeitung und schrieb an den Rand: »Viel mit dem Papier rascheln!« Dann klickte sie einen silbernen Knopf, der über ein langes Kabel bis zu ihrem Rechner im Nebenraum lief, an sein elektronisches Amulett. h.b. surfte im Netz nach Treppenschritten, Asphaltschritten und Straßengeräuschen und schnitt sie hintereinander. Das sollte reichen für ein paar Stunden. Return – und der Fake lief.

Pause. Mir ist verdammt heiß, in den letzten zwei Stunden hatte ich zehn Touren. Zeit, zu tanken. Ich brösel ein paar Mineral- und Vitamintabletten in die Wasserflasche und starre in die Öffnung, bis sie sich zischend aufgelöst haben. Mein Gesicht ist überzogen mit nem öligen Schweißfilm. Anstrengend, die zehn Touren, aber bis jetzt liefs ganz gut. Und schon plärrt das Smartie wieder: »Ariba, ariba, andale, andale, Yeeha!« – »Ja?« – »Ich hab ne nette Tour für dich. Tiergarten nach Mitte. Du bist gerade Budapester Straße, oder?« – »Siehst du doch.« Bert geht mir auf die Nerven. Ob ich in der Budapester Straße bin? Weiß er doch genau. Er steht doch fett vorm Wallscreen in der Zentrale und kontrolliert unsere Routen. Damit ja niemand Schleifen fährt oder nicht registrierte Extratouren für nebenbei Cash. Bert muss nur auf die Pünktchen klicken, die sich über den Stadtplan bewegen, und schon weiß er, wer wo ist. Der Wallscreen ist dazu da, die Aufträge effektiv zu verteilen, sagt Bert. Aber wer zu langsam ist oder nebenher andere Sachen macht, fliegt. Dazu ist der Wallscreen auch da. »Also, du holst was ab bei Schoer, Keithstraße 12, und bringst es zu Nestlé-Unilever, Alexanderstr. – weißt du ja alles – sechster Stock, Zimmer 675, Herrn Becker. Die Lieferung darf nur an Herrn Becker persönlich abgegeben werden.« Oh nein, das ist echt ne undankbare Aufgabe. Das macht Bert extra, weil er weiß, dass ich so schnell wie möglich so viel Kohle wie möglich zusammenfahren muss. Die Strecke ist O.K., ich muss nur über die Schlossbrücke und die Liebknechtbrücke, da sind die Security-Checks nicht so nervig. Für Mitte ist Securitatis zuständig, die haben gutes Equipment, ID-Card untern Scanner, einmal Ganzkörperdurchleuchtung, fertig. Das muss schnell gehen und effektiv sein, wegen der Touristenströme. Aber Nestlé-Unilever ist ne Strafe, große Firmen zu beliefern ist immer ne Strafe, weil die Lieferung nicht an der Pforte abgegeben werden darf. Es dauert, bis man sich durchgefragt hat, man fährt endlos Aufzüge und trabt durch Korridore, bis das richtige Zimmer gefunden und die richtige Person ausfindig gemacht ist. Das kostet Zeit, meine Zeit, unbezahlte Zeit. Das Smartie plärrt schon wieder. »If the key don't work, you can knock at the door.« h.b. ist dran. Vermutlich ist ihr eingefallen, dass ich noch Milch besorgen soll oder Brot. h.b. sollte mitgekriegt haben, dass ich durcharbeiten muss. »Hey, h.b., ich hab echt zu tun.« – »Kookie, ich kann dir jetzt nicht viel erzählen, da hat sich was Unerwartetes ergeben. Das Geld ist da, du kannst Schluss machen für heute.« – »Verarsch mich nicht«, knurre ich, h.b. hat manchmal nen wirklich beschissenen Humor. »Ich muss dem morgen früh die Scheinchen in bar vorbeibringen, sonst bin ich Bike und Job los. Wenn mir morgen nur ein Euro fehlt, bin ich geliefert, echt.« Ich höre, wie h.b. tief Luft holt. »Pass auf, vertrau mir einfach mal. Es ist dringend. Wir – äh – ich habe das Geld. In bar. Du musst unbedingt herkommen. Das heißt – vorher müsstest du noch eine Kleinigkeit erledigen. Ich schicks dir per Mail.«

Jo wirbelte die drei Bälle noch einmal kunstvoll hinter seinem Rücken durch die Luft und fing sie auf. Es hatte keinen Zweck, es war zu heiß heute. Er hatte sich ein buntes Tuch um den Kopf gebunden, denn ein Kopfverband war nicht gerade geschäftsfördernd. Das Tuch klebte durchweicht an seinem Schädel, der Schweiß lief ihm in die Augen und blendete ihn beim

Jonglieren. Unter dem Verband juckte es höllisch. Ein kleines Grüppchen Schaulustiger stand um ihn herum, ein oder zwei klatschten. Die anderen gingen schnell weiter. Ein Kleinkind wurde von seiner Mutter in die Mitte geschubst. Mit großen Augen kam es nach vorne, ließ einen Euro neben den Hut fallen und rannte weg. Jo packte die Bälle ein. Der Securitatis-Wächter kam näher, um seine Prozente abzuholen. »Na, wie läufts?«, eröffnete er das Ritual. »Ist zu heiß heute«, antwortete Jo und drückte ihm ein paar Scheine und Münzen in die Hand. »Ja, ja, schlechte Zeiten«, seufzte der Uniformierte und tippte sich an die Mütze. »Schönen Tag noch.« Jo packte die Bälle in den Rucksack und zählte das Geld. Die soeben entrichtete Sicherheitsgebühr hatte ihn – wie üblich – fünfzehn Euro gekostet. Abzüglich der Sicherheitsgebühr hatte er in der letzten Stunde fünfundsechzig Euro verdient. Einen Teil davon würde er jetzt in ein Mittagessen anlegen, dann hatte er etwas über fünfzig Euro übrig, um sie Kookie anzubieten. Das war nicht viel, zeigte aber seinen guten Willen. Jo holte sich Pommes und setzte sich auf die Stufen am Rande des Platzes. Bei gutem Wetter sah der Alexanderplatz besonders trostlos aus, wegen seiner Größe wirkte er immer ein bisschen zu leer. Sein Grau hob sich fleckig gegen den blauen Himmel ab. Um den Platz herum ragten die unrühmlichen »Jeknickten Giganten« auf. Ursprünglich hätten sich zehn Megahochhäuser um den Fernsehturm scharen sollen. 1,5 Millionen Quadratmeter Fläche für Büros, Wohnungen und Geschäfte, verbunden durch Gänge auf verschiedenen Ebenen. Eine Stadt in der Stadt hätte es werden sollen. Von den Phantasien vergangener Bausenatoren waren sieben Bauruinen geblieben, eine beliebte Unterkunft für Straßenkids und andere Obdachlose. Die Stadt war jetzt schon seit mehr als einem Jahrzehnt völlig pleite. Die wenigen, die davon profitierten, waren die Securitydienste. Da Berlin nicht nur Stadt, sondern auch Bundesland war, musste es den Polizeiapparat selbst finanzieren. Dafür war jedoch kein Geld mehr da. Das Outsourcing der Sicherheit boomte, die Aufgaben der Polizei wurden mehr und mehr von konkurrierenden Wachdiensten übernommen. Rechtlich funktionierte das einwandfrei, denn die Stadt hatte in ihrer Finanznot angefangen, die Straßen und Plätze an die Konzerne zu verscherbeln. Und für die Sicherheit von Privatbesitz war nun mal der Besitzer selbst zuständig. Der Alexanderplatz gehörte Nestlé-Unilever, dem Brötchengeber von Securitatis. In der Mitte des Platzes plätscherte ein überdimensioniertes Firmenlogo als Springbrunnen.

Jo spürte, wie ihn etwas am Rücken streifte. Gerade noch erwischte er das Handgelenk von einem etwa zehnjährigen Mädchen, das versucht hatte, seinen Rucksack zu leeren. »Da ist nichts Wertvolles drin«, informierte er das Mädchen. Sie wand sich in seinem Griff und vermied seinen Blick. »Hast du heute schon was gegessen?«, fragte Jo. Sie schüttelte den Kopf. »Ich schon. Du kannst meine Pommes haben«, sagte Jo und ließ sie los. »Deine Scheiße will ich nicht!«, schrie sie, trat den Pappteller weg und rannte davon. Die Pommes waren über die grauen Stufen verteilt, sofort prügelten sich Tauben und Spatzen darum. Jo überlegte, ob er Fettgebackenes auf seine Liste unbedingt zu vermeidender Substanzen setzen sollte.

Bin ich blöd. Ich hab mich gerade bei der Zentrale abgemeldet und stehe laut h.b.s Anweisungen im Aquarium. Im Aquarium! Ich bin umzingelt von kreischenden Schulkindern und schiebe mich von Becken zu Becken. h.b. hat mir ne Nachricht geschickt, extra codiert mit unserem speziellen h.b. – Kookie Privatschlüssel. Das Verschlüsseln hätte sie sich schenken können, die Nachricht ist der komplette Blödsinn.

Hey Kookie, die Rate ist dir sicher, wenn du folgendes Rätsel löst:
»Reisende im Meer
Im Koffer ein Labyrinth
Evas Name ist?«

Die Lösung sollte im Aquarium zu finden sein. Hoffe ich! Erklärung gibts nachher, freu dich drauf!
h.b.

h.b. hat zu viele Computerspiele gespielt, die haben ihr das Hirn verdreht. So ne blödsinnige Geheimniskrämerei. Ich komme mir echt verarscht vor. Erst sagt sie, das Geld ist schon da, und jetzt soll ich dafür schuften, da hätte ich auch weiter Touren fahren können. Ich krieg nen Kreislaufkollaps im Aquarium, während sich h.b. zu Hause ne Frühlingsrolle in die Mikrowelle schiebt und die Füße hochlegt. h.b. hält sich für das Brain und ich soll die Drecksarbeit machen. Und was soll das überhaupt sein, ein Koffer im Labyrinth. Das ist ja alles schön bunt hier im Aquarium, aber Koffer stehen keine rum. Die Becken sind unübersichtlich angeordnet, aber ein Labyrinth gibts nicht. Ich klebe am ganzen Körper, mir ist zu heiß, es ist dschungelschwül hier drin. Ich habe kein Geld für die nächste Rate. Dass h.b. es immer wieder schafft, mich in ihre Informations-Guerilla-Spielchen reinzuziehen, ist echt das Letzte. So komme ich nicht weiter. Kein Koffer, kein Irrgarten. Ich habe mal irgendwo kleine Schatztruhen und Skelette als Aquariendeko gesehen. In nem Restaurant, in dem ich als Kind mit meinen Eltern gegessen habe. Vielleicht liegt irgendwo ne versenkte Mini-Titanic auf Grund mit verstreuten Köfferchen und Wrackteilen. Ich arbeite mich von Aquarium zu Aquarium. Hier ist Systematik gefragt. Überall suche ich nach kleinen Plastik-Titanics auf dem Aquariengrund. Unglaublich, was da für Viecher rumschwimmen. Durchsichtige Fische zappeln durch die eckige Aquarienwelt. Indischer Glaswels. »Kryptopterus bicirrhis« steht auf dem Schild. Die haben schwarze Augenpunkte im Fischgesicht und im vorderen Körperviertel nen schwarzen Knubbel. Das sind wohl die Organe. Der Körper ist völlig durchsichtig, ganz fein kann ich die Gräten erkennen. Die Fische wären ne coole Clubdeko. Auch die Neonfische.

Leuchtende Längsstreifen in Grün, Blau oder Rot. In fast alle Becken habe ich geguckt, keine Koffer, keine Labyrinthe. Noch ein Seitengang, noch mehr Aquarien. Da ist ein eckiger Fisch, der sieht aus wie aus Pappmaché gebastelt und hat kleine blau-gelbe Punkte. Wie ne japanische Papierlaterne in Fischform sieht der aus. Wie der wohl heißt? Seltsamer Eckfisch vielleicht oder Pappmaché-Laternenfisch? Auf dem Namensschild steht »Schmuck-Kofferfisch. Männlich. Arcana Ornata. Australien«. Kofferfisch. Kofferfisch! Das ist es! Kofferfisch! Aber wo ist das Labyrinth? Ich starre ins Becken. Kein Labyrinth. Schleimige grüne Wasserpflanzen, Sand, ein paar Dekosteine. Ein zweiter Fisch kommt hinter nem Stein vorgeschwommen. Er hat nen gelben Bauch, seitlich ist er schwarzweiß gezeichnet, ein schwarzweißes Labyrinth ist auf den Fischseiten gezeichnet! Die Fischfrau hat ein anderes Muster als das Männchen, das ist sie, die Eva im Wassergarten! Ich bin stolz auf mich, klicke das Smartie vom Gürtel und mache ein Visipic.

»Ein außergewöhnliches Geschöpf, was?« Ich zucke zusammen. Neben mir steht ein Junge und lächelt mich an. Ich trete nen Schritt zurück. Erst mal Abstand. Ich bin verwirrt. Normalerweise merke ich sofort, wenn sich jemand so dicht an mich heranbewegt. Ich habe gut trainierte Messengerreflexe. Der Junge ist nicht so jung, wie er auf den ersten Blick aussieht. So Mitte zwanzig, schätze ich mal, bisschen älter als ich. Schwarze, halblange, glatte Haare, schwarze Klamotten und ne fiese, fette Intellektuellenhornbrille. Von der Angeberbrille mal abgesehen ist er gar nicht so hässlich. »Ja, super Fische«, sage ich. Ich muss dringend nach Hause und das Visipic abliefern. h.b. hat darauf bestanden, dass ich es nicht maile, nicht mal verschlüsselt. Große Geheimniskrämerei, wichtig, wichtig, h.b. und ihr illegaler Computerkram. Andererseits sieht der Junge hinter seiner Brille ganz lecker aus. Potenzielles Frischfleisch. Obwohl Intellektuelle so schrecklich umständlich sein können. »Interessierst du dich auch für Aquaristik?«, fragt er. Ach du Scheiße, das fängt ja gut an. »Ja, son Aquarium turnt echt an«, antworte ich. Er zieht die Augenbrauen hoch. Hübsche Augenbrauen. Kann ich auch. Ich ziehe meine Augenbrauen hoch und schenke ihm mein charmantestes Lächeln. Das ist ein simpler Trick: die Körpersprache des Gegenübers positiv spiegeln. Das nimmt die Leute für einen ein, habe ich mal bei nem Service-Training bei Speedy Gonzales gelernt. Erhöht das Trinkgeld, der Trick. Er weicht meinem Blick aus und zeigt aufs Aquarium. »Das Interessante an Kofferfischen ist, dass sie zur Gattung der Knochenfische gehören. Ihre eckige Form stammt tatsächlich von Knochen, die ihr kofferartiges Körpergerüst formen. Außerdem sind sie passiv giftig. Das heißt, sie greifen zwar keine anderen Lebewesen an, aber ihre Haut ist hochgiftig, wenn man sie berührt.« – »Echt?« Meine Güte, ist der geschraubt. Da fällt mir die positive Spiegelung gleich schwerer. Ich gebe mir Mühe, interessiert zu gucken. Das ist ein Umständlicher, ich habe es geahnt. Dafür habe ich jetzt keine Zeit. Ich muss nach Hause, ich habe es h.b. versprochen. »Hör mal, voll interessant mit dir über Fischchen zu plaudern, kannst mich ja mal kontakten, dann können wir damit weitermachen.« Ich kritzele ihm meine Smartie-Nummer auf die Eintrittskarte und grinse ihm ins Gesicht. »Äh ja, danke.« Er wird tatsächlich rot!

Arif blickte Kookie hinterher. Er zog sein Smart Phone heraus und drückte eine Taste: »Ja, hier Arif am Apparat. Hör mal Thomas, ich habe gerade die Bekanntschaft einer jungen Dame namens Kookie gemacht. Ich nehme stark an, dass sie ebenfalls in einem Jagdteam organisiert ist, und habe die begründete Vermutung, dass die etwas wissen, was auch uns nützlich werden könnte. Kannst du über den Namen und die Nummer recherchieren?«

h.b. rennt konfus in der Küche rum und fuchtelt mit der Kaffeedose. Ich sitze auf unserem klobigen Küchensofa, neben mir der Nervtyp von gestern. Ich wusste es, es war ein Fehler, den mit nach Hause zu nehmen. Nicht nur, dass der Typ mein Bike geschrottet hat, nein, es gibt noch mehr Probleme. h.b. löffelt fahrig Kaffeepulver in die Espressomaschine. »Kookie, wenn wir mit dem Hasen zusammenarbeiten, dann kriegen wir zehn Millionen Euro! Stell dir das vor, zehn Millionen! Und ich kann über den Hasen »RunRabbitRun« besser ausforschen. Das ist die Gelegenheit, an die Gameshow-Technics ranzukommen und ein paar Rechner zu hacken, das wäre der Durchbruch für unsere GameshowNo-Guppe und ein echter Schlag in die Fresse der transnationalen Netzsyndikate!« h.b. krümelt die Hälfte des Kaffeepulvers daneben. Sie guckt nicht auf den Löffel, sondern zu mir und setzt ihren überzeugendsten Blick auf.

»h.b. – red keinen Scheiß. Eine Million auf die Kralle sind eine Million mal besser als zehn Millionen, die wir sowieso nie kriegen. Weißt du eigentlich, wie viele Hasen gewonnen haben? Keiner. Am letzten oder vorletzten Tag lassen die die immer hochgehen. Das ist im Spiel mit drin. Die sind doch nicht doof. Die wollen keine zehn Millionen latzen, denen gehts um Einloggquoten, nicht ums Spiel.«

»Das ist schon möglich zu gewinnen…« h.b. unterbricht den Hasen: »Ums Gewinnen gehts doch gar nicht, das ist nur ein Nebeneffekt.« – »Aha. Um was gehts denn dann? Wie üblich um die Weltrevolution?« h.b. schraubt energisch die Kanne zu und antwortet nicht sofort. Mir schwant Übles. Vorsichtshalber füge ich hinzu: »Vergiss es!« – »Sieh es so, Kookie: Wir haben beide eine große Motivation, beim Spiel mitzumachen, aber aus unterschiedlichen Gründen.« – »Willst du damit sagen, ich bin geldgeil und du revolutionär? Na, vielen Dank auch.« – »Kookie, sei nicht so störrisch. Wir haben das Spiel echt unter Kontrolle. Der Hase kann nicht gut laufen, der hat ohne uns keine Chance. Und ich habe heute die Geräusche umgeleitet, das war superleicht. Morgen kommt die Minicam dran.« h.b. stellt die Kanne auf den Herd, reißt ein Streichholz an und lässt die Gasflamme hochschnellen. Ich verschränke die Arme und gucke an die Decke. Ist ja sowieso egal, was ich jetzt sage. Wenn h.b. ne Enthusiasmusattacke hat, ist sie durch nichts und niemanden zu stoppen. Gerade sitze ich auf einer ihrer Enthusiasmusattacken, dem scheußlichsten Küchensofa der Welt. Ein eckiges, spinatgrünes, breitcordiges Schaumstoffschlafsofa aus den Achtzigern. Mit zwei geknickten spinatgrünen breitcordigen Würsten obendrauf, die so was wie Armpolster und Rückenlehne sein sollen. h.b. hat das Sofa gekauft. Sie hat es nicht etwa geerbt oder geschenkt bekommen oder auf der Straße gefunden, nein, sie hat es gekauft. Sie kam damit an und versuchte mich zu überzeugen, dass das Ding der Inbegriff guten Designs sei und nicht der Ausbund des Grauens. Ich stand unter ästhetischem Schock und konnte mich nicht wehren. Das Sofa blieb und ich breitete ne bunte Decke darüber. Sonst kann ich nicht essen. Bei Spinatgrün vergeht mir der Appetit. Ich habe ihr verziehen, denn h.b. ist meine Seelenschwester, und meiner Seelenschwester verzeihe ich alles. Meine Seelenschwester ist also mal wieder völlig begeistert von ner Idee. Sie will in dem Spiel rumpfuschen und hat revolutionäre Visionen. Ich dagegen fände zehn Millionen und ne Hängematte in der Karibik nicht schlecht. Ich muss an die Oma vor Kaufhof heute Morgen denken. Die würde ich einladen in die Karibik, als Trost, dass es mit unserem Banküberfall nicht geklappt hat. Aber h.b.s Vorschlag ist nicht nur unrealistisch, sondern verstößt auch gegen meine wichtigste Lebensregel: Mache nie die Probleme anderer zu deinen eigenen. Und wo soll eigentlich die Fahrradrate herkommen, wenn wir nicht umgehend den Hasen denunzieren? »Was ist eigentlich mit der Rate für morgen?«, frage ich und gucke von der Decke weg. »Hier.« Der Hase legt ein Bündel Euros auf den Tisch. »Das ist der

Rest von meinen Karotten.« Ich sehe ihn an. Ich bemühe mich, so viel vernichtende Laserkraft in meinen Blick zu legen, wie ich nur kann, und sage: »Karotten.« Der Hase fasst sich an die Nase, merkt es und zieht seine Hand schnell wieder zurück. Dann zaubert er ein Zahnpastalächeln auf sein angematschtes Gesicht. »Nein, das weiß ich auch, dass das Euros sind. Das heißt nur so, wegen dem Spiel.« Der Junge hat persilweiße, gerade Zähne, offensichtlich ein reicher Knabe, unser Häschen. »Und du«, frage ich, »warum machst du eigentlich mit bei der Scheiße?« – »Ich, äh...« Es klingelt. Sie haben uns. Das ging verdammt schnell. Hätte ich bei »RunRabbitRun« angerufen, dann hätte ich jetzt ne Million. Der Hase hüpft auf einem Bein in h.b.s Zimmer. Ich renne zur Tür, linse durch den Spion. Nichts. Kein Kamerateam. In der Küche röchelt die Espressomaschine. Etwas Buntes schnellt nach oben, ein Gesicht grinst ins Guckloch, ich zucke zurück. Jo und seine Späßchen, ich reiße die Tür auf. »Komm rein, du Arsch.«

»Hier.«

Er drückt mir ein paar Euros in die Hand.

»Spinnst du jetzt auch oder was?«

»Ich dachte, du brauchst Cash bis morgen.«

»Komm rein. Du bist nicht ganz auf dem Laufenden.«

Jo bleibt im Flur stehen. »Komm schon.« Ich winke ungeduldig, für weitere Späßchen habe ich keine Nerven.

»Ist sie an?«

»Spinn nicht rum, komm rein.«

»Ich habe da son Geräusch gehört aus eurer Küche.«

»Mensch, Jo. Das war die Espressomaschine, nicht die Mikrowelle.«

»Kannst du vielleicht trotzdem gucken, ob sie an ist? Und wenn sie nicht an ist, vielleicht den Stecker rausziehen?«

»Jo...«

»Sonst kann ich leider nicht reinkommen, das ist dir doch klar, oder? Die strahlen auch, wenn sie nicht an sind.«

»Willkommen im Club der Bekloppten.« Ich drehe mich um. Ich kenne nur bescheuerte Leute, kein Wunder, dass ich seltsam werde, das färbt ab auf Dauer. In der Küche ziehe ich den Stecker aus der Mikrowelle. Jos Macken finde ich manchmal ganz niedlich. Aber heute habe ich keine Nerven mehr für blödsinnige Vorschläge oder ausgefallene Wahnvorstellungen.

Frau Schmidt-Schöffenbacher seufzte. Sie waren nicht im Zeitplan. Weitere Tests waren notwendig, weil die Testgruppe nicht wie geplant reagiert hatte. Sie hasste Misserfolge. Zwar waren die Operationen gut verlaufen und die Wunden gut abgeheilt, aber die Kinder waren zu jung für das Experiment gewesen. Ihre Persönlichkeiten waren noch nicht genug gefestigt. Immerhin, für PR-Zwecke waren sie noch verwendbar. Kriegswaisen, das rührte die Öffentlichkeit, das bewies das soziale Gewissen und die Wohltätigkeit von net.tv. Frau Schmidt-Schöffenbacher stand sehr aufrecht vor dem Wallscreen, die Arme hinter dem Rücken verschränkt. Die Kinder waren zwischen fünf und dreizehn Jahre alt und hatten alle denkbaren Haut- und Haarfarben. net.tv hatte die zehn Waisen aus Krisengebieten adoptiert. Sie waren alle blind gewesen. Das waren sie jetzt nicht mehr, ihre Augen leuchteten im selben grellen Türkis wie ihre eigenen. Frau Schmidt-Schöffenbacher seufzte wieder. Innerhalb der Gruppe funktionierte die Kommunikation reibungslos. Die Kinder bewegten sich wie ein einziger Organismus. Sie kletterten auf- und übereinander, bildeten Türme und Pyramiden, warfen sich gegenseitig in die Luft und wirbelten in vollkommen synchronen Saltos durch den Trainingssaal. Ihr Programm spulten sie mit beeindruckender, aber völlig leidenschaftsloser Perfektion ab, ein festgefrorenes Grinsen auf den Gesichtern.

Der Hase ließ sich auf die Liege fallen. Gerade noch geschafft. Zurück im Hasenstall. Gleich fing die Show an. Er hoffte, dass h.b.s Täuschungsmanöver klappte. Nervös fingerte er nach dem Überwachungsamulett, es hing sicher unter seinem T-Shirt. Er wollte vermeiden, dass ihn jemand am Amulett erkannte. Die Kameras liefen bereits. Sie schalteten sich ein, sobald jemand den Raum betrat. Und schon bleckte Tobby Reissen seine weiß geschrubbten Zähne auf dem Wallscreen.

»Da sitzt ja das Häschen in seinem Loch. Wie gehts, Rabbit?«

»Gut, Tobby, gut.« Der Hase war außer Atem. Auf einem Bein war er die Treppenstufen hochgehüpft. Er bemühte sich, regelmäßig zu atmen. Bloß nichts anmerken lassen. Gestern war die Welt noch einfach gewesen. Gestern hatte er triumphierend einen ausgestopften Feldhasen geschwenkt und sich wie ein Held gefühlt. Heute war alles anders. Das Spiel hatte auf einmal zu viele Ebenen bekommen. Er war der Kandidat und musste weiterhin so tun, als hielte er sich für einen Actionhelden, und gleichzeitig war er verwickelt in etwas furchtbar Illegales, in Datenmanipulation.

»Die Jagdsaison läuft auf Hochtouren, trotzdem scheint es unser Häschen nicht nötig zu haben, die Schonzeit im Schlupfloch auszukosten. Heute kommt der Hase auf den letzten Drücker herbeigehüpft.« Den Hasen überlief es heiß. War das »herbeigehüpft« etwa eine Anspielung auf seinen verletzten Fuß?

»Gestern Nacht hatte unser Hoppeltier einen kleinen Verkehrsunfall, wie wir alle live hören, aber leider nicht sehen konnten. Wie geht es dir, hast du noch Schmerzen im Fuß?« – »Nein Tobby, es geht mir prächtig, war alles halb so schlimm.« Tobby plauderte weiter. »Gut, gut, freut mich zu hören. Dann wollen wir mal sehen, was unser Hoppeltier in den letzten vierundzwanzig Stunden so getrieben hat.« Der Hase starrte auf den Wallscreen, auf dem eine Abfolge seiner Stunden-Visipics lief. Oh Gott, er leistete gerade Beihilfe zur Datenmanipulation. Wenn das rauskam, war er dran. Beihilfe zur Datenmanipulation wurde fast so streng bestraft wie Datenmanipulation selbst. Oh Gott, worauf hatte er sich eingelassen.

Die stündlichen Visipics begannen mit einer Rückenansicht von Kookie, die den Hasen auf dem Fahrrad schob. Dann ging es weiter mit Aufnahmen von der Küchendecke, während der Hase auf dem Sofa geschlafen hatte. Im Hintergrund waren gedämpfte Straßengeräusche und manchmal ein Schnaufer im Schlaf zu hören.

Der Hase war erleichtert. Gut, dass er sich im Schlaf nicht viel umgedreht hatte. Der Raum, in dem er lag, blieb unklar.

Die »RunRabbitRun«-Leute ließen die Bilder von der Küchendecke schnell durchlaufen. Als Nächstes war ein Visipic von der Bäckerei zu sehen, dazu lief das kurze Gespräch mit der Verkäuferin.
»Guten Morgen, Sie wünschen?«
»Guten Morgen, vier Schrippen und zwei Laugenbrötchen bitte.«
»Bitteschön, macht 5,40 Euro.«
»Danke, Wiedersehen.«
Dann wurde ein Visipic von h.b.s und Kookies Küche eingeblendet. Viel zu sehen war nicht: eine Tischplatte mit Frühstücksutensilien, die gegenüberliegende Wand und ein Küchenschrank. Das Frühstücksgespräch zwischen h.b. und dem Hasen war aufgezeichnet.
»So.« Das war h.b. Tellerklirren in der Spüle, Wasser an und aus und wieder h.b.: »Wir haben kein Spüli mehr. Ich geh mal kurz zum Nachbarn welches holen.« Dann ein hastiges Stuhlrücken, Bewegungsgeräusche und ein Krachen.
»Ich weiß ...« Das war h.b.
»... Ich weiß, dass du alle unsere Shampoos benutzt hast. Du stinkst wie eine Parfümerie«, sagte sie.
»Ich ...«, antwortete der Hase und stöhnte.
»Ist ja nicht so schlimm mit dem Shampoo.«

Tobby schaltete sich ein. »Da ist dem Hasen das Herz in die Hose gerutscht, was? Fast wars aus mit der Maus, die werte Zuschauerschaft zitterte mit dem Hasentier, aber dann ging es der jungen Dame doch nur um die Schönheit. Hahaha.«

h.b. fing an, von ihrem langweiligen Webjob für www.schuhnaumann.de zu erzählen. »Ich muss mal kurz aufs Klo«, sagte sie plötzlich. Dann weiter: »Ich muss hier ein bisschen aufräumen. Du kannst ja Zeitung lesen oder so.« Das Geraschel begann, im Hintergrund nicht zuzuordnende Geräusche. Schritte im Treppenhaus, Schritte draußen, Straßenlärm.

Der Hase merkte, dass er die Luft angehalten hatte. Langsam atmete er aus. Niemand hatte den Übergang zwischen den echten Aufnahmen und den falschen bemerkt. Der Fake klang echt. h.b. hatte es außerdem geschafft, die weiteren Innenaufnahmen der Wohnung zu ersetzen durch Visipics von Hauswänden, die sie mal für einen Webauftrag aufgenommen hatte. Auf den echten Visipics war nur die Bäckerei eindeutig zu erkennen. Bestimmt wurde sie heute belagert von einer Rotte Hobbyjägern.

Als Nächstes wurden Aufnahmen vom Aquarium gezeigt. Es gluckerte. Viele Menschen, Füßescharren, Kindergekreische. »Ein außergewöhnliches Geschöpf, was?«

Der Hase zuckte zusammen. Das war seine Stimme! h.b. hatte ihn gewarnt, aber der Effekt war unheimlich. Mit einem Stimm-Modulations-Programm hatte sie die Stimme des Fischexperten zur Hasenstimme gemacht.

»Ja, super Fische«, antwortete Kookie.
»Interessierst du dich auch für Aquaristik?«
»Ja, son Aquarium turnt echt an.«
»Das Interessante an Kofferfischen ist, dass sie zur Gattung der Knochenfische gehören. Ihre eckige Form stammt tatsächlich von Knochen, die ihr kofferartiges Körpergerüst formen. Außerdem sind sie passiv giftig. Das heißt, sie greifen zwar keine anderen Lebewesen an, aber ihre Haut ist hochgiftig, wenn man sie berührt.«

War der umständlich! Kein Wunder, dass er bei Kookie nicht gelandet war.

»Echt? – Hör mal, voll interessant mit dir über Fischchen zu plaudern, kannst mich ja mal kontakten, dann können wir damit weitermachen.«
»Äh ja, danke.«

Tobby wurde wieder ins Bild geschaltet. »Da hat das Häschen ja eine nette Eroberung gemacht, was? Das Girl scheint nicht auf Belehrungen zu stehen, oder wie sieht unser Hase das?« Der Hase schluckte. Locker flockig antworten, sonst schöpften sie Verdacht. »Tja, wenn die wüsste, was für ein Fang ihr entgangen ist, die würde sich ärgern!« Er winkte strahlend in die Kamera und stand auf. Zähne zusammenbeißen. Vorsichtig auftreten. Nicht hinken! Nichts anmerken lassen. Er konzentrierte sich darauf, gleichmäßig zu gehen. Im Rücken spürte er das Kameraauge.

Arif saß erstarrt vor dem Bildschirm. Er konnte es kaum glauben. Soeben hatte er das wildeste Déjà-vu seines Lebens gehabt. Der Dialog, den er mit der Frau im Aquarium geführt hatte, hatte sich soeben in seiner Lieblingsshow wiederholt. Der Text war seiner: »Interessierst du dich auch für Aquaristik? Das Interessante an Kofferfischen ist, dass sie zur Gattung der Knochenfische gehören.« Redete er wirklich so gestelzt? Aber die Stimme war die falsche. Es war die Stimme des Hasen. Er hatte gewusst, dass mit der Frau etwas nicht stimmte. Dass sie so unverschämt war, aus ihm, dem Jäger, den Gejagten zu machen, war unglaublich unverfroren. Er musste sofort Thomas kontaktieren und diese Kookie finden. Die Spur war heiß, da war er sich ganz sicher.

3

Quietschend drehte sich h.b. mit dem Chefsessel im Kreis. Sie hatte Rückenschmerzen, Kopfschmerzen, keine Ideen und keine Lust mehr, auf Ideen zu warten. Der Sessel drehte sich und h.b. drehte sich mit. Fenster, Fenster, Regal, Regal, Sessel, Tisch, Regal, Futon. Sie schloss die Augen und stieß sich schneller ab. Njiiiek, njiiiek, njiiiek. Der Sessel eierte, das Quietschen fräste sich in ihr Hirn. h.b. drehte sich langsamer und stand schließlich still. Sie öffnete die Augen und blickte auf ihren zusammengerollten Futon. Wie ein lahmes Tier lag er in der Ecke, durchgelegen und bretthart. Längst hatte sie sich eine neue Matratze anschaffen wollen, aber gute Matratzen kosteten Geld. h.b. fasste sich an die Schulter und bohrte ihre Finger in die verspannten Muskeln. Warum hatte sie ausschließlich dann Kopfschmerzen, Nackenschmerzen und Rückenschmerzen, warum dachte sie ausschließlich dann an eine neue, weiche Matratze, wenn sie überhaupt kein Geld hatte? h.b. schüttelte ihren schmerzenden Arm. War lange her, dass sich jemand über die Härte ihrer Matratze beklagt hatte. Eine neue Matratze wäre auch für ihr Liebesleben nicht schlecht. Zehn Millionen Euro, das waren viele Matratzen. Sie musste lachen. Geld und Sex, sie dachte schon genau wie Kookie. Wenn das hier gut lief, wenn es gelingen sollte, die Rechner von net.tv zu infizieren, war das ein Quantensprung für das Trojanische Netz, kurz t-net. h.b. drehte sich wieder zum Monitor und rückte das Touchpad zurecht. Halbherzig berührte sie ein paar Zeichen auf dem Pad. Sie musste unbedingt bald eine Möglichkeit finden, wie sie die Hasendaten austauschen konnte. h.b. klickte auf die »RunRabbitRun«-Seiten. Noch liefen ihre Audios vom Vortag. Sie hatte heute einen Zufallsgenerator eingebaut, damit die Geräusche immer wieder neu zusammengesetzt und gemischt wurden und keine Wiederholungen zu erkennen waren.

Straßenlärm, Schritte auf Asphalt und Kies, vermurmelte Gespräche. Trotzdem, früher oder später würde jemandem auffallen, dass es die immer gleichen Audios waren. h.b. sah auf die Uhr. Kurz nach zehn. Der Hase war gerade aufgestanden, Jo musste gleich da sein, um ihn abzuholen. Kookie war heute für die Bilder zuständig. Immerhin, das mit den Bildern war einfach gewesen. Kookie trug eine Minicam aus Jos Materiallager um den Hals, die die Signatur der Hasenminicam aussendete. Um das Überwachungsamulett des Hasen hatte h.b. elektromagnetisches Isolierband gewickelt, damit das Signal nicht doppelt ausgestrahlt wurde. Kookie musste nur jede volle Stunde vom Rad springen und die Minicam ein möglichst nichts sagendes Bild machen lassen. h.b. klickte das aktuelle Bild auf den »RunRabbitRun«-Seiten groß. Eine verschwommene beige Hauswand. Super. Sie klickte zum »Jagdforum«. Die Diskussion drehte sich um die mögliche Adresse der »Sympathisantinnen«. Damit waren Kookie und sie gemeint. Es wurde heftig debattiert, ob sie den Hasen wirklich nicht erkannt hatten oder Gameshow-Saboteurinnen waren. Die Verkäuferin von Meier Back war gestern als Zeugin in der Show aufgetreten, aber zum Glück nicht sehr informativ gewesen. Die Verkäuferin hatte sich offensichtlich nicht an den Hasen erinnern können, sich den Auftritt bei »RunRabbitRun« aber nicht entgehen lassen wollen. Die Adresse der Bäckerei brachte die Hobbyjäger gefährlich nah an die Bötzowstraße heran.

Artemis: *Der Hase hat Brötchen geholt bei Meier Back in der Jon-Schehr-Str., Ecke Eugen-Schönhaar-Str. »Habeh« und die andere wohnen bestimmt in der Nähe.*
Simpson999: *Ich wohne da auch in der Gegend. Deswegen glaube ich, dass die Helferinnen irgendwo in dem Bereich wohnen, der von der Greifswalder, der Danziger, der Kniprode und der Anton-Saefkow-Str. begrenzt wird. Weiter geht niemand zum Schrippenholen.*
FlashGordon: *Hallo, »Habeh« und »Mädel mit der Scheißlaune«! Hört*

ihr zu? Seid ihr blöd? Euch gehen eine Million Euro durch die Lappen. Kennt ihr »RunRabbitRun« nicht?
Artemis: *Und wenn sie ihm extra geholfen haben?*
FlashGordon: *Dann wären sie noch saublöder.*
Simpson999: *Glaub ich nicht.*

h.b. seufzte. Sogar Wahrscheinlichkeitsdiagramme, die zeigten, in welcher der zehn Straßen um die Bäckerei herum die Sympathisantinnen wohnen könnten, standen schon im Netz. Die Bötzowstraße war dabei. Die Jäger waren ihnen dicht auf den Fersen. Es wurde Zeit, dass Jo auftauchte und den Hasen hier wegschaffte. h.b beschloss, Verwirrung zu stiften. Sie loggte sich in das Jagdforum ein.

Juno: *Hallo! Ich wohne in der Pasteurstraße auf der anderen Seite der Danziger. Kaufe auch immer bei Meier Back. Die haben die besten Laugenbrötchen. Der Hase hat Laugenbrötchen gekauft. Hat die Meier-Verkäuferin gestern bei »RunRabbitRun« gesagt. Deswegen müssen wir noch mehr Straßen mit reinnehmen. Mindestens noch die um die Pasteurstraße rum.*
Artemis: *Hallo Juno. Bist du neu? Hier geht es darum, den Hasen einzukreisen, nicht hundert neue Sachen vorzuschlagen.*

h.b. loggte sich schnell wieder aus. Vielleicht hatte sie gerade einen Fehler gemacht. Sie hatte sich direkt von Pandora, ihrem Rechner, auf das Jagdforum begeben, ohne ein Maskierungsprogramm laufen zu lassen. Andererseits hatte sie so wenig geschrieben, dass sich niemand die Mühe machen würde, sie zu tracen. Sie musste sich endlich auf das eigentliche Problem konzentrieren: die Umleitung der Geräusche in Echtzeit. Sie brauchte die Geräusche von einer Person, die sich zu Fuß durch die Stadt bewegte und mit der Stimme des Hasen sprach. Wo bekam sie diese Person her? Und wie konnte sie Sprache in Echtzeit modulieren? Sie lauschte. Im Badezimmer lief immer noch das Wasser, der Hase ließ sich ein Bad ein. Kookie hatte Recht, das war ein reicher Knabe. Ließ sich einfach so ein Vollbad ein, ohne zu fragen. Wie viel Liter waren das? Hundert? Hundertfünfzig? Ein teurer Spaß. h.b. richtete ihre Aufmerksamkeit wieder auf den Monitor. Im Web gab es die Infos nicht, die sie brauchte, sie waren zu veraltet oder zu illegal. Und im gut ausgestatteten Tool-Pool der Greeks gab es nur Programme, die Geräusche im Nachhinein bearbeiten konnten, so wie sie es mit dem Dialog von Kookie und Arif gemacht hatte. Sie musste das Problem diskutieren, vielleicht konnte ihr jemand aus der GameshowNo-Gruppe helfen. h.b. verließ das www. Dann schob sie Fucky, die Memcard für spezielle Fälle, in Pandora. Auf Fucky befanden sich die viralen Programme, die h.b. benötigte, um sich in das Trojanische Netz zu begeben.

Der Hase seufzte wohlig. Er war völlig verspannt aufgewacht, kein Wunder, bei dem klumpigen Küchensofa, auf dem er schon die zweite Nacht verbracht hatte. Ein heißes Bad war der richtige Beginn für einen neuen Heldentag. Die Badewanne war etwas kurz, er musste die Knie anwinkeln. Auf dem Regal hatte er eine angestaubte Flasche Schaumbad gefunden, die weißen Bläschen knisterten bis über den Wannenrand. Er schloss die Augen und musste lächeln. Die Situation war unter Kontrolle, er lag in der Badewanne, während die anderen seine Arbeit erledigten. Er war so was wie ein Undercoveragent. Ein Undercoveragent und ein Delegationsgenie. Ihm konnte keine Datenmanipulation angehängt werden, ihm nicht. Alles, was er tat, war, in der Badewanne zu liegen, das war schließlich nicht verboten. Er würde sagen, von allem anderen habe er nichts gewusst. Oder er würde sagen, er wäre ganz bewusst geblieben, um ein Datenmanipulationsnetzwerk aufzudecken. Er würde aussagen und vielleicht kam er in ein Zeugenschutzprogramm und würde ein staatlich bezuschusstes Leben mit gutem Job und Häuschen im Grünen beginnen. Er seufzte. h.b.

war eine Einzelperson und kein cyberterroristisches Netzwerk, ein kleiner Fisch, dabei würde vermutlich kein staatlich bezuschusstes Leben rausspringen. Der Hase tauchte seine kalten Knie kurz unter und betrachtete seine eingeschrumpelten Fingerkuppen. Wie kleine Gehirne sahen sie aus, fünf kleine Gehirne an jeder Hand, mit den Zehen waren das zwanzig kleine Gehirne plus das große, der 21-Brain-Man war er, genau. Mark hatte oft gebadet. Mark hätte noch weniger in die Badewanne gepasst, er war viel größer gewesen, der größere große Bruder. Wenn Mark mit Petra verabredet war, hatte er sich stundenlang im Badezimmer eingesperrt und Musik gehört. Das hatte er getan, bevor ... Der Hase schlug mit der flachen Hand ins Wasser. Wenn er an Mark dachte, gab es immer ein Bevor und ein Danach. Er schaufelte sich einen Batzen Schaum in die Hände und zog sie langsam auseinander. Der Schaum dehnte sich wie Pizzateig. Der Hase pustete, in der Mitte entstand ein kleines Loch im Schaum. Der Schaum riss knisternd auseinander, und der Hase hielt zwei Schaumhäubchen auf den Handflächen. Links stand ein Zipfel hervor, rechts blieb eine kleine Mulde. Er legte die Hände mit den Schaumhäufchen wieder zusammen, und die Bläschen flossen ineinander. »Schaumfick«, dachte er. Der Hase riss die Bläschen wieder auseinander, setzte sich auf und klebte sich die zwei Handvoll Schaum als Brüste an den Oberkörper. Sie zerliefen sofort.

»Mahlzeit!« Yves bremst, dass der Kies spritzt. Ich sitze bereits auf unserer Mittagspausenbank im Volkspark Weinbergsweg und mampfe ein Falaffel. Yves legt ihr Bike vorsichtig in die Wiese, lässt sich auf die Bank plumpsen und rubbelt sich über die grünen Knubbeldreads. »Puh!« – »Alles klar?« – »Geht so.« – »Hä?« Die Knoblauchsoße schwappt aus dem Falaffel und läuft mir über die Finger. Yves hätte eigentlich antworten müssen: »Klar, alles klar.« Das ist ein Ritual, das machen wir immer so. Ich lecke meine Hand ab. Meine Finger werden den ganzen Tag kleben und nach Knoblauch stinken. Yves antwortet nicht. Sie sitzt mit geschlossenen Augen auf der Bank, die Arme auf der Lehne, die Beine breitbeinig in den Kies gestemmt. »Was ist los?«, frage ich. »Fränzi und ihre Ex sind wieder zusammen.« Oje. »Oje!«, sage ich mitfühlend. »Sie sagt, ich bin ihr zu morbide.« – »Oje«, wiederhole ich. Yves hat Fränzi Woche um Woche bearbeitet, aber die war nicht zu überzeugen gewesen. Wir nutzen unsere Mittagspausen meistens, um unser Liebesleben zu diskutieren. »Hast ja doch noch Geld für ne anständige Felge aufgetan.« Yves tippt mit der Fußspitze an mein Bike. »Mhm«, mache ich vage und schiebe mehr Falaffel nach. Die Rate habe ich heute früh abgeliefert, und mit den restlichen Karotten vom Hasen dem Bike ne anständige Felge gegönnt. Jetzt gehts meiner Black Beauty wieder besser, einen Tag lang mit ner minderwertigen Felge zu laufen, das ist ne Zumutung für son edles Bike, eine Schande für die schwarze Schönheit. Leicht, elegant, klassisch ist sie, mit schwarzem Lack und silberner Holo-Verspiegelung auf dem Chitinin. Yves tippt noch mal an die Felge. »Wo hastn die her?« Ich kaue. Schlucke. Yves guckt mich immer noch an. »Ich hab ne Art Erbschaft gemacht – vom Land«, sage ich und es ist fast die Wahrheit, schließlich wachsen Karotten auf dem Land. Das Smartie düdelt »Strangers in the Night«, ne Nachricht von Unbekannt.

»Hallo?«

»Ja guten Tag, hier ist Arif.«

»Ja hallo.«

»Ich rufe an, weil wir uns im Aquarium begegnet sind.«

»Ja?«

»Ich meine, da sind wir uns begegnet, und ich möchte gerne eine Verabredung mit dir treffen.«

»Ja, ist O.K.« Der war doch ganz lecker, der Junge. Sehr umständlich, aber vielleicht legt sich das noch.

»Wann passt es dir denn terminlich?«

»Wie wärs mit heute Abend?«, frage ich spontan. Ich brauch ne

Pause. Ich brauch mal wieder ein bisschen Spiel, Spaß und Spannung. Ich habs mir verdient. Bei Speedy Gonzales habe ich mich krank gemeldet und fahre seitdem kreuz und quer durch die Stadt, um jede volle Stunde nichts sagende Fotos zu machen. Seit Tagen schufte ich mich krumm und die anderen machen sich nen lauen Tag.

»Klang ja ganz nach frischem Date.« Yves guckt neugierig und streicht mit dem Finger über ein Herz, das in die Parkbank geschnitzt ist. »Ja, mal gucken.« Mir fällt ein, dass ich immer noch nicht das Rätsel gelöst habe. Vielleicht hätte ich das nicht ausmachen sollen mit Arif. Vielleicht war das jetzt etwas unbedacht. »Scheiße!«

»Freu dich doch. Ich würd mich freuen, wenn mich mal wieder eine anruft.« Yves seufzt theatralisch. »Wird schon werden«, nuschele ich mit vollen Backen. Ich zerknülle das Falaffelpapier und werfe es in den Abfalleimer. Treffer versenkt.

»Yves, wie viel Uhr ist es?« – »Zwanzig nach zwölf.«

Verdammt! Schon zwanzig nach zwölf und ich habe keine Ahnung, was das Rätsel soll. Vielleicht fällt Yves was dazu ein. Sie wohnt auf nem Hausboot mit toten Viechern und Büchern. Büchern! In Regalen!

»Yves, hör mal, was hältst du davon?

›*Nackt bin ich und roh*

Im Land der Fischlaterne

Nimm mich zu dir mit?‹«

Yves lacht los. »Seit wann schreibst du denn Liebesgedichte? Scheint dich ja doch erwischt zu haben diesmal.«

»Das ist nicht von mir, das ist ein Rätsel. Fällt dir was dazu ein?«

»Mmmh. Nackt, roh, Fischlaterne. Fischlaternen, die gibts in Japan. Nackt, roh, Fisch, Japan – klingt nach Sushi. Klar, Sushi! Aber nimm mich zu dir mit? Ist das Werbung für einen Sushi-Imbiss?«

»Sushi-Imbiss! Danke Yves, war sehr hilfreich!« Ich schalte das ShockLock aus, schwinge mich aufs Bike und rase los. Meine Finger kleben am Griff Ich muss unbedingt die Knoblauchsoße loswerden, bevor ich Arif treffe.

Der Hase lehnte sich, umhüllt von einer Wolke aus Badeessenzen, über h.b. Die fuhr zusammen und drückte Alt-F4. Statt der Diskussion im t-net erschienen die »RunRabbitRun«-Seiten auf dem Monitor.

»Und, wie läufts?«, fragte der Hase.

»Ich prüfe noch mal die Audios«, sagte h.b. rasch. »Vorhin habe ich noch ein paar Soundfiles gezogen und einen Zufallsgenerator eingebaut.«

»Was meinst du mit ›gezogen‹?«, fragte der Hase.

»Na, genommen halt.«

»Du hast die nicht etwa geklaut, oder?«

h.b. drehte sich mit ungläubigem Gesichtsausdruck zu ihm um.

»Du hast doch die Copyrightgebühr abbuchen lassen, oder?«, vergewisserte sich der Hase.

h.b. musste lachen. »Das meinst du jetzt nicht ernst, oder?«

»Das ist Diebstahl«, sagte der Hase.

h.b. lehnte sich in ihrem Chefsessel zurück, trank einen Schluck kalt gewordenen Kaffee und sagte dann: »Das ist Ansichtssache.«

»Wenn du geistiges Eigentum von andern Leuten nimmst, ohne Copyrightgebühren zu zahlen, ist das Diebstahl«, beharrte der Hase.

»Diebstahl ist das erst, seitdem die transnationalen Netzsyndikate alle File-Sharing-Netzwerke illegalisiert haben und dieser blödsinnige ›Duty of Copyrights Act‹ durchgebracht wurde.«

»Es ist Diebstahl«, wiederholte der Hase. »Und mit Diebstahl will ich nichts zu tun haben.«

h.b. seufzte. »Denk doch mal nach. Wenn ich eine Datei kopiere, habe ich zwei Dateien. Das heißt, zwei Leute können das

Lied hören oder den Text lesen oder das Programm benutzen. Was ist daran Diebstahl? Es wird niemandem was weggenommen.«

»Wenn sich alle alles kopieren würden, ohne Copyrightgebühren zu zahlen, würde die gesamte Musikindustrie Pleite gehen. Und die Softwareindustrie. Und die Musiker noch dazu.« Der Hase fühlte sich in seiner Argumentation sicher. Schon in der Schule hatten sie das diskutiert. Damals hatte er eine gute Note auf sein Referat über den »Duty of Copyrights Act« bekommen.

h.b. schüttelte heftig den Kopf: »Wenn die Unterhaltungsindustrie ein bisschen weniger verdienen würde, wäre sie weniger aufgebläht und hätte weniger politischen Einfluss. Und die Musiker leben sowieso von ihren Konzerten, von den Copyrightgebühren auf die Konservenmusik kriegen die kaum was ab, das geht alles an die Majors, bei denen die unter Vertrag sind.«

Damit kannte sich der Hase nicht aus. »Wenn du in einen Laden gehst und eine Jacke klaust, ist das eine bezahlte Jacke weniger und Diebstahl«, legte er nach.

»Wenn mir kalt ist und ich mir keine Jacke nehmen kann, obwohl ich sie brauche, dann ist das System, das dahintersteckt, pervers«, konterte h.b.

Die Aufnahmen zeigten eine typische WG-Küche. Tisch, Sofa, Stühle, Kühlschrank, Herd, Spüle, Küchenregale. Arif deutete auf das Sofa. »Hier, vergrößere das mal.« Thomas zog die Aufnahme größer. Die bunte Decke auf dem Sofa war verrutscht, dazwischen blitzte spinatgrüner Breitcord hervor. Thomas zoomte größer und größer, bis die Pixel zu bunten Rechtecken wurden und die Bilder verschwammen. Zum x-ten Mal sahen sie die stündlich von der Minicam übertragenen Visipics auf den »RunRabbitRun«-Seiten durch. Das Material von heute war überhaupt nicht zu gebrauchen. Verwackelte Hauswände und undefinierbare Straßenansichten. Auch die Bilder von gestern hatten sie genau untersucht, aber keine Hinweise auf die Adresse der Frauen gefunden, bei denen der Hase untergeschlüpft war. Zwei mussten es sein. Die eine hatte den Hasen mit nach Hause genommen, die andere hatte ihn verarztet. Die Schlechtgelaunte hatte ihren Namen nie erwähnt. Von ihr gab es nur eine Aufnahme, auf der ein Fahrradlenker und ihr Rücken zu sehen waren. Da hatte sie den Hasen wohl zu sich nach Hause geschoben. Sie trug ein gelbes T-Shirt und einen neonorangen Rucksack. Auf dem Kopf hatte sie einen gelben Helm, unter dem ein paar dunkle Haare hervorlugten. Von der zweiten Frau, der freundlichen, hatten sie keine einzige Aufnahme, aber immerhin den Namen. »Habeh«, das klang arabisch. Leider gab es in Berlin keine Habeh, auch der internationale Adressindex hatte ihnen nicht weitergeholfen. Arif rieb sich die Augen, stand auf und legte sich aufs Sofa. Sie hatten die ganze Nacht recherchiert. Das Geld brauchten sie unbedingt, sonst konnten sie ihr Studium nicht fortsetzen. Die Zeiten waren eng. Für Privatpersonen war es unmöglich, die Gebühren für WiKo, Wirtschaftskommunikation an der Freien Universität, aufzubringen. Thomas und er waren beide in Neubrandenburg aufgewachsen. Neubrandenburg, das bedeutete Arbeitslosigkeit, Sozialhilfe, Pfändung. Thomas und er wollten nicht nur dem Gestank von vollgepissten Windeln, Alkohol und gedünstetem Kohl entkommen. Sie wollten an die Spitze, sie wollten ein fettes Stück vom Kuchen, sie wollten auf der Gewinnerseite sein. Noch in der Schule hatten sie den Pakt geschlossen, es anders zu machen. Eine Weile hatte es wunderbar funktioniert. Sie hatten als die Jahrgangsbesten abgeschlossen, sofort einen Studiensponsor gefunden, waren zusammen nach Berlin gegangen und hatten sich für Wirtschaftskommunikation, den aussichtsreichen Studiengang für aussichtsreiche junge Leute, eingeschrieben. Vor ein paar Wochen hatte plötzlich und unvermutet die Firma Pleite gemacht, die sie sponsorte, einen neuen Sponsor hatten sie nicht gefunden. Das nächste Semester war noch nicht bezahlt und nun standen sie da. Bald war der letzte Euro verbraucht und sie würden sich um Vollzeitjobs kümmern müssen. Vollzeitjobs und ein Studium schlossen sich jedoch aus. Arif presste sich die Hände auf die geschwollenen Augen. Auch das neue Soundmaterial war nicht zu gebrauchen. Sie hatten alles nach Stichwörtern gescannt, aber nichts Brauchbares gefunden. Der Hase führte keine Unterhaltungen mehr. Es waren nur seine Schritte und Stadtgeräusche zu hören. Es war nur noch eine Frage der Zeit, bis ein Bekannter von dieser Habeh die Küche erkannte und den Hasen auffliegen ließ. Falls er überhaupt noch da war. Und falls Habeh ihn bis dahin nicht selbst erkannt und die Million für sich beansprucht hatte. Seiner Meinung nach war der einzige Ansatzpunkt, den sie hatten, diese Kookie, die er im Aquarium kennen gelernt hatte. Er war sich sicher, dass sie in einem Jagdteam war. Heute Abend würde er sie treffen und mehr herausfinden. »Vielleicht bedeutet ›Habeh‹ gar nicht ›Habeh‹, sondern ›h.b.‹«, sagte Thomas. Arif sah keinen Grund, die Augen wieder zu öffnen. »Habeh ist nicht Habeh, sondern Habeh? Du solltest dich ein wenig ausruhen, Thomas.« – »Nein! h.b. wie im Alphabet, das könnten Initialen sein, verstehst du?« – »Mhm, möglich«, knurrte Arif und bohrte seinen Kopf tiefer in die Sofamulde. »Arif, wach auf! Wir müssen alle Berlinerinnen scannen, die die Initialen h.b. haben, und anrufen, dann kriegen wir sie!« – »Die verrät dir doch nicht am Telefon, dass sie den Hasen versteckt hat«, kam es kissengedämpft vom Sofa. – »Nee, wir nehmen die Telefongespräche auf und vergleichen die Stimmwerte mit denen von dieser h.b.!«

Jos Einzimmerwohnung war klein, dunkel und von oben bis unten zugestellt mit Dingen und Kartons, in denen noch mehr Dinge lagerten. Der Hase lehnte schnaufend an der Wand. Er war auf einem Bein in den siebten Stock gehüpft. Das war anstrengender als Zirkeltraining. Jo machte eine schwungvolle Geste. »Bitte, setz dich. Du bist der Gast.« Der Hase balancierte auf einem Fuß und sah sich nach einem Stuhl um. In der Ecke lag eine Matratze, darauf türmte sich ein Wäscheberg. An einigen Kleidungsstücken hingen noch die Preisschilder. Außer der Matratze gab es in dem Raum keine Möbel, nur die Kartontürme und Stapel von Elektrogeräten. Rasierer, Mixer, Smart Phones, Haarföhne, Rührstäbe, Kaffeemaschinen, Smart Cams. »Wo soll ich mich denn hinsetzen?« – »Moment!« Jo kniete sich hin, scheibenwischerte mit ausgestreckten Armen den Fußboden und schob einen Haufen Müll zur Wand. Der Hase setzte sich und streckte sein Bein aus. Das tat gut. Er lehnte sich an die Wand. »Kannst du bitte weiter nach links rutschen?«, fragte Jo. »Wieso?« – »Du lehnst an einer Kostbarkeit. Die ist antik.« Der Hase drehte sich um. An der Wand hing ein Poster, auf dem eine rothaarige Comicfigur zu sehen war. Sie hatte enorm große Brüste, einen langen Zopf und schielte über eine kleine schwarze Sonnenbrille. Außerdem hielt sie in jeder Hand eine riesige Maschinenpistole. Der Hase rutschte. »Autsch!« Er hatte den Knöchel bewegt. »Ich hol dir mal ein Kühlkissen«, bot Jo an. »Wer ist das?«, fragte der Hase und deutete auf das Poster. »Die Göttin aller Göttinnen.« Jo verneigte sich mit gekreuzten Armen vor dem Bild, hauchte: »Lara Croft« und verschwand in der Küche. Der Hase spürte den Boden klebrig unter seinen Handflächen. Er zog eine Zeitschrift aus dem nächstgelegenen Stapel und schob sie unter seinen Hintern. »Ist dir schon was eingefallen?«, rief Jo aus der Küche. »Nein!« Sie hatten das Rätsel immer noch nicht gelöst. Nackt und roh im Land der Fischlaterne. Die Aufgaben waren ausgesprochen seltsam, so gar nicht typisch »RunRabbitRun«. Die erste Aufgabe, die mit dem Feldhasen, die war typisch gewesen.

»Sei ein Hoppeltier
Den Feldhasen bring uns her
Renn Hase, renn schnell.«

Es war kein richtiges Rätsel, sondern eine Aufgabe. Einen Feldhasen zu beschaffen war eindeutig und einfach. Andererseits brauchte er Köpfchen, um auf die Idee zu kommen, keinen echten, lebenden, sondern einen ausgestopften Hasen aus dem Museum zu besorgen. Auch diese kleinen Tricks waren typisch für »RunRabbitRun«. Jo kam aus der Küche und band mit einem Handtuch ein Kühlkissen um den lädierten Hasenknöchel. Dann nahm er sein buntes Kopftuch ab und riss sich eine große Kompresse vom Kopf.

»Autsch!«

»Was hast du denn da?«, fragte der Hase überrascht.

»Guck mal, obs schon abgeheilt ist«, bat Jo und drehte ihm den Hinterkopf zu. Der Hase blickte in eine verblasste Comicfratze, die aus Jos Hinterkopf wuchs. Ein diabolisch grinsendes weißes Gesicht mit grünen Haaren, roten Lippen und roten Augen. Quer über die Fratze zogen sich verschorfte Striemen, dazwischen ganze Krusteninseln.

»Hattest du einen Unfall?«

»Unfall? Das ist mein neues Headtattoo«, antwortete Jo irritiert.

»Und woher hast du die Striemen über dem Clownsgesicht?«

»Die Striemen SIND mein neues Tattoo. Der Joker ist das alte Tattoo.«

»Außer Krusten ist nichts zu sehen von dem neuen.«

»Du sollst auch gar nichts sehen bei Tageslicht. Das ist ein UV-chromatisches Tattoo, das wird nur bei UV-Licht sichtbar.«

»Es sieht jedenfalls echt krank aus. Was soll dein neues Tattoo überhaupt darstellen?«

»Das wirst du schon noch sehen«, entgegnete Jo knapp, schmierte sich Wundheilsalbe auf den Kopf und verschwand wieder in der Küche. Der Hase lehnte sich zurück und dachte nach. Allmählich dämmerte ihm, dass die Elektrogeräte in Jos Wohnung alle gestohlen waren. Er schloss die Augen. Das war ein Albtraum. Die illegalen Handlungen, in die er verwickelt wurde, potenzierten sich stündlich. Andererseits – er öffnete die Augen wieder – war es ein echtes Abenteuer. Mark hätte gestaunt. Und irgendwie hatte das, was h.b. gesagt hatte, gar nicht so schlecht geklungen. So ein bisschen nach Robin Hood. Das Smart Phone riss ihn aus seinen Gedanken. »Ich bins, Kookie. Ihr müsst mir helfen. In dem Rätsel gehts um Sushi, ich fahre seit drei Stunden rum und gucke mir Sushi-Bars an, es bringt nichts, es sind zu viele, ich weiß nicht, wonach ich suchen soll.«

h.b. surfte im Trojanischen Netz. Das t-net war die verwirklichte Freiheit der Kommunikation, das Eldorado der Quellcodes, der Garten Eden der Information. Alle Informationen im t-net waren frei zugänglich und kostenlos, der Slogan lautete: »t-net is free net!« Es gab keine Server und Clients wie im World Wide Web, es gab nur eine ständig schwankende Zahl von gehackten Rechnern, die das Netz bildeten. Dass trotzdem jederzeit die gesamte Information abrufbar war, lag daran, dass die Information aufgeteilt wurde auf eine große Anzahl von Festplatten, sodass es keinen Einfluss auf das Netz hatte, ob die einzelnen Festplatten online waren oder nicht. Alle Rechner bildeten das Netz, alle Knotenpunkte im Netz waren gleichwertig. Das Netz war so gut geknüpft, dass es keinen Unterschied machte, wenn sich ein Knoten löste, denn immer gab es mehrere andere, die seine Funktion übernehmen konnten. Das Netz war immer in Bewegung, weil sich die Zahl der Rechner, die daran teilnahmen, ständig änderte. Es war weder nachvollziehbar, woher eine Information kam, noch wohin sie ging. Es war weder für Institutionen noch für Individuen möglich, das Netz in irgendeiner Form zu kontrollieren oder zu überwachen.

h.b.s erster Hack war der Server von Berlin-Online gewesen. Der Server war nicht besonders gut gesichert gewesen und hatte sich deshalb zum Üben angeboten. Seine Firewall, die vor

Hackerangriffen hätte schützen sollen, war veraltet gewesen. Von außen betrachtet hatte h.b.s Rechner Pandora nichts Ungewöhnliches getan. Sie hatte einfach nur die Kinoprogramm-Seiten aufgerufen. Versteckt in Pandoras IP-Protokoll waren die Trojanischen Pferde mitgelaufen, die auf dem Berlin-Online-Server ausschwärmten. Ihre Aufgabe war es, die Lücken im System zu finden, die Hintertüren, und sich unbemerkt auf dem fremden Server zu speichern. Wenn h.b. und die Greeks nun von außen die entsprechende Anfrage stellten, öffneten sich die Hintertüren und erlaubten den direkten Zugriff auf den Berlin-Online-Server. Von dort konnten die Greeks nun jederzeit im Trojanischen Netz kommunizieren, ohne dass sich die Spur zu ihren eigenen Rechnern zurückverfolgen ließ. Eine Mission der Greeks war es, möglichst große Rechner zu hacken, um das Trojanische Netz zu erweitern. Nicht nur das Hacken, sondern auch die unkontrollierte, das hieß unüberwachte Kommunikation, war höchst illegal. Das t-net war verboten, der Aufenthalt darin strafbar, und die Greeks galten als terroristische Vereinigung. Wenn durch eine unglückliche Verkettung von Unwahrscheinlichkeiten, zum Beispiel über eins der Enfopol-Schnüffelprogramme, aufflog, dass h.b. Zugang zum Trojanischen Netz hatte, war sie dran. Dranner als dran. h.b. ging auf den »GameshowNo«-Bereich des t-net und berief ein virtuelles Plenum ein. Sie brauchte dringend einen Tipp, wie sie Geräusche und Bilder eleganter umleiten konnte.

Jo blickte sich um. Das war jetzt schon der siebte Sushi-Laden. Kookie und er hatten sich die Adressen aufgeteilt. Er hatte keine Ahnung, wonach sie eigentlich suchten. Und offensichtlich hatten die »RunRabbitRun«-Fans, die sich heute in den Sushi-Läden auf die Füße traten, ebenfalls keine Ahnung, wonach sie suchten. Vorhin hatte er Kookie noch beruhigt: »Vertrau deiner Intuition. Wenn du am richtigen Ort bist, wirst du es wissen.« – »Wie, was weiß ich dann?« – »Das wirst du schon sehen«, hatte Jo bedeutungsvoll gesagt. Jetzt stand er in einem winzigen krankenhausgrün gestrichenen Raum. An die Längsseite quetschte sich eine Verkaufstheke, hinter deren Glas das Sushi-Angebot ausgestellt war. Er betrachtete die Auslage und wartete auf die Intuition. In schwarzgrüne Rollen war klebriger Reis gepackt, in der Mitte steckten verschiedene Gemüse und Fischschnipsel. »Des Rätsels Kern ist wie der Lachs in der Sushi-Rolle«, dachte Jo versuchsweise und wartete auf eine alles erhellende Idee. Sie kam nicht. Hinter der Theke war eine Mikrowelle an der Wand befestigt. Schwarz und bedrohlich wartete sie auf Kundschaft, wartete darauf, die Moleküle organischer Materie in tödliche Schwingungen zu versetzen. Jo wandte mühsam den Blick ab und sah sich weiter um. An den Wänden hingen billige Reproduktionen von Tuschezeichnungen und rosa geblümte Fächer. Darunter lief eine schmale Bar entlang, gerade breit genug, um einen Teller darauf abzustellen. Ein kleines Mädchen mit rotem Baseballcap auf den schwarzen Haaren saß auf einem Barhocker und machte Hausaufgaben. Jo hatte Durst. Er beschloss, sich eine Pause zu gönnen und etwas zu trinken. Auf der Verkaufstheke lag eine kleine goldene Handglocke, daneben stand ein Pappschild, auf das mit schwarzem Filzstift gekrakelt war: »Bitte leuten«. Er klingelte. Das kleine Mädchen stöhnte genervt, rutschte vom Hocker und stellte sich hinter die Theke. »Ja?« – »Ich hätte gern ein Wasser«, sagte Jo. »O.K.« Sie holte ein Wasser aus dem Kühlschrank, öffnete es und stellte es vor ihn auf die Theke. – »Macht vier Euro. Möchten Sie noch einen Glückskeks dazu?«, fragte sie und legte ohne die Antwort abzuwarten einen kleinen schleifenförmigen Keks in durchsichtiger Verpackung neben die Flasche. »Macht dann sechs Euro.« Das Mädchen kassierte, ging wieder um die Theke herum und stieg auf seinen Barhocker. Jo überlegte, ob er das Mädchen bitten sollte, den Stecker aus der Mikrowelle zu ziehen. Die Türglocke bimmelte, fünf Männer drängelten sich in den engen Raum.

»Guck mal, der Fächer da!«, sagte der eine und zerrte am Wandschmuck.

»Der ist nicht zu verkaufen!«, rief das Mädchen alarmiert und brüllte Richtung Hinterzimmer: »Papa, komm schnell, da sind schon wieder so welche!«

Jo trank das Wasser in großen Schlucken, steckte den Glückskeks ein und verließ den Laden.

Es war heiß in der Wohnung, die Nachmittagshitze staute sich zwischen den Kartons. Der Hase schwitzte auf Jos breiter Matratze. Es roch nach gammeligem Gemüse. Er hatte alle Fenster und Türen geöffnet, kein Windhauch regte sich. Auf dem kleinen Balkon stand ein Sonnenschirm, aber der Hase traute sich nicht raus. Vom Balkon aus hatte man einen guten Blick auf das Bahngelände und, etwas weiter rechts, auf den Slum an den äußersten Rändern von Berlin-Mitte. Auf dem Gelände einer ehemaligen Baugerüstefirma standen die selbst gezimmerten Hütten dicht an dicht. Zwischen den Gleisen hatten die Slumbewohner ein buntes Mosaik kleiner anarchischer Gärten angelegt. Über den Gärten spannten sich im weiten Bogen die Fußgängerbrücke Schwedter Straße und, im rechten Winkel dazu, die Behmstraßenbrücke. Die Brücken waren mit Securitycams gut ausgestattet, Jo hatte ihn gewarnt. Der Hase wollte kein Risiko eingehen. Spätestens übermorgen würde sein Gesicht in »RunRabbitRun« gut zu erkennen sein. Es war bekannt, dass die Securitydienste gegen Schmiergeld private Suchanfragen durch die biometrischen Programme laufen ließen. Der Hase klickte sich zum wiederholten Mal durchs TV-Programm. Er konnte sich auf nichts konzentrieren. Es war nicht zum Aushalten. Er war an die Wohnung gefesselt, auf die Hilfe der anderen angewiesen. Irgendwas lief schief. Eigentlich sollte er der Held eines wilden und gefährlichen Abenteuers sein. Stattdessen liefen nur die anderen draußen rum, hatten Spaß und lösten Rätsel. Sie machten das extra. Sie wollten ihn abzocken. Zappeln lassen und dann abzocken. Er hatte sich blauäugig in die Hände von Kriminellen begeben. Er trank einen Schluck Limonade und stöhnte. An der Datenmanipulation hatte er sich nicht direkt beteiligt, er könnte behaupten, er habe davon nichts gewusst. Er würde es ihnen zeigen. Er hatte sie in der Hand. Nicht er war kriminell, sondern sie. h.b. stahl und manipulierte Daten, Jo hatte eine Wohnung voller Hehlerware und hielt ihn als Geisel. Genau, so war es. Er war eine Geisel. Aber er würde sich aus den Klauen der Datenterroristen befreien und die Datenmanipulation aufdecken. Er würde die zehn Millionen von »RunRabbitRun« bekommen, das Bundesverdienstkreuz und ein Gewinnlos der Rentenlotterie. Er bemerkte, dass er seit einiger Zeit seine Erektion rubbelte.

Mama Su, die Sushi-Kette in der Torstraße, Ecke Rosenthaler Straße hatte dicht gemacht. Die Scheiben waren eingeschmissen und das Innere verwüstet. Die Leute hatten alles rausgeholt, was irgendwie verwertbar war, sogar den Fußbodenbelag. Jo sah auf seinen Zettel. Der nächste Laden, Best Sushi, war um die Ecke in der Gormannstraße. Jo summte den Text des Rätsels.

»Nackt bin ich und roh
Im Land der Fischlaterne
Nimm mich zu dir mit?«

Die meisten Läden in der Torstraße waren geschlossen, die Fenster mit Brettern vernagelt. Jos Lieblingsladen existierte noch: »An- und Verkauf. Smarties, Games, Technik, Antikes« prangte in Western-Schrift auf der Scheibe. Der Besitzer war ein gelegentlicher Kunde von ihm. Jo klopfte an die Scheibe und winkte. Vor dem Laden saß wie üblich eine Gruppe zehn-, zwölfjähriger Jungen und Mädchen, die sich mit alten Gameboys vergnügten. Jo ging weiter und summte. Schwierige Probleme zu singen regte die rechte Gehirnhälfte an und führte zu ungeahnten Kreativleistungen, hatte er mal gehört. Er versuchte es mit Operntremolo. »...Fischlaaaatöööörrrne!«, schmetterte er und versuchte seine Stimme tief zu stellen. Er musste husten. Vielleicht lieber als Rap. »...Nimm mich zu dir mit?« Der Vers eignete sich tatsächlich als Hip-Hop-Text. Fünf Silben, sieben Silben, fünf Silben. »pffbmp pffmp...« Jo legte ein kurzes Solo als Beatbox ein. Wie ging noch mal das erste Rätsel?

»Reisende im Meer
Im Koffer ein Labyrinth
Evas Name ist?«

»pffbmp pffmp...« Er hätte Hip-Hopper werden sollen. Zwei Jahrzehnte war er zu spät geboren, zu spät für ein Leben mit fetten goldenen Ketten, umgedrehten Baseball Caps, Schlabbershirts und Schlabberhosen. Jo schritt breitbeinig aus und wirbelte seine Unterarme im Takt. Er hörte Gelächter hinter sich. Einer der Jungen war ihm gefolgt und imitierte ihn. Jo drehte sich um, der Junge rannte kreischend und lachend zu den anderen zurück. Jo gab noch einmal sein Können als Beatbox zum Besten. »Pffbmapm, pfft pfft pfft...« Seine Zuhörer pfiffen und lachten. »...Evas Name ist?« Fünf, sieben, fünf. Das war auch ein Fünf-Sieben-Fünf-Silber. Der Rhythmus erinnerte ihn an eine japanische Hip-Hop-Band, die auf Englisch rappte. Wie hieß sie nur? Haiku-Five-Seven-Five, das wars! Jo fingerte in seiner Tasche nach der Sushi-Bar-Liste, die ihm Kookie gemailt hatte. Bei elf Shushi-Läden war er noch nicht gewesen.

E-Do Sushi
Berlin Sushi
Sushi and more
Sushi-Bar
Izumi
Sushi Bar Maru
Haiku Sushi
Sushi Kiraku

Sushi Do
Sushi Sachiko
SushiQ

Haiku Sushi! Jo faltete die Hände vor seiner Brust und verneigte sich mit steifem Oberkörper gen Osten. Er dankte seiner Intuition von ganzem Herzen.

Jürgen Peters, Überwachungstechniker bei net.tv, stutzte. Irgendetwas an den Audio-Frequenzen kam ihm seltsam vor. Um sicherzugehen, ließ er ein Analyseprogramm durchlaufen. Jürgen Peters war für seine Gewissenhaftigkeit bekannt. Er machte seinen Job gerne. Während das Programm lief, blickte er nach draußen. Vom sechsundzwanzigsten Stock des net.tv-Gebäudes, dem ehemaligen AXA-Nippon-Allianz-Turm, auch Treptower genannt, hatte er einen wunderbaren Ausblick auf die Spree. Die Nachmittagssonne ließ das Wasser glitzern. Über der Stadt prangte ein tiefblauer, wolkenloser Himmel. Von hier oben meinte er, die Erdkrümmung am Horizont erkennen zu können. Ein Signalton erklang, das Programm war fertig. Jürgen Peters entfuhr ein »Woops«. Das »Woops« hatte er sich während eines Studienaufenthaltes in den Staaten angewöhnt. Das Programm zeigte unmissverständlich, dass die Audios manipuliert waren. Die Geräusche waren zusammengeflickt aus den immer gleichen Sequenzen. Jürgen Peters schickte eine Kurznachricht an Frau Schmidt-Schöffenbacher, höchste Priorität.

Das also war Haiku Sushi. Jo sah sich ratlos um. Der Raum war weiß gestrichen, an der Decke summten Neonlichter, obwohl es draußen noch hell war. Im Gegensatz zu den anderen Sushi-Bars war hier kaum Wert auf asiatisch anmutende Innendekoration gelegt worden. Die Resopaltische und Plastikstühle sahen aus, als stammten sie aus dem Nachlass einer DDR-Kantine.

Auf jedem Tisch stand ein metallic-oranger Quader, aus dem ein paar trockene Zweige stakten. Volkshochschul-Ikebana. Kein Wunder, dass er der einzige Gast war. Er setzte sich an einen Tisch und studierte die Speisekarte.

Sushi

	Nigirisushi (handgeformt)	
1	Maguro (Tunfisch)	16,00
2	Sake (Lachs)	14,00
3	Ebi (Garnele)	16,00
4	Amaebi (Shrimps)	15,00
5	Ikura (Lachsrogen)	22,00
6	Ebikko (Forellenrogen)	16,50
7	Tobikko (Fliegender-Fisch-Rogen)	18,00
8	Suzuki (Dorsch)	12,50
9	Unagi (Flussaal)	18,00
10	Surimi (Krebsimitat)	14,00
11	Hamachi (Gelbschwanzmakrele)	20,00
12	Saba (marinierte Makrele)	14,00
13	Kohada (marinierter Hering)	13,50

Vielleicht steckte die Lösung irgendwo hier drin, vielleicht bedeutete das »Krebsimitat« nicht nur Krebsimitat, sondern noch irgendetwas anderes. Etwas, das ein deutlicher Hinweis war oder vielleicht sogar die Lösung. Aber was, was war die Lösung? Die Antwort auf »Nimm mich zu dir mit?« musste ein Gegenstand sein, den er mitnehmen konnte, etwas, das sich hier im Raum befand. Bloß was? In zwei Stunden musste der Hase mit der Lösung im Schlupfloch sitzen. In dem Raum gab es eine begrenzte Anzahl transportierbarer Gegenstände. Die Blumentöpfe, Papierservietten, das Geschirr. Noch nicht einmal

Tischdecken lagen auf dem Resopal. Jo starrte wieder in die Speisekarte. Was sollte er nur mitnehmen? Die Speisekarte? Die Blumen? Den Salzstreuer? Er brauchte Zeit, um unauffällig eine Auswahl von Dingen einzustecken. Außerdem hatte er Hunger. Aus der Küche kam eine dicke alte Frau im Blümchenkittel. »Sie wünschen?« – »Moment, ich muss noch nachdenken.« Die Frau schlurfte näher. »Zum hier essen oder zum mitnehmen?« Kurzentschlossen klappte Jo die Speisekarte zu. »Machen Sie davon irgendwas in der Mikrowelle?«, erkundigte er sich. »Nee, also wirklich. Sushi ist allet roh, Jemüse und Fisch. Und den Reis machen wa inne Dampfkochtopf.« – »Dann bitte von jedem eins.« – »Ditt ist aber ne Menge. Bestimmt für sieben Personen«, sagte die Alte. »Macht nichts, da essen viele mit.« Jo lächelte gewinnend. »Ditt dauert aba bestimmt zwanzig Minuten.« – »Ich kann warten«, sagte Jo und zog demonstrativ seine Jonglierbälle aus dem Rucksack.

Nee, hier würde ich freiwillig keinen Schritt reintun. Son Schnöselladen. Umzingelt von Neo-Dandys bin ich hier. Nur echte Schnösel kommen auf die schnöselige Idee in so was reinzugehen. Hätt ich mir denken können, dass Arif son verklemmter Yuppie ist. Auf den ersten Blick wirkt der gar nicht so. Wenns hier nen Türsteher gäbe, hätte der mich nie reingelassen mit meinen abgefetzten kurzen Hosen. Die Kellnerin hat sogar den Tisch abgewischt, so nobel ist das hier. Ob ich schon Wünsche habe. Meine Fresse. »Nee, ich warte noch mit meinen Wünschen«, habe ich gesagt. Arif ist noch nicht da. Ich hab ne Belohnung verdient, ich hab den ganzen Tag gearbeitet und bin vom Bike gesprungen, hab die Visipics gemacht jede volle Stunde und Sushi-Bars angeguckt. In den Sushi-Läden wars richtig hektisch, viele Hobbyjäger waren unterwegs. Wohl bekommts dem Sushi-Umsatz. Ich brauch ne Pause. h.b. soll sich nicht so aufführen. Ich mach die Arbeit und sie führt sich auf. Dass wir das Rätsel nicht zu Ende gelöst haben, hat sie gesagt und dass ich uns alle in Gefahr bringe, weil ich mit Yves über das Rätsel gequatscht habe. Zick, zick, zick. Yves ist sicher, hab ich ihr gesagt, Yves ist ein Messenger und ne Hehlerin, die hälts Maul, die weiß, was sie tut. Ich hab meinen Teil getan, hab ich zu h.b. gesagt, und wenn ich nicht mal ne verdiente Pause machen darf, dann bin ich raus aus dem Spiel. Habe ich gesagt und aufgelegt. Und jetzt bin ich in diesem Schnösselladen und warte mit meinen Wünschen.

Jo, der Hase und h.b. saßen in Jos Wohnung auf dem Boden, vor sich zwei riesige Pizzaschachteln mit Sushi. Drumherum eine Speisekarte, Papierservietten, ein Blumengesteck, Essstäbchen, Zahnstocher, ein kleiner Ständer mit Pfeffer und Salz, Sojasoße, Süßsauersoße und scharfe Soße, Gabel, Messer, Porzellanlöffel, Teller, Schüsseln. Ratlos starrten sie auf das Arrangement. »Die Lösung steckt da irgendwo drin«, sagte Jo, »da bin ich mir ganz sicher.« – »In dem Haufen?« – »In einer Stunde muss ich im Schlupfloch sein, wir schaffen das nicht!«, jammerte der Hase. »Wenn wir das sowieso nicht schaffen, können wir auch essen«, sagte Jo und steckte sich einen algigen Fischhappen in den Mund. »Hör auf!«, schrie der Hase. »Vielleicht frisst du gerade die Lösung!« – »Ich habe Hunger«, sagte Jo und steckte sich den zweiten Happen in den Mund. h.b. seufzte. »Hast du wenigstens von jeder Sushi-Bar Visipics gemacht, damit wir die noch mal ansehen können?« – »Ja, nur im Haiku Sushi keine mehr.« – »Was, spinnst du?« – »Wieso, ich war mir sicher, dass ich da was mitnehmen soll. Nimm mich zu dir mit, ist doch eindeutig. Außerdem wollte ich die Köchin nicht misstrauisch machen, schließlich habe ich ihr den halben Laden ausgeräumt.« – »Wie kann man nur so blöd sein«, raunzte h.b. Der Hase griff nach einem Sushi-Happen. »Finger weg!«, rief h.b. »Das ist unser Lösungsmaterial! Das könnt ihr nicht essen!« Der Hase legte den Happen wieder zurück. Jo nahm sich demonstrativ das zurückgelegte Stück. »h.b., das ist kein Beweismaterial, das ist Sushi. Ich habe Hunger. Der Kühlschrank ist leer. Lass uns was essen und dann weiterdenken.« – »Dann warte wenigstens den winzigen Moment, bis ich alles aufgenommen habe.« h.b. robbte mit der Smart Cam dicht an die Schachteln heran. Von allen Seiten machte sie Aufnahmen von den Sushi-Häppchen. Der Magen des Hasen knurrte laut und empört. »So, jetzt können wir essen.« Der Hase schob sich zwei Happen auf einmal in den Mund.

»Hallo!« Arif streckt mir die Hand entgegen. Die Hand! Ein Pfötchengeber! »Hallo«, strahle ich, packe ihn an den Schultern und gebe ihm drei Luftküsschen. Links, rechts, links. Wenn schon fein, dann aber ganz fein. Er setzt sich mir gegenüber. Schweigen. »Hab ich Hunger!« Gleichzeitig sagt Arif auch was. Habe ich jetzt nicht verstanden. »Was?«, fragen wir gleichzeitig und müssen lachen. »Spielst du gerne?«, fragt Arif. Ich lächle und schaue ihm in die schönen Augen. »Kommt drauf an, was.« Er redet schnell weiter. »Netgames zum Beispiel, hast du eine Lieblings-Gameshow?« Was soll das denn? Sind die uns auf der Spur? Ist Arif ein »RunRabbitRun«-Spitzel? Ich stütze mein Kinn dekorativ auf die Hand. »Mit virtuellen Spielen hab ichs nicht so, die sind mir zu … unkörperlich.« – »Unkörperlich? Spielst du lieber 4D-Spiele mit Gamegloves?« Der Mann ist nicht auf Zweideutigkeiten gepolt, das wird anstrengend. Aber lecker ist er, ich habe mich schon den ganzen Tag auf die Praline gefreut. Ich fang noch mal von vorne an: »Stehst du denn auf Spielchen?« Arif: »Aber sicher! Hast du wirklich keine Lieblings-Gameshow? Das kann ich gar nicht glauben.« – Ich: »Doch, das ist so! Aber du hast bestimmt ne Lieblings-Gameshow, oder?« – »Ja, ›RunRabbitRun‹!«, platzt es aus ihm heraus. Das war jetzt die große Begeisterung. Er merkt, dass er sich vielleicht verplappert hat, nuckelt an seiner Rum Cola und fügt hinzu: »Obwohl, eigentlich ist ›Lonely Island‹ viel besser ausgearbeitet. Der Spannungsbogen ist klarer konstruiert. Und das ›Autobahn Race‹ ist visuell anspruchsvoller.« – »Und, was findest du so toll an ›RunRabbitRun‹?«, frage ich. Er antwortet nicht, sondern zerbeißt nen Eiswürfel. Das Splittern und Knirschen von Eis an Zahn stellt mir die Nackenhaare hoch. Noch ein Versuch: »Wieso findest du ›RunRabbitRun‹ so toll? Das ist doch voll manipuliert. Der Hase gewinnt nie, die lassen den immer kurz vor Schluss hochgehen.« – »Dir ist das Spiel also doch bekannt!« Arif steckt sich mit Genugtuung nen weiteren Eiswürfel in den Mund. »Klar, hab ich ja nie gesagt, dass ichs nicht kenne.« – »Doch, gerade eben«, sagt er, kaut und knirscht. »Nee, ich habe nur gesagt, dass ich keine Lieblings-Gameshow habe.« Dieses Eiswürfelgeräusch ist völlig abtörnend. Langsam vergeht mir der Ehrgeiz. Er redet weiter: »Bei ›RunRabbitRun‹ scheinst du aber besonders sachkundig zu sein, oder?« – »Nur so, wie ich halt mal was gehört habe darüber. Aber du bist ein Experte, was?« – Arif: »Nicht mehr als andere hier Anwesende.« Pause. Schweigen. So wird das nichts. Jetzt weiß ich weder, was für ne Verbindung er zu »RunRabbitRun« hat, noch bin ich mit meiner Abendgestaltung weitergekommen. »Du entschuldigst mich«, sagt er und steht auf. »Gehst du jetzt oder was?« – »Nein, ich möchte auf die Toilette«, sagt er steif und zieht ab. Meine Güte. Vielleicht sollte ich mich auf eine Mission konzentrieren. Will ich Informationen oder will ich Sex? Ich will eindeutig Sex. Das Einzige, das so gut ist, wie mit dem Bike in der Stadt unterwegs zu sein, ist Sex. Hinter jeder Ecke könnte ein leckerer Mann stehen, schau um die nächste Ecke, und wenn er da nicht steht, könnte er um die nächste stehen. Das schätze ich an der Stadt, es gibt so viele Ecken, so viele Männer, so viele Möglichkeiten. Ich nasche Männer, ich will sie nicht am Haken haben, ich will sie kosten und dann woanders weiternaschen. Die Stadt ist ne riesige Pralinenschachtel, lauter unterschiedliche Pralinen und alle sind sie lecker. Jo findet das sexistisch. Aber Jo ist keine Praline, Jo ist ein guter Freund. Mein Smartie piept, ich habe den Alarm eingestellt, gleich ist es neunzehn Uhr, schnell zücke ich die Minicam und halte sie gen Decke. Noch ein hübsches Deckenporträt, die Fans werden sich freuen. Ich stecke die Minicam schnell wieder weg, Arif kommt vom Klo zurück, jetzt aber mal Fahrt geben. »Mmmh, der Drink war echt lecker«, sage ich und lecke mir die Lippen. Etwas platt, aber Balzrituale sind platt. Arif lacht verlegen. Offensichtlich beherrscht er die Kunst der sexualisierten Plattheiten nicht. Da muss ich wohl konkreter werden. Ich schlüpfe aus meinen Sandalen und schiebe meinen linken Fuß vor, bis er seinen Fuß berührt. Der Junge zuckt zusammen. Meine Güte. Aber immerhin lässt er seinen Fuß stehen. Ich schiebe auch meinen rechten Fuß neben seinen. Jetzt habe ich ihn in der Klammer. Er sitzt da wie ein Betonklotz. Ich habe mir da harte Arbeit ausgesucht, erst mal ein bisschen warten. »Ich hab noch richtig Lust auf was Süßes«, sage ich und strahle ihn an. Er greift nach der Karte und sagt: »Ja, genau, etwas Süßes, gute Idee. Hier gibt es eine große Palette exotischer Eissorten. Wie wäre es mit Paprikasorbet?« Das intellektuelle Gefasel hat es ihm schon fast verschlagen, ich mache Fortschritte. Er hätte ja auch sagen können: »Ich empfehle Paprikasorbet, war dir schon bekannt, dass Paprika ganz besonders eisen- und Vitamin-C-haltig ist?« – »Ich nehm lieber ne Eierspeise«, sage ich und schiebe meinen Fuß langsam an seinem Bein nach oben.

h.b., Jo und der Hase lagen satt und müde um zwei leere Pappschachteln herum. »Und nun?«

»Ich muss in vierzig Minuten im Schlupfloch sein, das schaffen wir nie!«

»Wer hat Vorschläge?«

»Wir könnten das Rätsel rappen.«

»Konstruktive Vorschläge, bitte.«

»Das ist konstruktiv, das hat mit der rechten Hirnhälfte zu tun. Vorhin habe ich gerappt und schon wusste ich, dass Haiku Sushi der Ort ist, nach dem wir suchen.«

»Ob er das war, wird sich noch zeigen«, murmelte h.b.

Jo fing an zu rappen: »Nackt bin ich / und roh / Im Land der Fischlaterne / Nimm mich zu dir / mit?« Der Hase fiel ein und klapperte im Takt mit den Essstäbchen. h.b. musste lachen, nahm ein Essstäbchen und klirrte rhythmisch gegen die Gläser. »Die Essstäbchen!«, schrie sie plötzlich. Jo nahm die Idee auf und rappte: »Die Ess, die Ess, die Ess – Stäh – Beh, ich ess, ich stäh, ich beh.« – »Stop!«, rief h.b. »Wir haben das Rätsel gelöst!« Plötzliche Stille. »Wieso?«, fragte der Hase.

»Nimm mich zu dir mit!«

»Ja, und?«, meinte Jo.

»Nimm mich zu dir mit, etwas zu sich nehmen, bedeutet etwas zu essen, Sushi isst du mit Essstäbchen! Die Lösung heißt Essstäbchen!«

»Ich verneige mich vor deiner Intuition«, hauchte Jo.

Es riecht fremd, es riecht gar nicht nach meinem Bett. Ich schlage meine Augen auf. Ich liege unter ner weißen Decke mit blauen Blümchen. Das ist definitiv nicht mein Bett. Das ist auch definitiv nicht mein Zimmer. Aber ich bin definitiv ich. Ich strecke mich, ich befinde mich in der wohligen Post-Orgasmus-Behaglichkeit. Arif, genau. Ich bin bei Arif. Arif mit den schönen Augen und dem schönen Körper und der mäßigen Begabung für sexuelle Unterhaltung. Ich setze mich auf. Ein netter, schneller Standard-Fick und er schläft ein. War O.K., aber an dem Körper hätte ich mich gern noch ein bisschen länger ergötzt. Ich muss mal. Wo ist mein T-Shirt? Auf dem Stuhl und darunter, halb verdeckt, die Minicam. Die hat brav ein paar Stunden lang Arifs Zimmerdecke fotografiert. Aus dem Nebenzimmer kommen Geräusche. Ich lasse das T-Shirt auf der Minicam liegen und tapse rüber. Arif sitzt vorm Monitor. »RunRabbitRun« läuft. »Wo ist denn hier das Klo?« – »Hinten links.« Arif dreht sich noch nicht mal um. Arsch. Er sieht sich die Wiederholungsloops von »RunRabbitRun« an! Ich springe zum Bildschirm.

Auf den türkisfarbenen Talk-Sesseln saßen Tobby Reissen und die Zeugin des Tages: ein dicke alte Frau im wildgemusterten Kleid. Der Hase wurde eingeblendet. »Die Lösung des Tagesrätsels lautet – Essstäbchen!«, rief er und winkte mit den hellgelben Stäbchen. Es wurde zurückgeschaltet ins Studio. Die Alte hatte eine Brille aufgesetzt und sagte »Jenau, ditt sind die neuen Stäbchen. Die sin' vor drei Tagen jeliefert worden. Hübsch sind die. Aber ditt Bürschken? Könnse mir ditt noch mal zeijen?« Der Hase kam wieder ins Bild. Er strahlte, winkte und machte das Victory-Zeichen. »Also ditt muss ick jetzt mal sachen. Ditt Bürschken war heute nich bei mir inne Laden. Den hab ick noch nie jesehn. Dit wüsstick.« – Tobby Reissen: »Nun, wie Sie sehen, ist das Gesicht des Hasen stark verfremdet. Ganz wird es erst in ein paar Tagen zu sehen sein. Sind Sie sich sicher, dass Sie ihn noch nie gesehen haben?« – »Ach wat, nen Menschen arkennt man doch anne janzen Körpahaltung. Der war nich bei mir«, sagte die Alte und verschränkte die Arme unter ihrem gewaltigen Busen. »Nun«, Tobby Reissen drehte sich wieder zur Kamera. »Was sagt der Hase dazu?« – »Natürlich war ich im Laden, sonst hätte ich die Stäbchen ja nicht. Vielleicht kann sich die Dame nur nicht erinnern.« – »Nee, nee, dich hab ik noch nie jesehn. Ditt wüsstik.« – »Da müssen Sie sich wohl irren.« – »Jetzt werd ma nich frech, Bürschken. Hastn Komplizen jehabt, wa? Den halben Laden habta mir ausjeräumt!«

»Nimm mich zu dir mit! Klar, die Essstäbchen!«, rutscht es mir raus. Arif dreht sich um. »Ich dachte, ›RunRabbitRun‹ interessiert dich nicht.« – »Natürlich! Nicht«, beeile ich mich zu sagen. »Wieso warst du im Aquarium?« – »Weil ich Fischchen super finde«, sage ich und mache »Pssst!« Meine Blase drückt ungeheuer. Aber gerade kommt der Hase ins Bild.

»Meine Damen und Herren, diebisches Langohr, ich muss Sie auf eine ernste Angelegenheit aufmerksam machen. Wir erhalten seit gestern Drohbriefe per Mail.« – Tobby Reissen machte eine dramatische Pause, damit das aufgeregte Gemurmel des Publikums besser zur Geltung

kam – »Drohbriefe, die wir sehr ernst nehmen. Eine cyberterroristische Gruppe, die so genannten ›Greeks‹, drohen, das Spiel zu sabotieren. Das Gemurmel schwoll an, aus dem Publikum kamen Pfiffe und Rufe: »Schweine!« – »Sperrt sie ein!« – »Verdammtes Radikalenpack!« – »Terroristen!«

Das ist unglaublich. Ich lehne mich über Arif, um den Bildschirm besser zu sehen. »Äh, Kookie.« – »Ja?« – »Möchtest du dir nicht was überziehen?« Stimmt, ich bin ja noch nackt. »Nö, mir ist nicht kalt.« Was für ein Klemmi. Vorhin haben wir miteinander gepoppt und jetzt ist ihm unangenehm, dass ich hier nackt rumstehe.

Der Hase wurde eingeblendet. Er saß sichtlich verdattert auf dem Sessel. Tobby Reissen: »Und, Möhrenfresser, was wirst du jetzt tun? Alle sind dir auf der Fährte, die Jagdteams unserer treuen Fans und nun auch noch wirklich gefährliche Subjekte.« – »Nun ja ...« Tobby unterbrach ihn: »Du kannst natürlich jederzeit abbrechen, Kuschelhäschen, wir sind um deine Sicherheit besorgt und wollen dich natürlich keinem ERNSTHAFTEN Risiko aussetzen.« Das Publikum klatschte. »›RunRabbitRun‹ ist ein Spiel. Aber eins muss dir klar sein, dann siehst du auch keinen Euro.« Der Hase räusperte sich und sagte mannhaft: »Ich mache natürlich weiter. So ein paar Verrückte sollen mich und die Fans doch nicht um den Spaß bringen.« – »Der Hase ist eine diebische Elster, aber ein guter Sportsfreund.« Tobby Reissen strahlte in die Kamera. »Nun denn, Sportsfreund und Langfinger, hierrr prrräsentiere ich dir das nächste Rätsel:
›Eine wird viele
Als der Turm zu hoch gebaut
Welch Fisch eint alle?‹«

»Meine Fresse, schon wieder Fische«, rutscht es mir raus.
»Ich wusste es, ich wusste es die ganze Zeit! Gib es doch endlich zu!«, brüllt Arif in mein Ohr.

»Komm mal runter, was ist los?«

»Gib endlich zu, dass du auch in einem Jagdteam bist!«

»WAS?«

»Ja, du bist auch in einem Jagdteam und willst mich ausspionieren. Und unser Gespräch im Aquarium habt ihr auch verfremdet, um alle andern Jagdteams irrezuführen!« Das hat er sich ja fein zusammengedacht, der Herr Intellektuelle. Dass ich was rauskriegen will, hat er allerdings gut geraten. »Du spinnst«, sage ich wenig überzeugend, drehe ihm meinen nackten Hintern zu und schreite zum Klo.

4

h.b. wachte auf. Ihr war kalt und ihre Seite schmerzte. Sie lag halb auf dem Boden, halb auf der Matratze. So schlecht hatte sie lange nicht geschlafen. Gedrängel von Jo, Zähneknirschen und Gestöhne von dem Hasen. Ihre Blase drückte. Zu viel Pflaumenschnaps. Sie hatten gestern Nacht die Lösung des Rätsels und den erfolgreichen »RunRabbit-Run«-Auftritt des Hasen gefeiert. Sie und der Hase hatten gefeiert, Jo hatte ihnen umständlich erklärt, warum Alkohol für ihn zu den unbedingt zu vermeidenden Substanzen gehörte. h.b. rappelte sich hoch und tappte ins Bad. Die Klobrille sah scheußlich aus, Jo war ein Schwein. Sie zupfte ein paar Streifen Klopapier ab und legte sie auf die Brille. Dann setzte sie sich und pinkelte. h.b. gähnte. Bei dem Gedränge auf der Matratze konnte sie bestimmt nicht mehr einschlafen. Sie stemmte den orangefarbenen Plastikeimer hoch und spülte mit Schwung. In Jos Haus war seit Monaten das Wasser abgestellt. Es platschte laut, sie hoffte, dass der Hase und Jo nicht aufwachten. Dann schlich sie zwischen leeren Pappschachteln, altem Papier, Dosen und zerknüllten Servietten Richtung Balkon. Es dämmerte schon. Das PVC klebte unter ihren Fußsohlen. Es knackste, sie war auf ein Essstäbchen getreten. Sie hob die zwei vanillegelben Plastikteile auf. Je drei der vier Stäbchenkanten waren mit Zeichen bedruckt, auf der vierten war ein grinsender, türkisfarbener Fisch abgebildet. Sie raffte ihre Kleidung zusammen, zog sich an und fuhr Jos Laptop hoch. Sie scannte mit der Smart Cam die Schriftzeichen auf dem Essstäbchen und lud die Daten auf den Laptop. Dann rief sie das Übersetzungsprogramm »Babelfish« auf, stellte den japanischen Zeichensatz ein und klickte »translate«.

»Die Eins wird zu viel
Wenn ein hoher Turm gebaut wird
Welcher Fisch vereint sich vieles?«

Langsam, ganz langsam kroch die Erkenntnis in h.b.s schlaftrunkenes Hirn. Das war so schlecht übersetzt, wie es nur ein Übersetzungsprogramm zustande brachte, aber es war eindeutig das nächste Tagesrätsel. Leise schlich sie zurück zur Matratze und zog aus dem verknäulten Haufen eine Wolldecke. Der Hase murrte im Schlaf. Sie öffnete vorsichtig die Balkontür und setzte sich auf den alten Plastikstuhl. Die Decke hängte sie sich wie ein Zelt über den Kopf und starrte in den diesigen, grauen Morgen. Auf dem Bahngelände werkelten die ersten Menschen in ihren Gärten. Hähne krähten, sogar das Gebrüll einer Kuh war zu hören, wurde dann übertönt vom Rattern der S-Bahn. Wieso stand das nächste Rätsel auf dem Essstäbchen? Das Tagesrätsel war dem Hasen gestern Abend in der Show gestellt worden, wie immer. Hatten sich die Spielregeln geändert? Hatte sie etwas Wichtiges übersehen? Was war mit den angeblichen Drohmails von den Greeks? Woher kamen die? Und wieso »Welcher Fisch eint vieles?«? Wieso hatten die Aufgaben alle mit Fischen zu tun, nur die erste nicht?

Ein Zeitfresser. Hätte ich mir denken können, dass Bert mich heute mit Zeitfressern abstraft. Happs, happs, happs. Auf dem Päckchen steht »Frau Schmidt-Schöffenbacher, vierter Stock«, war natürlich falsch, das mit dem vierten Stock. Jetzt bin ich im Fahrstuhl auf dem Weg zum siebzehnten Stock. Mein Magen hasst Fahrstühle, je schneller die Fahrstühle, desto mehr drückt mir der Magen nach oben. Die Kabine ist verspiegelt, ich fühle mich beobachtet, nur glatte Spiegel um mich rum. Ich gehe mit dem Gesicht ganz nah an die Spiegelwand. Da sprießt ein saftiger neuer Pickel auf meinem Kinn. Ich gehe noch näher ran, quetsche mit den Fingernägeln, der Eiter spritzt auf den Spiegel. Beim Niesen erreicht der ausgestoßene Schnodder mindestens hundertfünfzig Kilometer pro Stunde. Ob ausgequetschter Pickeleiter genauso schnell ist? Da müsste der Eiter den Spiegel durchschlagen. Hinter meinem Kookiespiegelbild sehe ich unendlich viele Kookies von hinten, die unendlich viele Eiterspritzer auf unendlich vielen Spiegeln betrachten. Ein Pling, der Fahrstuhl ist im siebzehnten Stock. Ich trete auf den Gang. Türkise Korridore zu beiden Seiten. Rechts ist Zimmer 1735, daneben 1736. Die andere Richtung also. Ich trabe übers Teppichmoos. Zimmer 1707. Da hängt ein gelbes Post-it: »Bin in Zimmer 2514. Komme bald wieder«. Happs, happs, happs. Das Post-it frisst meine Minuten. Auf zu Frau Schmidt-Schöffenbacher in den fünfundzwanzigsten Stock. Ich brauche ihre Unterschrift, vorher komme ich nicht raus aus dem Zeitfresslabyrinth. Dup, dup, dup klingen meine Schritte, der Flauscheteppich schluckt den Schall. Dieses Teppichgetrabe ist anstrengender als Biken. Meine Füße sinken in die Fasern, als wären sie Sand. Wieder im Fahrstuhl zeige ich dem Spiegel nen beidhändigen Fickdichfinger. Vielleicht guckt ja doch jemand. Ich suche nach den Eiterspritzern, aber es ist ne andere Kabine. Oder der Spiegel wurde geputzt. Schnell alles wieder sauber machen, schnell den Eiter wegwischen, der schadet der Corporate Identity. Pling, dann trabe ich wieder durch türkise Gänge und suche nach Zimmer 2514. Dup, dup, dup. Ich wate durch selbstreinigende Edelfasern, die fressen mir den Straßendreck von den Sohlen. Der Laden hat Kohle. 2511, 2512, 2513, 2514. Endlich. Ich klopfe. Hinter der Tür sind Stimmen. Niemand öffnet. Ich klopfe wieder. Keine Reaktion. Ich drücke vorsichtig die Klinke runter. Mit dem Rücken zu mir steht ne Frau in nem eisblauen Kostüm. Die weißen Haare hat sie zum Knoten getürmt. Dahinter, am Schreibtisch, ein Mann im grauen Anzug, mit Halbglatze, die Krawatte türkis. Der hängt sich seine Corporate Identity unters Kinn. Die beiden haben mich immer noch nicht bemerkt. Sie beendet gerade ihren Satz: »Herr

Peters meint, das wäre kein Problem.« Glatzi lacht schleimig und sagt: »Wir schlagen zwei Fliegen mit einer Klappe. Wir erledigen diese Datenterroristen und haben gleichzeitig einen kostenlosen Testlauf.« Die Frau nickt mit ihrem Schneeköniginnenkopf: »Ich setze Tobby Reissen davon in Kenntnis.« Ich klopfe noch einmal an den Türrahmen. Die beiden fahren zusammen. »Können Sie nicht anklopfen, bevor Sie reinkommen«, herrscht mich die Schneekönigin an. Sie trägt ne verspiegelte Sonnenbrille und hellrosa Lippenstift. Von vorne sieht sie aus wie ein alterndes Skihäschen. »Tschuldigung«, sage ich. Blöde Motze. Hab ich angeklopft oder was. »Hier ist ein Paket für Sie.« – »Endlich!« Ihre Sonnengläser sind flache, silberne Scheiben, ihre Augen sind noch nicht mal in Umrissen zu erkennen. Der Mann lehnt sich zurück und sieht mich prüfend an. Seine Augen sind türkis, genauso türkis wie die Krawatte. Ich starre ihn an. Die Eisdiva reißt mir das Smartie aus der Hand und macht mit dem Smart Pen einen Krickel auf das Display. Es piept, die Unterschrift wird bestätigt.

»Ich habs!« Thomas tippte mit dem Fingernagel auf den Bildschirm. »Hier, hör mal, in der Szene, wo der Hase mit h.b. in der Küche sitzt, sagt sie was über einen Webjob. www.schuhnaumann.de.« – »Die Information ist schon zwei Tage alt.« Arif lag wieder auf dem Sofa. Er war todmüde. Nachdem Kookie gegangen war, hatte er nicht mehr einschlafen können. Die unvorhergesehene Entwicklung der Ereignisse hatte ihn aufgeregt, verwirrt und überfordert. Kookie war noch mit zu ihm gekommen, er konnte auch nicht mehr genau rekonstruieren, wieso eigentlich. Jedenfalls lagen sie auf einmal ohne Kleidung im Bett und schliefen miteinander. Ihm war das alles zu schnell gegangen. Wieso hatte sie danach so schroff reagiert, als sie zusammen »RunRabbitRun« gesehen hatten? Ihm war längst klar, dass sie Mitglied eines Jagdteams war. Wieso leugnete sie das immer noch? Immerhin waren sie sich inzwischen sehr nahe gekommen und sogar intim geworden. Das schuf doch eine Verbindung zwischen zwei Menschen, daraus erwuchsen doch Verständnis und Vertrauen, dachte Arif. Vielleicht fürchtete sie Konkurrenz. Er und Thomas hatten ja auch Konkurrenz gefürchtet, das war der Grund gewesen, warum er sich überhaupt mit ihr verabredet hatte, das musste er zugeben. Aber dann war alles ganz anders gekommen, sie hatten miteinander geschlafen und ja, er hatte sich verliebt. Er bereute zutiefst, dass er sie der Spionage beschuldigt hatte, das musste sie sehr verletzt haben, sie war gleich danach aufgebrochen. Vielleicht hätte er ihr eine Kooperation der Jagdteams anbieten sollen. Allein kamen sie sowieso nicht weiter. Die Audios und Visipics auf den »RunRabbitRun«-Seiten boten weiterhin keine Anhaltspunkte. Ausschnitte von Hauswänden und Zimmerdecken. Und die Stimmauswertung aller Berlinerinnen, deren Initialen h.b. lauteten, war aufwändig, aber fruchtlos gewesen. »Schlaf weiter, Arif!« Thomas wählte eine Nummer. »Ja, guten Tag, Arndt, vom Sanitätswarenladen Arndt hier. Wir sind auf Ihre Website gestoßen, die wir ganz außerordentlich ansprechend finden. Wir würden unseren Sanitätswarenladen gerne von der gleichen Designerin präsentieren lassen. Könnten Sie uns die Adresse übermitteln? – Und die Nummer? – Danke, herzlichen Dank, wir Traditionsgeschäfte müssen zusammenhalten, nicht wahr.« Thomas legte auf und brüllte: »Die heißt gar nicht h.b.! Die heißt Claudia!« Arif schnellte in die Senkrechte. »Du hast die Adresse?« Thomas schlug mit seinen Fingern einen Trommelwirbel auf den Schreibtisch. »Jau! Es lebe die Wirtschaftskommunikation! Unser Studium ist gesichert!«

Jemand klopft an die Tür. Jemand wummert mit Wucht gegen unsere Wohnungstür und will rein. Sehr dringend rein. Das ist schlecht, das ist bestimmt die Security, oder irgendein Jäger. Ich greife nach nem Stuhl, schleiche zur Tür und klemme die Lehne unter die Klinke. Ich stoße an den Rahmen, es kracht. Der hinter der Tür ist plötzlich genauso still wie ich. Ich lausche. Ich atme zu laut, der kann mich bestimmt hören. Ich bemühe mich, leiser zu atmen, mein Herz schlägt umso heftiger. Wuck, wuck, wuck dröhnt es in meinen Ohren, so laut, dass ich nicht hören kann, was hinter der Tür passiert. Rückwärts schleiche ich leise, leise in die Küche, öffne vorsichtig die Schranktür und hole unsere alte, gusseiserne Bratpfanne raus. Nur für alle Fälle. »... don't work, you can knock at the door ...« Das Smartie, das Scheißsmartie liegt fett auf dem Küchentisch und klingelt. Ich stehe mitten in der Küche mit ner Scheißbratpfanne in der Hand und das Smartie plärrt so laut, dass es noch fünf Straßen weiter zu hören ist. Es wummert gegen die Tür. Aus dem Fenster! Ich könnte durchs Fenster abhauen! Bisschen hoch, aber das geht schon. Es wummert weiter gegen die Tür. »Kookie! Mach auf! Ich bins!« Das ist ein Trick. Ich soll denken, da ist wer, den ich kenne, und aufmachen und dann – zack – haben sie mich! »Mach auf! Ich hab den Schlüssel vergessen!« Klingt wie h.b. Ich schleiche zurück zur Tür, um die Stimme besser zu hören. »Jetzt lass mich endlich rein!« Ein Tritt gegen die Tür. »h.b.?«, frage ich. »Ja, wer denn sonst?« Scheiße, das hätte sie echt gleich sagen können. Ich rücke den Stuhl unter der Klinke weg und mache auf.

»Na endlich! Warst du heute den ganzen Vormittag zu Hause?«

»Nee, ich war seit gestern nicht hier.«

»Wo warst du denn?«

»Erst bei Arif und dann habe ich gearbeitet.«

»Wie? Bei Arif?«

»Wir hatten ein Date und sind dann noch bei Arif gelandet. War aber ziemlich öde.«

»Das ist echt nicht wahr! Kannst du nicht mal einen einzigen Tag deine Vergnügungen einschränken? Wir hätten gestern fast das Rätsel nicht rechtzeitig gelöst!«

»Ich hab gestern den ganzen Tag geschuftet. Außerdem bist du doch für die Brainwork zuständig, oder?«

»Was soll das denn jetzt?«

»Ich darf die Drecksarbeit machen und du sitzt zu Hause und denkst ein bisschen.«

»Aha. So ist das also.« h.b. geht und knallt ihre Zimmertür zu. Zickenarsch.

h.b. lud hektisch alle wichtigen Daten auf Fucky und löschte große Sektionen auf Pandora. Sie löschte alles, was irgendwie auf ihre Informationsguerilla-Aktivitäten hinwies. Sie war nicht mehr sicher, sie hatte ein ungutes Gefühl. Die angeblichen Drohmails von den Greeks machten ihr Sorgen. Und Kookie erhöhte das Risiko noch, indem sie sich fröhlich in fremden Betten wälzte. Wer wusste schon, was sie da aus Versehen ausplauderte. h.b kam schnell voran. Das Löschtool beseitigte die heiklen Programme, überschrieb die entsprechenden Rechnerbereiche und löschte sich am Ende selbst. Um sicherzugehen, kopierte und löschte h.b. ein paar Mal große Datenmengen hin und her, sodass die alten gelöschten Daten von vielen neueren überlagert wurden. Fertig. Aber vielleicht war es nicht genug, die Daten zu löschen, Experten konnten Gelöschtes meist rekonstruieren. Vielleicht sollte sie ein Virus hinterlassen. Ein Virus, das nach einmaliger falscher Eingabe des Passwortes aktiviert wurde und völliges Datenchaos hinterlassen würde. War sie jetzt völlig paranoid? Sie erinnerte sich an einen Greek-Spruch: »Paranoia is healthy. It makes you think about details.« Seufzend schob sie die CD »Fiese Viren« in das Laufwerk. Die CD musste sie auch noch loswerden, der Besitz von Viren war illegal. Eine Warnung poppte hoch. »This is a nasty virus. Are you sure, you want to do this?«, h.b. zögerte, fühlte ihre gesunde Paranoia winken und drückte »Yes.« h.b. war müde, saumüde, aber sie musste herausfinden, was es mit der Drohmail auf sich hatte. Außerdem musste sie sich immer noch um eine elegante Umleitung der Geräusche und Bilder kümmern. Das gestrige Plenum im Trojanischen Netz hatte nur zu einer provisorischen Lösung geführt. Immerhin hatten ihre virtuellen Freunde bei der Suche nach Straßengeräuschen geholfen und, auf Vorrat, verwackelte Visipics von Hauswänden und Straßen in allen Wetterlagen und zu allen Tageszeiten gesammelt. h.b. loggte sich ins Trojanische Netz ein.

Johanna von O: *Pleeenum! Anyone in?*
Memnon: *Hi Johanna. How are you? How's the rabbit?*
Johanna von O: *Who sent the blackmail to RRR?*
Ulysses: *Which blackmail?*
Klyt: *You're kidding.*
Johanna von O: *I'm serious. They said IN THE SHOW the Greeks were threatening RRR with sabotage.*
Ulysses: *Why would anyone of us do that?*
Johanna von O: *Someone's spying on us?*
Klyt: *They're trying to criminalize hacker-gangs. Making up blackmails and shit. They did that over here.*
Memnon: *Just make sure to use different locations and computers to log in. They can't trace us with the t-net.*
Johanna von O: *If we go on, we still need to solve the sound and vision problem.*
Klyt: *Why don't we team up, split the work, do a group hack?*
Ulysses: *I'm in!*
Klyt: *Destroy the syndicates!*
Memnon: *Be careful.*
Johanna von O: *I will. I have to go soon. I'll join in as soon as I can!*

h.b. loggte sich aus und fuhr Pandora runter. Sie zog die Memcard raus, schob sie in eine Packung Papiertaschentücher und steckte die Taschentücher in ihre Jackentasche. h.b. gähnte. Sie musste unbedingt noch ein paar Stunden schlafen.

»Guck mal, ein Hase!«

»Wo?«

»Da, die fette Wolke links!«

»Ein Hase!«, schrie der Hase begeistert. Jo fuhr die Konturen der Wolke mit dem Joint nach. »Der verformt sich, der kriegt ein drittes Ohr.« Der Hase kicherte, setzte an: »Nein, da wächst ihm...«, und musste so sehr giggeln, dass er abbrach. »Hm?«, fragte Jo und hielt den Rauch in der Lunge. Der Hase zuckte vor Lachen. »Da – wächst – ihm ein – Schwanz aus – dem Kopf«, würgte er schließlich zwischen Lachern heraus. Jo verschluckte sich und hustete. Er setzte sich auf und spuckte den Schleim vom Dach. »Die Wege des großen Verformers sind unergründlich.« Der Hase lag auf dem Rücken, Tränen liefen ihm über die Backen. Die Hanfpflanzen um ihn herum raschelten. »Ganz schön zugig hier oben. Kriegt ihr eigentlich keinen Ärger wegen den Hanfpflanzen?«

»Nö. Die baut der Hausverwalter an, son alter Yuppie-Grüner. Der vertickt das ÖOG hier in den Häusern, davon lebt er.«

»ÖOG?«

»Das ist sein Markenname, wie bei Wein, der nennt das so. Ökologisch Optimiertes Gras. Produktion und Verbrauch im gleichen Haus, verstehst du?«

»Und das merkt niemand?«

»Nö. Ist doch der elfte Stock hier. Das höchste Haus, da kann niemand draufgucken.«

»Was meintest du eigentlich gestern mit den unbedingt zu vermeidenden Substanzen?«, erkundigte sich der Hase. Jo bekam einen neuen Hustenanfall.

»Ich habe beschlossen ein drogenfreies Leben zu führen«, sagte er dann und zog am Joint.

»Das ist ein Witz, oder?«

»Wieso sollte das ein Witz sein?«, fragte Jo irritiert.

»Na, du kiffst doch.«

»Das ist keine Droge.«

»Keine Droge?«, echote der Hase.

»Das ist Medizin«, sagte Jo bestimmt. »Allzweckmedizin. Hilft meinem Tattoo beim Abheilen.«

»Was sind dann unbedingt zu vermeidende Substanzen?«

»Alkohol, Koffein, Schokolade, Fettgebackenes und Produkte der chemischen Industrie.«

»Mhm.« Der Hase beschloss, dass es besser war, nichts darauf zu antworten. Er stützte sich auf den Ellenbogen und blickte über die Stadt. Nach Osten streckten sich die roten Dächer der Altbauten, Hinterhöfe schachtelten sich an Hinterhöfe. Der Hase drehte den Kopf nach rechts und blickte über den Mauerpark Richtung Alexanderplatz. In der Ferne ragte der Fernsehturm auf, um ihn herum ein paar alte Bauruinen.

»Die Stadt ist schön!«

»Mmmmh.«

»Ihr seid so anders«, sagte der Hase plötzlich.

Jo zog am Joint. »Wie, anders?«

»Anders, als die Leute, die ich sonst so kenne.«

»Wen kennst du denn sonst so?«

»Na ja. Hauptsächlich die Leute aus New Potsdam.«

»New Potsdam?« Jo prustete los. »Du kommst aus New Potsdam? Und du machst bei ›RunRabbitRun‹ mit? Ich dachte, ihr lauft außerhalb eurer Enklave nur mit Security Guard und goldener Chipkarte rum!«

h.b. lief voll bepackt die Treppe runter. Sie hatte sich ihrer Paranoia vollständig hingegeben und sich auf einen längeren Aufenthalt bei Jo eingestellt. Schlafsack, aufblasbare Isomatte, Kulturbeutel, Wäsche zum Wechseln, elektronischer Kleinkram. Nach kurzem Überlegen hatte sie auch das isolierte Überwachungsamulett des Hasen eingepackt – vielleicht würde es noch nützlich sein. Die maroden Holzstufen ächzten. Sie kramte nach ihrem Schlüsselbund und schloss den Briefkasten auf. Bunte Prospekte quollen ihr entgegen. Kookie und sie sahen die

Papierpost nur selten nach, alles Wichtige kam elektronisch. »Hallo h.b.« Jemand fasste sie von hinten am Arm. Sie drehte sich um und sah zwei grinsende Gesichter. »Wolltest du verreisen?«

»Lass mich los, was soll das?«

»Wir wollen uns gerne mit dir unterhalten.«

»Ich hab jetzt keine Zeit.«

h.b. versuchte, sich an dem Kleineren vorbei zur Haustür zu schieben. Der größere Dunkelhaarige versperrte ihr den Weg.

»Dich interessiert gar nicht, worüber wir uns unterhalten möchten?« Er drehte sich zu dem anderen. »Findest du das auch seltsam, Thomas?« – »Ja, Arif«, sagte der und stellte sich mit verschränkten Armen daneben. Arif? Hatte sie da eben Arif gehört? Kookie hatte es versiebt, Kookie riss sie alle mit rein. Sie hatte es geahnt. »Und worüber wollt ihr mit mir reden?«, fragte h.b. Ihre Stimme zitterte.

»Kannst du dir das nicht denken?«

Der Hase rieb sich die Beine mit Sonnencreme ein. Jo hatte sich ein Tuch um den verschorften Kopf gebunden, die Sonne brannte kräftig auf das Dach. Von Zeit zu Zeit ließ ein Windstoß den Marihuanadschungel rascheln. Vorsichtig strich der Hase über seinen lädierten Knöchel. Auftreten konnte er wieder, aber um auf das Dach über dem elften Stock zu kommen, hatte er ewig gebraucht. Er streckte sich und legte sich mit einem behaglichen Schnaufen nach hinten. Der Himmel war so blau, dass es in den Augen schmerzte.

»Ist da eigentlich was zwischen dir und Kookie?«

»Nöö, wieso?«, fragte Jo gedehnt. Hatte Kookie Verdacht geschöpft und das in Anwesenheit des Hasen erwähnt?

»Ihr scheint euch ziemlich gut zu kennen.«

»Hä, wie meinst du das, ob da was ist zwischen uns?«

»Na, ob ihr was habt miteinander.«

»Was sollen wir denn haben?«

»Na, Sex, zum Beispiel.«

Jo kicherte. »Ach das willst du wissen. Frag doch gleich.«

»Und?«

»Wie, und?«

»Habt ihr Sex?«

»Nee, natürlich nicht.«

»Wieso?«

»Weil wir gute Freunde sind.«

Der Hase schwieg eine Weile und meinte dann: »Das verstehe ich nicht.«

Jo setzte sich auf. »Für Kookie ist Sex ne Sportart. Die sammelt Pralinen, das sind die Männer, mit denen sie ins Bett geht. Und dann legt sie die wieder ab. Das passt nicht zu ner Freundschaft.«

»Und du, wolltest du schon mal mit ihr?«

»Spinnst du? Kookie ist meine Seelenschwester. Mit seinen Geschwistern geht man nicht ins Bett.«

»Ich hab mal so was gemacht.«

»Du bist mit deiner Schwester ins Bett gegangen?«

»Ich hab keine Schwester.«

»Einen Bruder?«

»Mhm.«

»Du bist mit deinem Bruder ins Bett gegangen?«

»Fast.«

»Wie, fast?«

»Ich bin mit seiner Freundin ins Bett gegangen.«

»Hm.« Jo legte sich wieder nach hinten und blies nachdenklich Rauch in die Luft. Das Smart Phone düdelte. Eine Textnachricht von h.b.: »Lösung: Babelfish«. Jo drückte auf Callreturn, doch h.b. antwortete nicht. »Der Teilnehmer ist leider nicht erreichbar. Bitte hinterlassen Sie eine Nachricht.«

Oh nee, jetzt bin ich hier in Jos scheißsiebtem Stock und da hängt ein gelber Zettel an der Tür »Sind auf dem Dach«. Ich hab so Durst, ich hab mich seit dem Erdgeschoss darauf gefreut, was zu trinken und jetzt bin ich im Siebten und muss in den Elften aufs Dach und vermutlich ist da auch nichts zu trinken. Die haben ihr Kifferpicknick auf dem Dach, während ich das blöde Arsch bin und die Arbeit mache. Neunter hier, zwei noch. Was machen die überhaupt auf dem Dach, hoffentlich haben die sich was übers Gesicht gezogen. Letzte, letzte Treppe aufwärts für heute, heute laufe ich keine Treppe mehr hoch, heute mache ich gar nichts mehr. Endlich oben, ganz schön grün hier, die Pflanzen sind schön groß geworden. Und da sind die Jungs. »Seid ihr bescheuert?« Legen sich aufs Dach, als wären sie im Urlaub und halten ihre Fressen in die Satellitenkameras. »Hase, spätestens morgen Abend ist dein Gesicht in der Show so deutlich zu erkennen, dass alle Jäger der Welt die Satellitenbilder nach dir scannen können. Das ist, als ob du allen einen Stadtplan mit nem Kreuz drauf schenkst. Seid ihr bescheuert, jetzt ist es hier auch nicht mehr sicher.«

Jo schiebt seine Sonnenbrille nach oben. »Jetzt komm mal wieder runter, Kookie.«

»Was soll ich runterkommen, ich bin grade erst hochgekommen, hast du was zu trinken?« – »Nee, nichts mehr.« – »Krieg ich deinen Schlüssel? Ich hab so Durst.« – »In der Wohnung ist auch nichts mehr zu trinken.« – »Dann trink ich halt aus der Leitung.« – »Kookie, das Wasser ist seit Monaten abgestellt. Du musst im Hof an der Pumpe Wasser holen. Kannst gleich nen ganzen Eimer mit hochbringen.« Verfluchte Scheiße, ich hasse diesen Tag.

Tobby Reissen lag auf seinem Entspannungssessel. Seine Maskenbildnerin massierte ihm das Make-up in die Gesichtshaut, dann nahm sie einen großen Quastenpinsel und stäubte Puder auf die Grundierung. Tobby musste niesen. »Pass doch auf!«, schnauzte er. »Verzeihung Herr Reissen«, murmelte die Visagistin und arbeitete weiter. Tobby war gar nicht gut gelaunt, es gab Probleme. Vorhin war Frau Schmidt-Schöffenbacher persönlich erschienen. Sie hatte ihn darüber informiert, dass es eine kleine konzeptuelle Veränderung bei »RunRabbitRun« geben würde. »Nichts Gravierendes, aber doch so wichtig, dass wir Sie informieren müssen. Der Hase muss unter allen Umständen zu Ende spielen. Lassen Sie ihn alle zehn Aufgaben lösen. Verhindern Sie, dass er gefasst wird.«

»Und was soll das?«, fragte Tobby. »So haben wir das noch nie gemacht. Sie können doch nicht mitten in der Show das Konzept ändern!«

»Nennen wir es…«, Frau Schmidt-Schöffenbacher bedachte ihn mit einem scharfen Blick ihrer unglaublichen Augen, »… ein Marktforschungsprojekt.«

»Marktforschungsprojekt? Davon müssen Sie mich doch informieren!«, protestierte Tobby.

»Das habe ich hiermit getan. Die Details haben Sie nicht zu kümmern, Herr Reissen.« Sie drehte sich um und ging, kein Gruß, die Tür ließ sie offen.

Tobby nieste wieder, ein Rotzfaden wurde an sein Kinn geschleudert. Er wischte ihn ab. »Herr Reissen, jetzt muss ich das alles noch mal machen!«, beklagte sich die Visagistin. »Na und, ist doch Ihr Job, oder?«, blaffte Tobby. Er beobachtete die Visagistin im Spiegel. Sie wischte die Schicht auf seinem Kinn wieder ab. Die freigelegte Haut schimmerte rot durch die helle Fläche des Make-up.

h.b. krallte ihre Finger in die Armlehnen des türkisfarbenen Ledersessels. Die Scheinwerfer blendeten, sie konnte nicht erkennen, was im Zuschauersaal passierte. Neben ihr war ein Platz unbesetzt, daneben saßen Arif und Thomas. Sie hatte beschlossen, die beiden zu ignorieren. Wie konnte man nur so bescheuert sein, hier freiwillig mitzumachen. Das Spiel hatte nichts Spielerisches mehr, hier auf der Bühne zu sitzen war bedrohliche Realität. Arif und Thomas hatten sie im Hausflur festgehalten. Sie hatte um Hilfe geschrien und getreten und geschlagen, aber mit dem schweren Rucksack auf dem Rücken keine Chance gehabt. Es hatte ihr niemand geholfen, sie hatte gehört, wie sich einige Türen öffneten, aber niemand war runtergekommen. »Du gibst es also zu!«, hatte der Kleinere von beiden irgendwann gesagt. »Was soll ich zugeben, ihr Arschlöcher?« – »Dass du mit dem Hasen gemeinsame Sache machst.« – »Was? Was für ein Hase?« – »Du weißt genau, was für ein Hase. Du weißt, dass es verboten ist, die Spielregeln zu verletzen.« – »Lass mich los, du Arsch! Was für ein Hase?« – »Tu nicht so. Der Kandidat von ›RunRabbitRun‹, die Show kennst du ja wohl.« – »Ja, wieso?« – »Der Hase hat doch bei dir übernachtet.« – »Nee, das war so'n Kerl, der ein Problem mit dem Fuß hatte.« – »Ja, genau, der Hase.« – »Was? Das war der Hase?« – »Das weißt du doch.« – »Nichts weiß ich.« – »Dann kannst du ja auch als Zeugin mit zu ›RunRabbitRun‹ kommen.« h.b. hatte schnell ihre Möglichkeiten bedacht. Sie hatte keinen Spielraum. Gehen lassen würden sie sie sowieso nicht. Besser, sie bemühte sich, einen auf Unschuld zu machen, und kam mit. Sie konnte nicht riskieren, sich zu weigern, das machte sie noch verdächtiger. Sie hatte Daten manipuliert, und das durfte nicht herauskommen. Sie musste ihre Rolle spielen, sonst hatte das sehr, sehr unangenehme Konsequenzen. Und nun saß sie hier auf der Bühne und schob Panik. Immerhin hatte sie gerade auf dem Klo noch die Lösung des Tagesrätsels an Jo geschickt. Ihre Handflächen schwitzten. Um ihre Hände färbte sich das türkise Leder der Armlehnen allmählich dunkler. Sie dachte an den Schweißtropfen von Herrn Lüdert, den sie gespeichert hatte. Kein Wunder, dass ihm die Salzperlen aus den Poren gequollen waren, es war unglaublich heiß hier drinnen. Arif und Thomas tuschelten und grinsten ab und zu triumphierend zu ihr herüber. Sie konnte es nicht fassen, dass Kookie solche Idioten aufriss. Der Raum füllte sich langsam. Es gab hier tatsächlich einen Zuschauerraum! Wie anachronistisch, dachte h.b. Die Leute konnten viel besser sehen, wenn sie sich die Show zu Hause am Bildschirm ansahen. Da konnten sie zwischen verschiedenen Perspektiven wählen, zoomen, spulen und Hintergrundinfos anfordern. Die hier saßen, waren Nostalgiker, sensationsgeile Nostalgiker. Um die Show live zu sehen, mussten sie vermutlich horrende Preise zahlen. h.b. blinzelte. Die Scheinwerfer waren zu grell, sie konnte keine einzelnen Gesichter unterscheiden. Im Raum vor ihr waberte und quirlte es drohend, es murmelte und scharrte. Über ihr drehte sich die holographische Projektion des net.tv-Logos in der Luft: ein grinsender, türkisfarbener Fisch.

Jo und ich sitzen im Bräustüberl in der Brunnenstraße, haben den Hasen im Schlupfloch, ner geheimen Wohnung hier um die Ecke, abgeladen, hocken am schmierigen Tresen, haben uns nen guten Blick erdrängelt auf den Kneipenmonitor und warten, dass »RunRabbitRun« live anfängt. h.b. ist nicht zu erreichen. Wahrscheinlich ist sie noch beleidigt. Ich sehe mich um. Die meisten Gesichter sind dem Monitor zugewandt. Alte, müde Gesichter, deren Münder nach innen klappen, sind das. Die haben sich damit abgefunden, keine Rente zu kriegen, die machen wie alle drei oder vier Jobs gleichzeitig und können damit gerade mal ihre Miete und ihr Essen, aber nicht mehr den Zahnarzt zahlen. Die typischen Rezessionslooser. Links von mir macht sich ne alternde Blondine mit Rastas am Tresen breit. Ihr Geruch nach Pisse und schlechtem Gras sticht mir in die Nase. Sie trägt ein ausgeleiertes T-Shirt, auf dem steht »Free Mumia!«, wahrscheinlich irgend so ne Band von vor Ewigkeiten. Jo rammt mir den Ellenbogen in die Seite, es geht los.

»Willkommen, willkommen, meine sehr verehrten Damen und Herren, Zuschauer und Zuschauerinnen, Boys und Girls. Willkommen zum vierten Tag unseres Runs, zum vierten Tag Ihrer Lieblingsrealityshow ›RunRabbitRun‹! Wie immer sind Sie live dabei, beim Extrakick mit dem Extraklick, das Häschen rennt, wir bleiben dran!« Die

Kamera schwenkte von Tobby Reissen zu den Zeugen-Sesseln. Drei Spots wurden nacheinander angeknipst – Thomas, Arif, h.b.

Vor Schreck kippt mir der Barhocker nach hinten, gerade noch kralle ich mich an der Theke fest. »Scheiße! Das darf echt nicht wahr sein! Sie hätte uns wenigstens warnen können!« Ich weiß nicht, ob ich gebrüllt oder geflüstert habe, bestimmt habe ich gebrüllt und jetzt wissen alle im Raum Bescheid und gleich ist es aus, gleich sind wir dran. Ich spüre tausend gierige Blicke im Rücken. Vorsichtig drehe ich den Kopf. Niemand sieht mich an, alle starren auf den Monitor. Jo sitzt mit hängendem Maul neben mir, seine Hand mit dem Glas steht regungslos in der Luft. Ich ziehe ihn am Ärmel, der Apfelsaft schwappt über. »Los, raus hier!« Jo setzt das Glas ab und macht »Psst!« – »Jo, wir müssen hier raus!« Jo schüttelt sich und zischt: »Nee, wir müssen wissen, was los ist, wir müssen die Show gucken.« Ich muss hier raus, ich muss hier raus, ich kann hier nicht einfach sitzen bleiben. Ich spüre jeden einzelnen Körper in diesem Raum, jeden Körper, der mir im Rücken sitzt und sich beim ersten falschen Wort von h.b. oder Arif oder dem anderen Idioten gegen mich wenden kann. Das Spiel können wir sowieso vergessen, das ist vorbei, jetzt geht es darum, hier wegzukommen, damit die uns nicht drankriegen wegen Datenmanipulation, heute fliegt der Hase auf und wir fliegen mit.

Der Hase stand in Heldenpose im Schlupfloch. »Die Lösung des Tagesrätsels lautet…«, er machte eine Kunstpause – »Babelfish!«, und verbeugte sich mit Schwung nach vorn. Seine Haare und seine Augen waren jetzt schon deutlich zu sehen, der Rest des Gesichts noch gerastert und unscharf. Tobby Reissen trat wieder in Aktion: »Der Hase rennt, das Jagdfieber brennt, wie Sie sehen, meine Damen und Herren, die Emotionen schlagen hoch. Hoch schlagen die Emotionen, aber noch ist der Hase nicht geschlagen!« Eine Assistentin trat an Tobby heran, flüsterte ihm etwas ins Ohr und reichte ihm einen Zettel.

»Nun, das Blatt wendet sich, der Jäger gibt es viele, wir haben soeben eine zweite terroristische Drohmail von den Greeks erhalten.« Ein Raunen ging durch den Saal. »Wenn ihr uns nicht sofort zehn Millionen Euro gebt, machen wir den Hasen tot. Es lebe die Datenfreiheit!«, las Tobby Reissen vom Zettel. »Tja, Häschen in der Grube, das ist eine ernste Drohung, wir machen uns Sorgen um dich. Dir steht jederzeit frei, abzubrechen.«

Es wurde wieder ins Schlupfloch geblendet. Der Hase lief fahrig im Raum herum. Er hinkte. »Nun, macht das Hoppeltierchen weiter oder nicht? Wie lautet deine Entscheidung?« Der Hase blieb stehen. »Ich mache weiter.« Das Publikum tobte.

Die Blondine neben mir grinst ihr zahnloses Mumiengrinsen und nuschelt: »Jawoll, zeigs den Scheißterroristen, du schaffst das!« Erstaunt sehe ich sie an. Dass der Hase Fans hat, das hätte ich nicht gedacht.

Tobby Reissen trat hinter h.b.s Talksessel und stützte sich mit beiden Armen auf die Lehne. h.b. rückte ein wenig von der Lehne weg und starrte mit finsterer Miene geradeaus in die Kamera. »Heute haben wir einen besonderen Gast. Ist sie eine Zeugin oder ist sie eine Sympathisantin, meine werten Zuschauer und Zuschauerinnen?« Im Publikum erhob sich Gemurmel, einige Pfiffe und Buh-Rufe ertönten. h.b. saß gerade wie ein Stock. »h.b., du hast einen interessanten Spitznamen. Eigentlich heißt du Claudia. Wie kam es zu h.b.?« h.b. drehte sich nach hinten, ihr empörter Gesichtsausdruck wurde in Großaufnahme eingeblendet. »Also, wenn ich gewusst hätte, dass ... bei mir zu Hause eine Million Euro rumsitzt ... ich bin ja so blöd!«, brach es aus ihr heraus.

»Dass du so blöd bist, glaub ich dir nicht!«, rief Thomas.

»Eine neue Runde von ›RunRabbitRun‹ kriegt man sogar auf dem Mars noch mit!«, rief Arif.

»Ihr habt ja Recht!«, schrie h.b. Wieder Großaufnahme h.b., eine dekorative Träne rann ihr die Backe hinunter. »Aber ich hatte eine Dead-

line, ich bin selbstständige Webdesignerin, da krieg ich links und rechts nichts mit bei der Arbeit!«

»Tu nicht so! Du wusstest genau, wer der Hase ist! Du hast ihm extra geholfen!«

»Und wieso sollte ich ihm helfen?«

»Weil du eine Sympathisantin bist, eine Spielverderberin!«

»Genau! Und ein Hasenliebchen dazu!«

Arifs Anschuldigung löste im Publikum eine Kaskade von Beschimpfungen aus.

»Buh!« und »Hure!« und »Sympathisantenfotze!« schlugen ihr aus dem Zuschauerraum entgegen. h.b. musste schwerere Geschütze auffahren.

»Hör mal, du verwöhnter Student! Wenn du wüsstest, wie mühsam das ist, sich von Miete zu Miete zu hangeln, dann wüsstest du auch, dass ich niemals, niemals im Leben auf eine Million Euro verzichten würde, wenn sie vor meiner Nase sitzt!«

Das Publikum verstummte gespannt. h.b. setzte nach: »Aber solche Probleme kennst du Schnösel wahrscheinlich nur aus Büchern!«

Arif setzte zu einer Antwort an: »Aber ich ...«

»Recht hat sie!«, rief ein Mann aus dem Publikum. Die Leute jubelten und klatschten. Arifs »... komme aus Neubrandenburg!« ging im Lärm unter. h.b. vergrub das Gesicht in ihren Händen, ihre Schultern zuckten. »Ich bin ja so blöd!», kam es gedämpft von ihrem Sessel.

Arif und Thomas warteten seit geraumer Zeit vor Tobby Reissens Garderobentür. Endlich öffnete sie sich und Tobby Reissen, abgeschminkt und im weißen Skinvelvet-Anzug, kam heraus. »Was macht ihr denn noch hier?«, fragte er erstaunt. Er zog im Gehen ein paar Kärtchen aus der Jackentasche. »Habt ihr noch keine Autogramme?« Arif und Thomas rannten neben ihm her. Auf dem dicken, türkisfarbenen Teppich waren ihre Schritte nur gedämpft zu hören. »Hier, da habt ihr welche. Da sind auch noch Hologramm-Sticker. Etwas klein, aber ganz witzig.« Arif griff nach den Stickern. »Herr Reissen, warten Sie bitte einen Moment!« – »Was denn noch?«, fragte Tobby unwirsch und verlangsamte sein Tempo. »Wir wollten fragen…«, begann Arif. »Ach, die Betriebsfeier, das ist es, oder?«, unterbrach ihn Tobby. »Ihr wollt Karten für das große net.tv Spektakel. Na gut. Dann ist aber Schluss.« Er zog zwei Karten aus seiner Brusttasche und drückte sie Arif in die Hand. Thomas rief: »Herr Reissen, diese h.b., die lügt! Die hat den Hasen versteckt, die weiß genau, wo er ist.« – »Schnickschnack! Jetzt geht endlich nach Hause!« Tobby Reissen wedelte mit der Hand. »Doch! Die steckt mit dem unter einer Decke, ich kann das beweisen!« Tobby Reissen blieb stehen, sodass Thomas gegen ihn prallte. Der Gameshowmaster legte ihm eine Hand auf die Schulter. »Jetzt hör mir mal gut zu. Ihr hattet euren Abend als Stars. Und ab jetzt lasst ihr die Finger vom Hasen. Egal, was ihr glaubt, zu wissen. Für euch ist das Spiel vorbei. Ist das deutlich?«

»Los, steig auf!« Der Hase wartet auf der verabredeten Bank im Weinbergspark, Yves' und meiner Mittagspausenbank. »Wohin fahren wir jetzt überhaupt?«, fragt der Hase. »Yves' Bootsschuppen«, knurre ich. Das ist mit Yves nicht abgesprochen, aber ich kenne die Kombination vom Zahlenschloss. Laufen kann der Knabe immer noch keine langen Strecken, aber treten, sich in die Pedale legen kann er. »Pass auf. Du fährst meine Schwarze Schönheit, und wenn du die noch mal schrottest, schrotte ich dich, klar?« Ich drücke dem Hasen nen ledernen Cowboyhut aus Jos Materiallager auf den Kopf. »Hier. Da kann dein Hirn im Marlboro-Feeling braten.« Und die Securitycams sehen nur nen Cowboyhut und keinen Hasen. Der Hase muss mal wieder untergebracht werden, ich bin mal wieder die Babysitterin, alleine findet er den Weg nicht und zu zweit sind wir unauffälliger. Ich klicke die Schnallen der Inliners zu, setze meinen gelben Helm auf und hänge mich an den Sattel. »Ich hab keine Knieschoner, fahr vorsichtig, ja?« Der Hase springt in die Pedale, dass die Kette knirscht. »Scheiße, sei vorsichtig!« Er antwortet nicht, wir fahren die Rosenthaler Straße Richtung Hackescher Markt. »Pass auf die Straßenbahnschienen auf, wenn einer von uns drin hängenbleibt, is aus die Maus! Und achte beim Hackeschen an der Ampel drauf, dass du den Kopf gesenkt hältst, da sind überall Securitycams. Und fahr so, dass ich mit den Inlinern nicht in die Schienen rutsche, verdammt!«, brülle ich, der Hase ignoriert mich und strampelt weiter. Spandauer Straße, über die Karl Liebknecht, rechts am roten Rathaus vorbei, Big Backstein Ben von Berlin, rechts der Park, Spandauer Straße wird zur Stralauer, super viel Verkehr hier. »Fahr mal bei ner Einfahrt aufn Bürgersteig!« Meine Inliners rattern auf den Gehsteigplatten, unter der Jannowitzbrücke durch, der Hase schwenkt plötzlich vom Gehsteig runter, ich verkante mich, beinahe hätte es mich zerlegt. »Scheiße, wenn du ne Kante springst, musst du mir Bescheid sagen, ich bin Fahrradkurierin, keine Inlinekurierin!« Rechts das Wasser, das ist schon die Spree, da gibt es keine Seitenstraßen, links der Ostbahnhof mit seinen aralblauen Buchstaben, das Industriegebiet, da können wir nicht mal eben verschwinden. Die Strecke ist nicht gut gewählt von mir, da hab ich nicht nachgedacht. Aber über die Oberbaumbrücke müssen wir rüber nach Kreuzberg, anders geht es nicht, da kenn ich die Security-Officers am besten. Jetzt sind wir an der alten Mauer. Der Hase bremst, ich lasse gerade noch rechtzeitig los, sonst hätte ich nen Salto über seinen Rücken geschlagen, ich zische an ihm vorbei, fange die Geschwindigkeit in ner Doppeldrehung ab und komme zum Stehen. »Willst du mich umbringen, du hirnverdrehter Kläglichkeitsrekord?!« – »Tschuldigung«, sagt der Idiot und starrt die Mauer an. »Ist das die Mauer?« Ich fass es nicht. Wie kann ein Mensch nur so sein, so außerhalb jeder praktischen Realität. Ich schnaube, das war nicht verächtlich genug, schnaube noch einmal und fahre alleine weiter Richtung Oberbaumbrücke. Ich skate an den abgeblätterten Mauer-Slogans vorbei. »Politik ist die Fortsetzung des Krieges mit anderen Mitteln.« – »Test the best«, darunter die Umrisse eines Trabbis, der durch die Mauer bricht. Daneben ein Sonnenuntergang hinterm Stacheldraht, dann ein Drache über der Skyline Berlins, wieder ein Spruch: »Wer will, dass die Welt so bleibt, wie sie ist, will nicht, dass sie bleibt.« – »Kookie, warte doch mal!« Der Hase strampelt hinter mir her. »Warte, ich will mal gucken.« – »Mauergucken kannste auch wann anders, wir haben gerade andere Probleme« – »Wieso, welche Probleme?« – »Neben den üblichen zum Beispiel ne lange gerade Straße mit ner Mauer auf der rechten Seite und Industrieanlagen auf der linken. Keine Fluchtwege, verstehst du?« Der Hase liest den nächsten Mauerspruch vor: »Viele kleine Leute, die in vielen kleinen Orten viele kleine Dinge tun, können das Gesicht der Welt verändern. Der Spruch würde bestimmt h.b. gefallen, oder?« Da hat er vermutlich Recht. »Ja, h.b. hat so ne romantische Ader, das kommt von ihrem Greekzeug.« Das Sonnyboygrinsen erlischt. »Das kommt von ihrem Greekzeug?«, echot der Hase. »Ja, sag ich doch.« Mir dämmert, dass der Hase das bis jetzt noch nicht realisiert hat. »h.b. hat dir davon nichts gesagt?« – »h.b. macht da mit? Die schreiben Drohbriefe, die wollen mich umbringen!« – »Jetzt werd mal nicht hysterisch, Hasi. Die Drohbriefe kommen nicht von den Greeks, das kannst du mir glauben.« – »Und woher sonst?« – »Keine Ahnung, von irgendjemandem, der die Datenterrorismushysterie ein bisschen anheizen will.« – »Ihr habt mich da mit reingezogen, ihr habt mir extra nicht gesagt, dass ihr mit den Greeks zusammenarbeitet!« Der Hase ist ganz weiß im Gesicht und wird ernsthaft hysterisch. Besser mal ignorieren, besser nicht drauf eingehen, sonst steigert sich das noch. »Los jetzt«, knurre ich und hänge mich wieder an den Sattel. »Wir müssen weiter.« Geradeaus zur Oberbaumbrücke, auf zu den roten Zinnchen und Türmchen. Beim Schrankenhäuschen halten wir, hier ist Brückenzoll und Securitycheck. Zum Glück hat heute Burak Brückendienst. »Hi Burak, wie gehts?« – »Gut, was gibts Kookie?« – »Hör mal, wir müssen über die Brücke, aber mein Kumpel hier hat seine Card vergessen. Dafür hat er ein paar Euros übrig.« Ich stoße den Hasen an, er zieht ein Geldbündel aus der Tasche und hält es mir hin. »Gut abgerichtet, der Kleine«, grinst Burak. Ich schiebe ihm vierzig Euro rein. Burak ist O.K., Burak ist ein Gelegenheitslover von mir, arbeitet bei der »Kreuzberger Landwehr«, die sich fest in deutschtürkischer Hand befindet. »Ihr dürft auf dem Fußgängerweg nicht Fahrrad fahren«, sagt Burak. »Schiebt bitte – wenigstens, bis ich euch nicht mehr sehen kann.« Er lässt die Schranke hoch und winkt, wir sind in Kreuzberg.

h.b. lehnte sich an den Plastiksitz und schloss kurz die Augen. Die U-Bahn fuhr kreischend an. Noch auf dem U-Bahnsteig hatte sie damit gerechnet, links und rechts an den Ellenbogen gegriffen und verhaftet zu werden. Sie hatte sich bemüht, im toten Winkel der Securitycams zu stehen, hatte aber nur die altmodischen großen erkennen können, die sowieso nichts mehr aufzeichneten, sondern nur zur Abschreckung dienten. Ob Minicams im U-Bahnhof verteilt waren, wusste sie nicht. Sie öffnete die Augen und sah sich um. Der Waggon war fast leer. Ihr gegenüber saßen zwei alte Frauen mit Kopftüchern und vollen Einkaufstüten. Daneben ein Junge mit Schulranzen, der ein Spiel auf seinem Smart Phone spielte. Im »Berliner Fenster«, den Info-Monitoren der U-Bahn, liefen die Nachrichten. Im Nahen Osten tobte der Krieg. Dann die neue Schlagzeile: »Terroristen bedrohen Gameshow«, eine kurze Sequenz von »RunRabbitRun« wurde eingeblendet. h.b. schloss die Augen wieder und ging in Gedanken den Ablauf der Show noch einmal durch ... Nein, sie hatte keinen Fehler gemacht. Alle schienen ihr zu glauben, dass sie sich über die Flucht des Hasen und ihre eigene Dummheit ärgerte. Und niemand hatte sie mit den Greeks in Verbindung gebracht. Als Tobby Reissen die Drohmail vorgelesen hatte, war ihr fast das Herz stehen geblieben. Sie hatte es für eine Falle gehalten, einen Trick, damit sie sich irgendwie als Greek zu erkennen gab, sich verteidigte, versuchte, die Anschuldigungen richtig zu stellen. Stattdessen hatte sie Empörung geheuchelt und war sich vorgekommen wie eine Verräterin, denn sie war in das Hassgekreisch des Publikums gegen die Greeks mit eingestimmt. Jede einzelne Kamera, die auf ihr Gesicht gerichtet war, hatte sie gespürt. Trotzdem, es war richtig gewesen, mitzumachen. Sonst hätte sie nicht einfach so aus dem net.tv-Gebäude spazieren können, sie hätten sie gleich gehabt. Nach der Show hatte es für die Gameshow-Gäste noch den heiß begehrten Blick hinter die Kulissen gegeben, eine Führung durch das net.tv-Gebäude. h.b. hatte die Hände in den Jackentaschen gehalten, ihre linke Hand hatte die Taschentuchpackung umkrampft, in der Fucky versteckt war. Die Chance, das wäre ihre Chance gewesen, die net.tv-Rechner zu infizieren. In jedem der Räume, durch den h.b. und die anderen Gäste gelotst wurden, hatten sich Rechner befunden, über die sie Zugriff auf das interne net.tv-Netz gehabt hätte. Die Rechner waren völlig ungeschützt, mit einem Angriff von innen rechnete niemand. Sie waren durch den Raum der Aufnahmeleitung, den Schnittraum, den Tonraum und den Konferenzsaal geführt worden. Sie hätte einfach nur Fucky in einen der Rechner schieben müssen, die Trojanischen Pferde hätten den Rest erledigt. Sie hatte es versucht, sie hatte es wirklich versucht. Im Tonraum hatte sie sich vor einen der Rechner gestellt und Fucky in der Jackentasche zwischen den Taschentüchern herausgefummelt. Sie hatte gerade vorsichtig ihre Hand aus der Jackentasche gezogen, da hatte der Tour-Guide in ihre Richtung gesagt: »Bitte stehen Sie nicht so nah an den Rechnern, das sind stoßempfindliche Geräte.« h.b. hatte Fucky wieder in die Tasche fallen lassen und war ein paar Schritte zur Seite gerückt. Sie hatte es versucht, aber es war einfach nicht möglich gewesen.

»Nächster Halt: Görlitzer Bahnhof.« h.b. öffnete die Augen. Neben den Frauen saß jetzt ein Mann. Kurze, dunkle Haare, das

Gesicht sah nach plastischer Chirurgie aus. Die Nase zu gerade, das Kinn zu Cary Grant, der Mund zu symmetrisch geschwungen. Die Augen konnte sie nicht erkennen, er trug eine silberne Sonnenbrille. Sie sah ihr eigenes Spiegelbild in den Gläsern. Erschrocken blickte sie auf den verklebten Boden. Sie hatte ihn angestarrt. Auffallen war schlecht gerade, Kontakte waren sehr schlecht gerade. Er hatte sich nicht bewegt. Sie war nicht sicher, ob er ihr Starren bemerkt hatte. »Bitte zurücktreten! Die Türen schließen! Eeep, eeep, eeep«, klang es blechern durch die Bahn. h.b. sprang auf und schlüpfte im letzten Moment durch die sich schließende Tür. Sie war draußen. Die U-Bahn fuhr an. Der Mann stand an der Tür, er hatte versucht, ihr zu folgen.

Der Hase lag auf Jos altem Schlafsack in Yves' Bootsschuppen. Es stank nach Altöl und Fisch. Kookie hatte vorhin das Vorhängeschloss wieder zuschnappen lassen, er war gefangen. Er kroch in den Schlafsack und zog sich die Kapuze über den Kopf. Immer, wenn er dachte, es liefe so einigermaßen und sie hätten ihn endlich akzeptiert, ging es wieder schief. Und jetzt hatte er nicht nur mit Datenmanipulation zu tun, sondern mit den Greeks. Das waren Fanatiker, Datenterroristen, die vor keinem Virus zurückschreckten. Sicher, er hätte misstrauisch werden können, als h.b. die Rede über den Untergang der transnationalen Netzsyndikate schwang. Wie immer hatte er nichts geahnt, sondern hatte treudoof und fasziniert gelauscht, wie früher dem großen, dem unerreichbaren Mark. »Gut abgerichtet, der Kleine«, hatte der Security-Mann an der Brücke gesagt. Kookie hatte gelacht. Und er, er hatte daneben gestanden und nichts gesagt. Gekuscht hatte er vor Miss Domina, den Schwanz eingezogen wie immer. Seine Hand wand sich in seine Hose. Wenn Kookie ihm befohlen hätte, ihre Stiefel zu lecken, er hätte es bestimmt getan. Er hätte alles getan, um über die Brücke zu kommen. Der Hase umklammerte seine Erektion und machte sich verzweifelt an den Akt der Selbstvergewisserung.

5

»Guten Morgen!« Der Hase öffnete die Augen. Über ihm stand, die Arme in die Seiten gestemmt, eine dunkelhäutige Frau mit grünen Haaren. Der Hase blinzelte. »Wer bist du?« Der Hase war sich nicht sicher, ob die Frau belustigt oder empört war. »Ich bin … ich bin ein Freund von Kookie.« – »So. Und was machst du hier?« – »Kookie hat mich hergebracht, ich habe hier geschlafen.« – »Und wieso schläfst du nicht bei Kookie?« – »Ich brauchte einen … einen anderen Platz zum Schlafen.« – »Hm«, machte Yves. »Du kommst jetzt erst mal mit Frühstücken. Solange ich nicht von Kookie die Bestätigung kriege, dass sie dich hier abgeladen hat, bleibst du bei mir.« Der Hase schälte sich aus dem Schlafsack. Durch die Ritzen in den Schuppenwänden kroch orange die Morgensonne. In den Strahlen wirbelten Staubteilchen. Frühstück, das war doch nicht schlecht.

h.b. war wieder als Erste aufgewacht. Diese Nacht hatte sie besser geschlafen, sie war froh, dass sie diesmal die Isomatte mitgenommen hatte. Sie warf sich ihre Klamotten über, fuhr den Laptop hoch und ging auf die »RunRabbitRun«-Seiten. Im Jagdforum gab es keine Vermutungen über den Aufenthaltsort des Hasen, zumindest keine, die ihnen gefährlich werden konnten. Sie klickte die letzten Umgebungsfotos durch. Zimmerdecke, Zimmerdecke, Zimmerdecke, Zimmerdecke, Innenraum eines Cafés. Das durfte doch nicht wahr sein! Sie stellte die Umgebungsgeräusche laut. Tellerklirren und Cafégemurmel, ganz eindeutig. Kookie saß in einem Café und frühstückte! Aber wieso wurden die Geräusche übertragen? »Verdammte Scheiße!«, zischte h.b. »Was isn?«, kam es von der Matratze. Das war Kookie, Kookie lag auf der Matratze. h.b. rüttelte sie an der Schulter. »Kookie, warst du heute schon in einem Café?« –

»Hä? Nee? Wieso denn?« h.b. sah sich um. Irgendjemand musste die Minicam genommen haben und war frühstücken gegangen. h.b. zog die Decken vom Bett. »He, was soll das?« Jo und Kookie, alle da, eng gedrängt auf der Matratze. »Kookie, wo hast du die Minicam hingelegt?« – »In die Ecke«, murmelte Kookie und zog sich die Decke über den Kopf. In der Zimmerecke lag die Minicam. Eigentlich hätte sie nach wie vor Bilder von der Decke machen müssen. h.b. suchte ihre Jacke, fingerte Fucky aus der Taschentuchpackung, schob sie in Jos Laptop und loggte sich im Trojanischen Netz ein. Die Cafébilder und Geräusche mussten von den Greeks stammen, eine andere Erklärung gab es nicht. Der Hack ihrer GameshowNo-Gruppe funktionierte schneller, als sie erwartet hatte.

Johanna von O: *Hi there, anyone in? Pleeenum!*
Memnon: *Where have you been? How are you?*
Johanna von O: *RRR caught me as a »Zeuge«, as a witness. They did not understand that I had Greek connections.*
Klyt: *You were in the show?*
Johanna von O: *You can check it on the loops.*
Ulysses: *We did it! We infected net.tv!*
Johanna von O: *We didn't. I didn't get close to the computers.*
Ulysses: *You're bullshitting me!*
Johanna von O: *I was glad to get out alive!*
Klyt: *You had access to the building and didn't take advantage of it?*
Johanna von O: *As I told you, they caught me by surprise. Anyway. Thanks for the hack. Works very well.*
Memnon: *Which hack?*
Ulysses: *???*
Translucy: *We're still working on it. It's not that easy.*
Johanna von O: *You did not generate a café scene on RRR, with sounds and everything?*
Waulander: *Nope.*
Johanna von O: *SOMEONE is doing it...*

Aua! Jemand hat mir nen Stoß in den Rücken verpasst. »Eh, pass doch auf!« Hinter mir in der Schlange steht eine Frau in meinem Alter, ein verrotztes Kind auf dem Arm, ein zweites hängt ihr am Hosenbein. Ihr Gesicht ist verquollen. Das Kind am Hosenbein hat ein blaues Auge und ein Pflaster auf der Stirn. Es starrt mich an und fängt an zu heulen. »Mach mich nicht an, ja?«, raunzt die Frau zurück. »Schon gut.« Ich stell mich ordentlich in die Schlange und hoffe, dass es mal ein bisschen schneller geht. Ungefähr zehn Leute warten an der Wasserpumpe in Jos Innenhof, nem Betonpferch zwischen Wohnklötzen. Neben der Pumpe ein gusseisernes Schnörkelschild, auf dem in Nostalgieschrift »Berliner Hof« steht. Die Pumpe quietscht und spotzt Wasser, die Schlange rückt vor, ich schiebe mit dem Fuß die zwei Eimer weiter, das Plastik schabt über den Beton. Zweimal zehn Liter, ein blauer Eimer fürs Trinkwasser, ein oranger fürs Klowasser. Mein Smartie düdelt. »Yves« blinkt das Display. »Ja?«

»Kookie?«

»Ja.« Bloß nicht zu viel sagen, wer weiß, wer mithört.

»Kommst du heute mal vorbei?«

»Ich habe keine Zeit.«

»Doch, ich glaube schon. Ein Freund will dich sehen!«

»Was für ein Freund?«

»Kookie, überleg mal genau, was gestern so los war, und dann überleg, ob du nicht doch den Freund sehen willst.«

»Du warst heute im Schuppen?«

»Genau.«

»Ups.«

»Genau.«

»Ich komme so bald ich kann. Bleib, wo du bist und mach bitte gar nichts. Versprochen?«

»Mh.«

»Sag: versprochen!«

»Kookie, du bist mir echt ne Erklärung schuldig!«

»Sag: versprochen!«

»O. K., versprochen.«

Scheiße, Scheiße, Scheiße. Ich hoffe, Yves tut nichts Unüberlegtes. Vielleicht hätte ich ihr doch Bescheid sagen sollen. Au! Ich kriege wieder nen Stoß in den Rücken. »Mach mal! Du bist dran!«, sagt die Frau mit den zwei Gören. Ich hänge den blauen Plastikeimer an den Haken und schwinge den Pumpenschwengel. Es quietscht. Ein großer Schwall Wasser pladdert in den Eimer. Pump it up, pump it up. Und der nächste Eimer. Pladder, Pladder. Das Smartie düdelt wieder. Ich hebe den Eimer mit Schwung vom Haken, Wasser schwappt mir auf den Latz, jetzt bin ich auch noch nass. Speedy Gonzales. Da muss ich rangehen, das ist der Chef.

»Hallo Bert.«

»Wertes Frollein, bequemen Sie sich heute Ihren Arsch auf die Straße zu schieben oder sind Sie etwa schon wieder krank?«

»Äh – ich hab nen Rückfall, ist nicht richtig auskuriert, sagt der Arzt, ich soll mich noch nen Tag schonen.«

»Wenn der Arzt das sagt, dann kannst du ja sicher ein gesiegeltes Attest mailen, oder?«

»Ist das nötig? Mir gehts echt schon besser.«

»Wenns dir besser geht, dann schieb deinen Arsch auf die Straße, Mädel.«

»Morgen würde mir besser passen, Berti.«

»Passen, passen. Wir sind ne Firma, das funktioniert nicht nach dem Lustprinzip. Yves hat sich auch krank gemeldet. Wenn ihr nach dem Lustprinzip arbeiten wollt, sucht euch nen anderen Job.« Bert lacht sein dreckiges Arschlochlachen.

»Ich bin in ner Stunde onbike«, sage ich und unterbreche die Verbindung. Arschloch, Arschloch, Arschloch. Und jetzt zwanzig Liter Wasser in den siebten Stock schleppen. Arschloch, Arschloch, Arschloch, Arschloch.

h.b. und Jo balancierten auf den schmalen Stegen zwischen dem bunten Gewirr aus Hausbooten, Kajaks, Kanus, Solarkatamaranen und Wassertaxis. Dazwischen dümpelten einige Pontons, auf denen umgebaute Bauwägen standen. »Wonach suchen wir eigentlich?« – »Auf Yves' Boot ist eine Sonne gemalt«, meinte Jo, der schon ein paar Mal in der Bootssiedlung »Panama« gewesen war, weil es hier einige gute Kunden für geklaute Elektronik gab. »Dahinten!« Das Boot hatte ein mattes Blau, das Blau, in dem alte Maschinen oft gestrichen waren. Am Bug prangte eine gelbe Sonne, in deren Zentrum in Rot ein Hausbesetzer-N gezeichnet war. An Deck lag Yves auf einem wiesengrünen Liegestuhl, der mit bunten Blumen bedruckt war, Blumenblumen, mit gelben Gesichtern und runden Blütenblättern in Blau und Rot. »Ah, da seid ihr ja. Kookie hat euch schon angekündigt.« Sie schob sich die Sonnenbrille auf den Kopf und strich sich über die grünen Knubbeldreads. Jo und h.b. kletterten vom Steg ins Boot. Auf einem Handtuch lag der Hase und döste in der Sonne. Träge hob er seine Hand: »Hallo.« Yves langte hinter den Liegestuhl und zerrte eine Kühlbox vor, die ebenfalls wild geblümt war. Sie zog eine Familienpackung Vanilleeis aus der Box, stülpte das Eis in eine große Emailleschüssel, streute bunte Zuckerstreusel darüber und steckte vier Löffel hinein. h.b. musste lachen. Die Plastiklöffel hatten die gleiche Farbe wie Yves' Dreads. »Ich glaub, ich bin in ner Eisreklame!« Yves lachte auch und sang: »Like ice in the sunshine, like ice in the sunshine, I'm melting away on this sunny day!« Dann schob sie sich einen großen Löffel Eis zwischen die Lippen. »Mmh, lecker...« Während h.b. Yves in groben Zügen über das Spiel, den Hasen und die Verwicklungen der letzten Tage informierte, machten sich auch die anderen über das Eis her. Die Greeks ließ h.b. vorsichtshalber aus, es war besser, wenn so wenig Leute wie möglich davon wussten. Und bis jetzt war ja alles glatt gegangen. h.b. hatte beschlossen, dass, wer auch immer die Manipulation der Geräusche und Bilder in die Hand genommen hatte, auf ihrer Seite stand. Wahrscheinlich war es jemand aus dem

Greek-Forum, der oder die es vorgezogen hatte, anonym zu bleiben, bis sie das Spiel gewonnen hatten. Falls es gut ging, konnte er oder sie später die Lorbeeren einheimsen, falls es schief ging … h.b. schob den Gedanken beiseite. Yves hatte gerade etwas gesagt. »Was?« Yves grinste, bohrte ihren Löffel in das Eis und wiederholte: »Dann sollten wir uns wohl Gedanken machen über das Tagesrätsel.«

»Dann bist du dabei?«, fragte h.b. Yves sah ihr in die Augen und nickte.

»Immer diese Rätsel«, seufzte Jo und streckte sich auf den warmen Holzplanken aus.

»Lasst uns doch erst mal in Ruhe das Eis aufessen!«, murmelte der Hase und räkelte sich auf dem Handtuch.

»Kauen regt die Gehirnzellen an«, pflichtete Jo ihm bei.

»Wir sind hier nicht im Urlaub! Also, ich bitte um Assoziationen:

›Mann wird Fels wird Haus
Zwölf sind Fischer der Seele
Welchen Mann frisst Fisch?‹«

»Und, welcher Mann frisst Fisch?«, fragte Jo

»Käptn Iglu zum Beispiel, der frisst Fischstäbchen«, schlug der Hase vor.

»Der Mann steht aber im Akkusativ, nicht im Nominativ«, bemerkte Yves.

Jo schmatzte und fing an zu rappen: »Mann wird Fels wird Haus / Zwölf sind Fischer der Seele / Welchen Mann frisst Fisch? Das ist leicht«, sagte er. Die anderen mampften weiter.

»Wieso ist das leicht?«, fragte der Hase nach einer Weile höflich.

»Das Rätsel ist gespickt mit christlicher Symbolik. ›Zwölf sind Fischer der Seele‹, das sind eindeutig die zwölf Apostel.«

»Und wen frisst dann der Fisch? Die Apostel?«

»Wie hießen denn die Apostel noch mal?«

Jo stöhnte. »Kennt hier niemand die Grundlagen des Christentums? Mann, wir leben in einer christlich-abendländisch geprägten Kultur.«

»Ja und? Das ist doch Geschichte. Weißt du etwa, wie die Könige von Preußen hießen?«

»Lasst uns ins Netz schauen. Yves, bist du online?«

»Klar.« Yves leckte den Eislöffel ab und grinste h.b. an. Die Familienpackung hatten sie aufgefressen, an die Zuckerstreusel erinnerten nur noch ein paar bunte Schlieren in der weißen Schüssel. »Und kann ich dann gleich mal bei dir aufs Klo?« h.b. stand auf und bewegte sich Richtung Kajütentür. Yves sprang auf und stellte sich ihr in den Weg. »Ich hol den Laptop schon. Und aufs Klo gehst du besser an Land, wir haben da einen Wasch- und Klocontainer.« – »Wieso, hast du hier kein Klo?« – »Doch, aber, also da drin bei mir ist es düster und … und unbequem.« h.b. zuckte mit den Achseln. »Das macht doch nichts.« – »Und außerdem ist das Klo verstopft!«, fügte Yves schnell hinzu.

»Hier muss es sein.« Arif lief zur grünen Pumpe in der Mitte des Hofes, legte den Kopf in den Nacken und betrachtete die Wohntürme, die um ihn herum aufragten. Thomas stellte sich neben ihn, kramte in seiner Tasche und zog zwei Satellitenfotos heraus. »Bloß, welches ist das richtige Gebäude?« Auf dem einen Foto waren die quadratischen Dächer der Siedlung von oben zu sehen. Eines der Dächer war grün, unscharf konnte man zwei liegende Gestalten erkennen. Auf dem zweiten Foto waren die Gestalten so stark vergrößert, dass die Gesichter deutlich zu sehen waren. Unter dem einen stand »Person nicht identifiziert«, unter dem anderen »Joachim Gamper«. »Lass uns mit dem höchsten Haus anfangen«, schlug Thomas vor. Er ging zur Nummer 36. Das Klingelbrett war mit Farbe übersprüht, kein Name lesbar. »Und was machen wir jetzt?« Arif zuckte mit den Schultern. Es fiel ihm schwer, den Enthusiasmus der vergangenen Tage aufzubringen. Das ganze Spiel kam ihm langsam sinnlos vor. Kookie hatte sich immer noch nicht zurückgemeldet. Seit zwei Tagen schickte er ihr Nachrichten, hatte sich entschuldigt, ihr einen Informationsaustausch angeboten, ihr seine Liebe gestanden. Nichts, keine Reaktion. »Wir gehen erst mal durchs Haus und gucken, ob der Name an irgendeiner Tür steht«, bestimmte Thomas. Die Eingangstür ließ sich leicht aufdrücken. Im Durchgang der gegenüberliegenden Häuser lehnte ein Mann mit silberner Sonnenbrille. Arif fühlte sich beobachtet.

Bert ist ein Arschloch und ein Erpresser und ein fieser Ausbeuter. Heute straft er mich wieder ab, heute kriege ich wieder die Scheißtouren. Erst Reichpietschufer nach Boddinstraße, das ist Tiergarten nach Neukölln, dann Winterfeldtplatz nach Ullsteinstraße, Schöneberg nach Tempelhof. Hin, zurück, hin, zurück, im Zickzack. So geht das schon den ganzen Tag. Bert behauptet, er hätte keine besseren Anschlüsse für mich. Mehr als dreißig Kilometer bin ich schon gestrampelt, ohne was zu transportieren, ohne dass ich dafür bezahlt werde. Schikane, der King der Schikane heißt Bert. Warum arbeite ich für den Scheißladen? Von A nach B nach C nach D, und das für ein Scheißgeld, und das jeden Tag, und das bei ner Scheißbehandlung. Ich sollte den Job schmeißen, ich sollte zur Konkurrenz gehen. Mein Smartie miept. Ein Warnmiepen. So miept das, wenn Leute anrufen, mit denen ich nicht sprechen will. Meine Familie zum Beispiel oder Arif. Der nervt, der ruft seit gestern alle paar Stunden an und checkts nicht. Ich meine, mehr als zwanzig Anrufe von ihm und ich melde mich nicht, das ist ja wohl deutlich, oder? Ich gucke aufs Display. War gar nicht Arif, war Anneliese. Dann sollte ich wohl mal abhören, was sie wollte. »Hallo, hier ist Mutter. Am Samstag ist der fünfundfünfzigste Geburtstag deines Vaters. Um sieben grillen wir. Zieh dich bitte anständig an.« Oh nee, der verdammte Geburtstag! Keine Chance, ich geh da nicht hin. Auf meine Familie habe ich keine Nerven, habe ich nie Nerven, und jetzt sowieso nicht. Das Familiengenöle kann ich mir sparen. Meine Eltern finden, dass ich nichts mache aus meinem Leben, dass ich es vergeude, dass ich mein Potenzial verschleudere und meine Zeit verschwende und meine Gesundheit und mein Leben ruiniere. Ich bin nicht so wie meine angeheirateten älteren Geschwister, perfekte Kinder, perfekte Leistungen, perfektes Leben. Aber ich kann nichts anderes und ich will nichts anderes. Ich will die Geschwindigkeit, die Schnelligkeit, die Koordination, das Risiko. Stuntgirl, das wär noch was, das wäre ein Beruf für mich. Ausgestorben, gibts nicht mehr, wird alles mit Computer gemacht, bin zu spät geboren. Wofür bin ich überhaupt zur rechten Zeit geboren, wofür bin ich überhaupt geboren? Ich bin zu schnell für diese Welt, ich bin ein Alien.

Das winzige, efeubewachsene Betongebäude ähnelte einem Stromhäuschen, die zwei schmalen Eingänge waren mit Eisengittern verschlossen.
»Bist du dir sicher, dass wir hier richtig sind?«, fragte Yves.
»Mann wird Fels wird Haus. Das muss Petrus sein«, meinte h.b.
»Wieso eigentlich?«
»Petrus ist Griechisch oder Lateinisch oder so und heißt Fels. Ich glaube, Petrus sollte der Fels sein, auf dem die Kirche gebaut wird.«
»Na, dann mal rein ins Gotteshaus.«
Über dem linken Eingangsgitter drehte sich das holographische Logo der Petruskapelle. Über dem anderen Eingang hing ein altes Emailleschild »Übrigens sind es immer die anderen, die sterben«. Hinter den Gittern konnten sie einen kleinen Tisch, einen Stuhl und einen Creditcounter erkennen. Jemand stieg sehr langsam die Treppe hoch, die rechts neben dem Tischchen ins Dunkle führte. Schließlich erschien ein alter Mann mit langen weißen Haaren, die er zum Pferdeschwanz gebunden hatte. Er griff nach der Security-Card, die er an einer dünnen

Schnur am Gürtel trug, und öffnete die linke Pforte. »Meine Damen, sie sind zu früh, der Gottesdienst beginnt erst um zwanzig Uhr.« – »Das wissen wir, aber können wir nicht trotzdem schon in die Kapelle?« Er runzelte die Stirn: »Und wieso sollten die Damen das wollen?« – »Wir würden gerne ein bisschen in Stille meditieren«, sagte Yves und versuchte, fromm zu gucken. »Mmh. Na ja. Eine stille Andacht sollte ich nicht verweigern. Macht fünfzig Euro.« – »Fünfzig Euro?« – »Sie sind wohl zum ersten Mal hier? Wir müssen schließlich die Räumlichkeiten finanzieren. Kostet fünfundzwanzig Euro pro Person. Es sei denn, sie haben ein Spruch-des-Tages-Abonnement.« – »Was ist das?« – »Den kriegen unsere frommen Seelen täglich auf ihr Smart Phone, einen spirituellen Begleitspruch für den Alltag.« – Yves sagte spontan: »Zwölf sind Fischer der Seele.« – »Sagen Sie doch gleich, dass Sie ein Abo haben. Dann macht das pro Person fünfzehn Euro.« Er nahm h.b.s Karte und zog sie durch den Creditcounter. »Sie gehen die Treppe bis nach unten und folgen dann bitte den Pfeilen. Nicht die Nebengänge betreten, da finden Sie nicht mehr raus.« h.b. und Yves stiegen die notdürftig beleuchtete Betontreppe hinunter. »Ich weiß, wo wir sind!«, flüsterte Yves plötzlich. »Wieso, in der Petruskapelle«, flüsterte h.b. zurück. »Ja, auch. Aber das hier ist ein alter Bunker!« – »Ein Bunker?« – »Ja, ich glaube, das war schon im Zweiten Weltkrieg einer. Und im Kalten Krieg haben sie den umgebaut zum Atombunker.« h.b. schüttelte sich. »Ganz schön kalt hier.« Am Fuße der Treppe befand sich ein weiß gestrichener, niedriger Betonraum, in dem auf Wandtafeln Informationen über das unterirdische Bauwerk hingen. Yves blieb vor einem Plan stehen. Wie ein langer, gebogener Schlauch zogen sich um die vierzig alte Schutzräume zwischen dem Park Humboldthain und dem U-Bahnhof Gesundbrunnen entlang. »Komm, lass uns weitergehen«, sagte h.b. ungeduldig. Sie durchquerten einen weiteren niedrigen Vorraum, der geradeaus zu den Toiletten und links zur Kapelle führte. Sie schlossen geblendet die Augen. In dem langen, hohen Kapellenraum flirrten grelle Bilder an den Wänden. Bunte, comicartige Figuren bewegten sich in unterschiedlichen Szenen. Es liefen bestimmt dreißig verschiedene Filme gleichzeitig. Einfache Plastikstühle waren so aufgestellt, dass die Sitzflächen zur Wand zeigten. Yves zog h.b. auf den Stuhl neben sich. »Sind wir hier in einem christlichen Kino gelandet?«, flüsterte sie. Yves drückte ihre Hand. Die an die Wand projizierten Figuren erinnerten an Heilige, die schwarzen Ränder um jedes Element der Szenerie an die Bleiverglasung von Kirchenfenstern. In der Szene vor ihnen stand eine nackte Frau in einem Garten. Aus dem Baum neben ihr kroch eine Schlange. Yves kicherte. »Eva im Paradiese. Das passt ja.« h.b. merkte, dass ihre Hand immer noch in Yves' lag und zog sie weg. Die Schlange verschwand wieder im Baum, die Frau drehte ihren Kopf zurück. Dann kam die Schlange noch einmal aus den Zweigen gekrochen, und die Frau drehte sich wieder zur Schlange. »Eva und die Schlange sind irgendwie hängen geblieben«, meinte h.b. Yves wies auf die Schrift. »Für den Film bitte spenden am Altar.« h.b. musste lachen. »Das kostet was!«

»Puh!« Arif ließ sich auf die oberste Treppenstufe des elften Stocks fallen. Nur wenige Namensschilder hingen an den Türen, nirgendwo hatten sie einen »Joachim Gamper« gefunden. »So bringt das nichts.« Der Geruch nach Kohl, Zwiebeln, ungewaschenen Körpern und Urin erinnerte ihn unangenehm an die Neubrandenburger Platte. »Ich geh noch mal bis nach oben.« Thomas stieg die letzte Treppe hoch und probierte die Tür zum Dach. Sie war offen. Dahinter raschelte ein Marihuanadschungel im Wind. »Hier ist die Dachbegrünung! Wir sind im richtigen Haus!« Arif folgte ihm und starrte in den Garten. »Und was für eine!« Thomas stieß ihn in die Seite. »Sollen wir?« – »Sollen wir was?« – »Ein paar ernten und mitnehmen?« Arif trat ins Treppenhaus und beugte sich über die Brüstung.

Nichts zu hören. »In Ordnung, aber schnell.« Thomas hatte schon sein Taschenmesser gezückt und säbelte am Stamm. »Schneller!« Arif riss die Pflanze mit den Wurzeln aus der Erde, knickte und stopfte sie in seinen Rucksack. »Lass uns den Fahrstuhl nehmen!« Sie sprangen mehrere Stufen auf einmal hinunter, die Kabine wartete bereits. Arif drückte auf »E«, die Türen schlossen sich, der Fahrstuhl setzte sich in Bewegung, blieb kurz hängen, knirschte und ruckelte quietschend weiter.

Yves strich sich über die Augen und stöhnte. »Jetzt haben wir alle Fischgeschichten durch. Die Sintflut, Menschenfischer, Fischspeisungen und trotzdem keine Lösung.« – »Die Lösung muss hier aber irgendwo sein!« – »Lass uns noch mal überall gucken, wo es viel Wasser in der ersten Szene gibt. Vielleicht kommen dann später Fische vor.« – »Da ist noch ein Schiff.« – »Na gut. Letzter Versuch.« Zum x-ten Mal ging h.b. zum Altar und zog ihre Karte durch den Credit-Slot. Sie setzte sich neben Yves, der Film begann. Die Geschichte hieß »Jona«. Die tiefe Märchenonkelstimme, die sie bereits von den anderen Szenen kannten, las den Bibeltext. Jona bekam von Gott die Aufgabe, in der Stadt Ninive gegen die Verderbtheit zu predigen. Dazu hatte er keine Lust und versuchte per Schiff zu fliehen. Ein Unwetter zog auf und die Mannschaft warf allen Ballast über Bord, aber das Schiff war trotzdem noch zu schwer.

»Und sie nahmen Jona und warfen ihn ins Meer; da stand das Meer still von seinem Wüten. Aber der Herr verschaffte einen großen Fisch, Jona zu verschlingen. Und Jona war im Leibe des Fisches drei Tage und drei Nächte. Und Jona betete zu dem Herrn, seinem Gott, im Leibe des Fisches, und der Herr sprach zum Fische, und der spie Jona aus ans Land.«

h.b. und Yves saßen still. Diesmal blieben sie bis zum Abspann sitzen. Nach den Namen der Animationsdesigner und des Spre-

chers prangte türkis der grinsende net.tv-Fisch auf dem Monitor.
Dann ein paar Sekunden Schwärze und ein Zitat:
»Welt spielt auf Brettern
Die Maske weint, die Maske lacht.
Wo spielen Fische?«
h.b. packte Yves' Arm. »Schon wieder Fische!«

»Scheiße!« Thomas trat gegen die Fahrstuhltür. Die Kabine vibrierte blechern. Sie steckten seit mehr als einer Stunde fest. Der Notruf funktionierte nicht, auf ihr Rufen und Klopfen hatte niemand reagiert. Der süße, schwere Duft der Marihuanapflanze hing in der Kabine.
»Was machen wir denn jetzt?«
Arif zuckte mit den Schultern. »Wir könnten mit dem Smartie im Jagdforum um Hilfe bitten«, schlug er vor.
»Genial. Dann wimmelt es hier von Jägern und der Hase entwischt uns wieder.«
»Der Hase ist sowieso weg. Aber wenn wir behaupten, er wäre vielleicht noch da... wenigstens kommen wir dann hier raus!«
Thomas bohrte die Klinge seines Taschenmessers in den Spalt der Fahrstuhltür und versuchte sie aufzuhebeln. Es knirschte, mit einem hellen Sirren brach die Klinge. »Scheiße!« Arif ließ sich an der Fahrstuhlwand nach unten rutschen. Es roch penetrant nach Marihuana und Pisse. Thomas tippte mit dem abgebrochenen Taschenmesser an die Kabinenwand. Das Tippen fing sich metallisch zwischen den Wänden. »Kannst du bitte aufhören damit?«, fragte Arif. Thomas donnerte noch einmal mit der Faust gegen die Tür. »Sag mal, hast du eigentlich nach oben geguckt, als wir die Pflanze mitgenommen haben?«
»Wieso nach oben?«
»Weil dein Gesicht dann wunderbar satellitengefilmt wurde, als wir gerade eine Straftat begangen haben.«
»Mist. Ich glaube nicht. Und du?«

»Ich glaube, ich auch nicht.« Thomas schlug mit dem Kopf gegen die Fahrstuhlwand. »Ich halte das hier drin nicht mehr aus. Lass uns ins Jagdforum einloggen!«

Die Toiletten waren seit Atombunkerzeiten nicht verändert. Bleigraue, schwere Kunststoffvorhänge trennten die Klokabinen voneinander, polierte Metallrechtecke dienten als Spiegel. h.b. ließ kaltes Wasser über ihre Hände laufen und versuchte, ihre Beklemmung abzuschütteln. »Ich geh schon mal raus«, rief sie Yves zu. Die Spülung rauschte. h.b. öffnete die Toilettentür, ging durch den kleinen Flur und warf einen letzten Blick in den Kapellenraum. Am hinteren Ende stand der Pförtner und sprach mit einem Mann. Er trug eine silberne Spiegelbrille, es war der Mann aus der U-Bahn. Sie zog sich hastig in den Flur zurück und sah sich nach einer Fluchtmöglichkeit um. Die Tür in die Kapelle, das Damenklo, das Herrenklo und eine vierte Tür standen zur Auswahl. Die vierte Tür war mit einem elektronischen Schloss gesichert. h.b. rüttelte am Knauf. Yves kam aus der Toilette. »Was machst du da?« – »Wir müssen sofort hier weg, da folgt uns einer, den habe ich schon mal gesehen.« Panisch sah sie sich um. »Moment.« Yves wählte eine ihrer Plastikkarten aus der Brieftasche und hielt sie an das Magnetfeld. Die Tür öffnete sich, sie traten in einen langen dunklen Gang. h.b. tastete nach dem Lichtschalter, Neonröhren sprangen flackernd an. »Los, komm!« h.b. begann zu rennen. »Warte!« Yves sprintete ihr hinterher und hielt sie fest. »Wir können nicht einfach losrennen, das ist ein Labyrinth!« – »Und was schlägst du vor?« – »Wir gehen erst mal geradeaus weiter, das sieht aus wie der Hauptgang. Wir sollten aber in die anderen Räume gucken, um sicherzugehen, dass wir den Ausgang nicht verpassen.« – »Woher weißt du, wo der Ausgang ist?« – »Wenn ich mich richtig an den Plan erinnere, müssten wir beim U-Bahnhof Gesundbrunnen rauskommen, wenn wir uns schräg rechts halten.« Es roch feucht und muffig, die grauen

Waschbetonwände waren überzogen von Schimmel und Stockflecken. »Ich fühle mich wie in einer Gruft«, sagte h.b. Der Gang schluckte den Klang ihrer Stimme. Ihre Schritte und das Summen der Neonröhren waren die einzigen Geräusche. Sie kamen langsam voran, da sie in jeden der unzähligen Schutzräume sahen. Plötzlich flackerten die Neonröhren, ein, aus, ein, aus und verloschen ganz. Es war stockdunkel. h.b. griff nach Yves, die vor ihr ging und krallte sich in ihr T-Shirt. »Verdammte Scheiße!«, zischte Yves. h.b. konnte nicht antworten. Der Tunnel war schon vorher nahe an der Grenze des Erträglichen gewesen, jetzt spürte sie, wie aus den unzähligen Gängen die Dunkelheit auf sie einströmte. Es war, als würde sich die Stofflichkeit der Luft verändern, als würde sich um sie herum die Dunkelheit in hoher Konzentration ansammeln und lauern. »Bist du O. K.?«, fragte Yves. – »Mmh«, machte h.b. mit verkrampftem Kiefer. Yves tastete die Wand nach Lichtschaltern ab. Nichts. Kein Schalter und kein Kabel, das zu einem Schalter führen könnte. »Wir müssen uns einfach immer an die rechte Wand halten und in jedes tote Ende reinlaufen, dann kommen wir irgendwann zum Ausgang«, schlug Yves vor und setzte sich in Bewegung. h.b.s Griff riss sie zurück. »He!« Yves drehte sich um und tastete nach ihr. »Was ist denn los?« – »Ich kann nicht«, brachte h.b. heraus. »Wieso, was ist das Problem? Die Dunkelheit?« – »Mmh.« – »Wir müssen aber weiter! Wir wissen nicht, ob jemand hinter uns ist!« Yves zog an ihr, h.b. stemmte sich dagegen. »Du musst an was anderes denken, sonst kommen wir hier nicht weiter!« – »Geht nicht.« Die Dunkelheit war dicht und zäh und legte sich mit jedem Atemzug fester um sie. Das Atmen fiel ihr schwer, sie keuchte. h.b. spürte, wie sich Yves in ihren rechten Arm einhakte. Eine zusätzliche Umklammerung, die ihr noch stärker die Luft abdrückte. h.b. versuchte, ihren Arm loszumachen, aber Yves hielt sie fest. »Dann muss uns Mami Water helfen«, sagte Yves. »Die hilft allen, die die Orientierung verloren haben.« Yves zog h.b.

langsam, aber bestimmt weiter. »Mami Water ist die Göttin der Meere, Seen und Flüsse und wird in allen westafrikanischen Küstenländern verehrt. Auch in Nigeria, wo meine Mutter herkommt.« Yves lief weiter. Mit der rechten Hand tastete sie sich an der Wand entlang, mit links zog sie h.b. »Mami Water ist so heilig, dass man ihren Namen eigentlich nur nach bestimmten Ritualen in den Mund nehmen darf.« Yves lachte. »Aber in Notsituationen macht sie eine Ausnahme. Mami Water fühlt sich sexuell hingezogen zu Menschen und heiratet Männer und Frauen. Zu ihren Partnern und Partnerinnen ist sie unglaublich großzügig und überschüttet sie mit Schönheit, Reichtum und Liebe. Mami Waters Freunde können ohne Kompass aufs Meer fahren und finden immer ans Land zurück. Wenn Mami Water einen Menschen zu sehr liebt, möchte sie ihn oder sie allerdings immer bei sich haben. Die Priester und Priesterinnen gehen deswegen nie zu nah ans Wasser, sonst zieht sie Mami Water zu sich in die Tiefe. Meine Großmutter begegnete Mami Water, als sie schon Witwe war, und das kam so ...« h.b. lauschte Yves' Stimme. Yves erzählte ihr ein Märchen, sie konnte dem Inhalt nicht ganz folgen. Sie klammerte sich an den Klang der Worte, die Worte bildeten einen Steg, auf dem sie die Dunkelheit überqueren konnten, ein Steg, gerade breit genug für sie und Yves.

Ampel rot, Ampelstopp an der Danziger, Landsberger. Viel Verkehr, keine Chance da kurz drüberzufahren. Neben mir hält auf nem »Krysum Elite CPU 42« ein Typ und quetscht sich knapp vor mich. Brot, du dummes Brot. Hier rummackern, immer vorn sein, durchstarten, damit ich dann auf deinen Arsch starren kann. Obwohl, eigentlich ein ganz guter Anblick der Arsch. Knackig, in hautengen goldenen Minishorts. Obenrum ein rotes Top, modebewusster Knabe. Fährt mit Visor, Angeber. Grün, er sprintet los, ich hinterher. Blick fest auf seine Arschbacken geheftet, er schnauft und strengt sich mächtig an, ich bin noch nicht mal außer Puste. Er sieht sich kurz um, jetzt hat er endlich zugegeben, dass er sich meiner Anwesenheit bewusst ist, jetzt hat er den Visor nach oben geschoben und blickt sich noch mal um. Uff hat der helle Augen. Türkis, komische Farbe, karibikmeergrün. Irgendwo habe ich die Augen schon mal gesehen. Er blitzt mich einmal an mit diesen Strahleaugen und gibt dann richtig Speed. Lüpft den niedlichen goldenen Hintern vom Sattel und hängt sich mit vollem Gewicht in die Pedale. Na warte. Das kann ich schon lange. Hab nicht son schnittiges Höschen wie du, aber ich bin schneller, immer schneller, Queen of Speed, leg dich mit mir nicht an, das ist schlecht für deinen Kreislauf. Du kannst nicht gewinnen, ich habe ein magisches Bike, Black Beauty und ich, wir sind unschlagbar. Die Blitzhologramme im schwarzen Lack funkeln, der Rahmen glüht, so schnell sind wir, so schnell. Ich schalte in nen tieferen Gang und überhole Goldie lässig. So lässig ist das gar nicht, ich muss mich bemühen, meinen unangestrengten Gesichtsausdruck zu halten. Er will das nicht auf sich sitzen lassen, wird auch noch schneller. Rote Ampel, fette Kreuzung Danziger, Kniprode, wir legen ne Vollbremsung hin. Ich hätte gewonnen, ganz klar, kein Problem. Ist der Messenger? Der ist bestimmt Bike Messenger. Hat aber kein Logo auf dem Shirt und keine Tasche. Vielleicht ist er nicht im Dienst. Oder er ist Fahrradprofi Aber dafür hat er das falsche Bike, das kann nicht sein. Seltsam, ich kenn den gar nicht. Wir warten aufs Grün, vorher fahren gilt nicht, das Grün ist der Startschuss, wer vorher fährt, wird disqualifiziert. Er dreht sich um, klappt seinen Visor wieder nach oben und strahlt mich an. »Na?« Ich bin sprachlos. Dieses Türkis macht mir den Magen flau. »Na«, sage ich auch. Das flaue Gefühl ist nicht nur im Magen, das ist auch im Hirn. »Hast du Durst?«, fragt er und drückt mir seine Fahrradflasche in die Hand. »Danke«, sage ich und trinke. Isotonisches Getränk mit Zitronengeschmack. Arm ist er nicht, isotonische Designergetränke kann ich mir nicht leisten. Mir fällt nichts ein, was ich sagen könnte. »Lecker«, sage ich. Er nimmt die Flasche und trinkt mit zurückgelegtem Kopf. Ich kann seinen hübschen Hals und seine sehnigen Schultern in Ruhe anstarren. Er lässt das isotonische Getränk in seinen hübschen Körper laufen, die Flüssigkeit rinnt durch die Speiseröhre in den Magen und verteilt ihre isotonischen Energien im ganzen wundervollen Körper. Ich möchte ein isotonisches Getränk sein. Ich bin neidisch auf die Flasche, aus der er trinkt. Mir ist nicht nur flau im Hirn und im Magen, das Gefühl breitet sich vom Magen über meinen Unterbauch bis zu meiner Möse aus. Ich will in diesem Körper baden. »Ich wollte gerade ne Pause machen«, höre ich mich sagen. »Kommst du mit?« Ai, das war jetzt aber plump. Er klickt die Flasche wieder in die Halterung und sagt: »Ja, gerne.«

Tobby Reissen betrachtete das Geschehen auf dem Studio-Wallscreen. »Was soll denn das, was macht er denn da. Er soll arbeiten und nicht im Park rumliegen und...« Auf dem Wallscreen war Kookies Bauchnabel zu sehen, kam immer näher, dann Haut in Großaufnahme. Feine Härchen und Poren. Die Bilder liefen stumm, Ton gab es keinen. »Wieso«, sagte Frau Schmidt-Schöffenbacher. »Sein Auftrag lautet, zu katalysieren. Wie er das macht, ist seine Sache.« Tobby Reissen starrte auf den Wallscreen. »Schöner Bauchnabel«, sagte Frau Schmidt-Schöffenbacher. Dann sah sie Tobby Reissen in die Augen. Immer wieder erwischte sie ihn, dieses grelle Türkis ging durch und durch, er konnte ihrem Blick nicht standhalten. Sie machte das jedes Mal. Er räusperte sich ärgerlich. Sie lächelte, drehte sich um und ging.

h.b. konnte sich nicht konzentrieren. Schon seit ein paar Minuten starrte sie auf die »RunRabbitRun«-Fanseiten, ohne einen sinnvollen Gedanken zu fassen. Sie saß in der letzten Abendsonne auf Yves' geblümter Liege und lud sich vorsorglich einen

Plan vom unterirdischen Berlin aufs Smart Phone. Innerlich war sie immer noch in dem scheußlichen Tunnel. Yves hatte sie mit ihrer Geschichte sicher zum Ausgang gelotst. Sie hatte sich an Yves' Stimme geklammert, sich völlig abhängig von der Wärme dieser Stimme gemacht, Schritt für Schritt war sie von dieser Stimme vorwärts geschoben worden. Ohne Yves wäre sie einfach stehen geblieben und hätte gewartet, bis jemand sie gefunden hätte. Egal, ob es der Wärter oder der Mann mit der Spiegelbrille gewesen wäre, sie wäre stehen geblieben. Yves musste jetzt einen komischen Eindruck von ihr haben. Du Tarzan, ich Jane, rette mich. h.b. hasste es, wenn ihre Konzentration und ihre Denkfähigkeit beeinträchtigt waren, sie hasste es, die Kontrolle zu verlieren. »Schon was über die Fische rausgefunden?« Yves legte ihr die Hand auf die Schulter und beugte sich über sie. h.b. schauderte und fühlte, wie sie Gänsehaut bekam. »Es wird kühl«, sagte Yves und strich ihr über den Gänsehaut-Nacken. h.b. schluckte. Ihr fiel keine Antwort ein. Und selbst wenn, sie hätte mit ihrer belegten Stimme nicht antworten können. Stattdessen klickte sie zurück zur Meta-Suchmaschine und gab das nächste Rätsel ein. »Mann wird Fels wird Haus / Zwölf sind Fischer der Seele / Welchen Mann frisst Fisch?« Prompt poppte das Übersetzungsprogramm »Babelfish« hoch. Auf den Babelfish-Seiten blinkte ein Werbebanner für die Petruskapelle. »Das gibts doch nicht!«, rief Yves und zeigte auf das Banner. »Was?«, krächzte h.b. »Da!« Yves tippte auf das Werbebanner. Jetzt sah h.b. es auch. »Stimmt! Wie das net.tv-Logo nach dem Bibelfilm! Bei der Lösung eines Rätsels wird anscheinend gleich das nächste gestellt. Das hatten wir bis jetzt nur nicht bemerkt.« – »Aber warum?«, fragte Yves und beugte sich so dicht über h.b., dass sie ihren Atem am Hals spüren konnte. h.b. schüttelte den Kopf und lehnte sich ein wenig zur Seite. »Ich weiß nicht. Und warum werden die Rätsel abends in der Show noch mal gestellt? Ich versteh das nicht.« – »Lass uns beim Essen weiterdenken. Heute hat Ed gekocht«, schlug Yves vor. h.b. stand auf, erleichtert, körperlichen Abstand zwischen sich und Yves zu bringen, und streckte sich. Vom Hausboot aus wirkte die Bootssiedlung wie ein Abenteuerspielplatz. Die bunt bemalten Boote und die Bauwagen auf den Pontons dümpelten an den Stegen, dahinter erstreckte sich der Platz, auf dem reger Essensbetrieb herrschte. »Wo ist eigentlich Jo?« – »Der spielt Hackiesack mit den Kids.« Zusammen schlenderten sie über die Stege an Land und steuerten auf das Küchenzelt der Gemeinschaft zu. Unter einem Stahlgerüst hingen schwarze Hängematten, in denen ein paar Leute chillten. Verwitterte Strandkörbe standen um einen kleinen, betonierten Platz, auf dem kreischende Kinder und Erwachsene Hackiesack und Basketball spielten. Neben dem Küchenzelt waren Biertische und Bänke angeordnet, etwas weiter hinten brannte ein großes Lagerfeuer. »Ich bring dir was mit.« h.b. suchte Plätze, während sich Yves in die Schlange stellte, die zu Ed, dem Koch, und einigen großen Töpfen und Pfannen führte. h.b. blickte über die Spree. Gegenüber, auf der Friedrichshainer Seite, reihten sich Lagerhallen aus rotem Backstein aneinander. Ein alter Löschkran ragte rostig in den Abendhimmel. Weiter links, kurz vor der Oberbaumbrücke, protzten die sanierten Business-Türme von Oberbaum City, über ihnen rotierten bunt die holographischen Logos der ansässigen Firmen. Orange Wolkenfetzen und schweres, goldenes Abendlicht spiegelten sich in der leicht gekräuselten Wasserfläche der Spree. Schön war es hier. h.b. seufzte versonnen. Yves sah bestimmt oft spektakuläre Sonnenuntergänge. Mit Yves hier zu sitzen und das Abendrot zu betrachten, wäre bestimmt nett und sehr romantisch. h.b. stellte sich vor, wie es wäre, in Panama zu leben. Im Winter wäre es eisig kalt auf dem Boot und sie und Yves würden sich in einen riesigen Deckenhaufen einmummeln. Ja, das wäre schön, mit Yves auf dem Boot zu leben. Ein Boot war wirklich praktisch. Wenn sie Ärger mit dem Gesetz bekamen, könnten sie einfach den Ort wechseln.

Zusammen wären sie ein gutes Team, um für die Freiheit der Netze zu kämpfen. Es rummste, Yves setzte zwei randvolle Teller auf den Tisch. h.b. fühlte sich ertappt. Sie hasste diesen Zustand, diese Synapsenverwirrung, die sie nicht nur dazu brachte, sich eine Zukunft mit Yves vorzustellen, sondern die Zukunft auch noch mit revolutionärromantischer Scheiße auszuschmücken. h.b. wurde bewusst, dass sie dabei war, sich in Yves zu verlieben. Sie hasste es, sich zu verlieben. Der Zustand des Verliebtseins war ihrer Meinung nach ein Atavismus, eine vorübergehende Überdosis von euphorisierenden, konzentrationshemmenden Hormonen, die vor vielen zehntausend Jahren mal die Reproduktion des Homo Sapiens gefördert haben mochten. Sie brachte es nicht über sich, Yves anzusehen, und blickte stattdessen auf ihren Teller. Kleine, helle Bohnen, mit je einem schwarzen Fleck, die wie Augen von Stofftieren von ihrem Teller starrten. Dazu etwas Längliches, Matschiges, das wie Banane aussah, überstreut mit hellen Krümeln. »Was ist das denn?« – »Ghanaisches Essen von Ed.« – »Ja, aber was IST das?« Yves lachte. »Bohnen mit gebratenen Platanen und Maniok.« h.b. probierte. Es schmeckte lecker, nicht so süß, wie sie erwartet hatte, eher nussig. Die Sonne verschwand langsam, jemand stellte Flutlichter an, sodass weiter Ball gespielt werden konnte. Direkt neben Panama standen dunkel die verlassenen Twintowers. Überragt wurden sie nur vom Treptower, der ein paar hundert Meter weiter hinten auf der gleichen Spreeseite stand. Über dem Turm drehte sich erschreckend nah der türkise Grinsefisch von net.tv.

»... und wieder ist einigen Berlinern und Berlinerinnen eine Million Euro knapp durch die Lappen gegangen. Unser heutiger Zeuge: Herr Burak Oydan.« Burak war noch in seine »Kreuzberger Landwehr«-Uniform gekleidet, nahm die Mütze ab und verbeugte sich. »Nun, Herr Oydan, wo sind Sie dem Hasen denn begegnet?« – »Ich hatte gestern Abend Dienst auf der Oberbaumbrücke. Das war nach der

Show, ich hatte ›RunRabbitRun‹ sogar gesehen, so nebenbei, ich hatte ja Dienst. Aber auf dem Smartie, da ist das Display so klein, da kann man die Gesichter nicht gut erkennen. Jedenfalls kam kurz darauf eine Bekannte von mir, und mit ihr dieser Hase, der meinte, er hätte seine ID-Card gerade nicht dabei. Und, na ja, weil sie ne gute alte Bekannte ist, habe ich sie halt durchgelassen. Scheiße! Eine Million ist da durch meine Schranke durch!« Tobby Reissen bleckte die Zähne. »Hase, wir kommen dir näher!« Der Hase wurde im Schlupfloch eingeblendet. »Ja, aber noch habt ihr mich nicht, Tobby!« Er grinste breit und zeigte der Kamera den Finger. Das Publikum johlte. Haare, Augen und Nase waren jetzt deutlich zu erkennen, Mund und Kinn noch unscharf.

»Nun, Herr Oydan« – Tobby machte eine dramatische Pause. »Wie heißt denn Ihre Bekannte?« Buraks Gesicht wurde in Großaufnahme gezeigt. Sein Lippen verspannten sich verächtlich. »Die hat mich echt reingelegt. Das Biest heißt Kookie.«

»Scheiße!« Thomas schlug mit der Hand auf die Schreibtischkante. »Arif, echt genial, hast du echt super gemacht! Die hat dich vielleicht gelinkt, die Frau!« Arif ließ den Kopf auf den Schreibtisch sinken. »Oh nein! Mach, dass das nicht wahr ist!«

»Das Jagdfieber erreichte heute einen neuen Höhepunkt: Nachdem ›Flash Gordon‹ und ›Skywalker003‹ im Jagdforum ihre Vermutung posteten, der Hase halte sich aktuell in einer Wohnung in der Behmstraße 36 auf, wurde das Wohngebäude von circa zweihundertfünfzig Jägern und Jägerinnen gestürmt. Hinter den Netznamen ›Flash Gordon‹ und ›Skywalker003‹ verbergen sich Arif E. und Thomas S., die Sie, meine werten Zuschauerinnen und Zuschauer, bereits als Zeugen kennen gelernt haben.« Aufnahmen aus der Behmstraße wurden gezeigt, zwei Uniformierte des »Weddinger Wachdienstes«, die die Fahrstuhltür aufstemmten und Arif und Thomas befreiten. An ihnen vorbei hasteten aufgeregte »RunRabbitRun«-Fans die Treppe hoch. Aus dem Off kam Tobby Reissens Stimme: »Der ›Weddinger Wachdienst‹

brauchte Durchsetzungsfähigkeit und Geduld, um Ordnung in das Chaos zu bringen.«

Hunderte Hasenjäger standen im Hof und versuchten in das Haus zu gelangen. Im Erdgeschoss wurden Fenster eingeworfen, die Jäger versuchten, durch die Öffnungen ins Innere zu klettern. Der »Weddinger Wachdienst« bildete eine Kette um das Haus und wehrte die Fans mit Knüppeln und Schilden ab. Einzelne wurden aus der Menge gezogen, zusammengeschlagen, verhaftet und abtransportiert.

»Der Hase konnte auch heute nicht gefasst werden. Vorhin erreichte uns jedoch der Beweis, dass sich der Kandidat tatsächlich in dem Gebäude aufgehalten hatte. Jagdfans haben die Satellitenaufnahmen der letzten Tage mit dem partiell erkennbaren Gesicht des Hasen verglichen.« Das Satellitenfoto der Wohnsiedlung wurde eingeblendet und immer näher herangezoomt, bis die Gesichter von Jo und dem Hasen zu erkennen waren. Über das Gesicht des Hasen auf dem Dach wurde das halbgepixelte Gesicht, wie es den Fans aus dem Schlupfloch bekannt war, gelegt. Die Aufnahmen blinkten und verschmolzen zu einer. »Wie Sie sehen, meine werten Damen und Herren, die Gesichter sind identisch. Der Hase hat sich tatsächlich auf dem Dach der Behmstraße 36 aufgehalten. Allerdings sind unsere Satellitenaufnahmen nicht gerade taufrisch, sie stammen nicht von heute, sondern von gestern. Wieder ist uns das Tierchen durch die Schlinge geschlüpft.«

»Prost!« – »Auf den Hasen!« – »Auf die Rätsel!« – »Nee, besser auf die Lösungen!« Yves und h.b. stießen klirrend die Bierflaschen aneinander. Vor ihnen flimmerte in der Dunkelheit der Laptop, auf dem sie gerade die Gameshow gesehen hatten. Es war immer noch warm, sie saßen auf den Holzplanken an Deck. h.b.s Blase drückte, aber sie hatte keine Lust, im Dunkeln über die Stege zum Toilettenhäuschen zu balancieren. »Haben die anderen Boote funktionierende Toiletten?«, fragte sie. Yves antwortete irritiert: »Wieso fragst du?« h.b. fühlte sich außerstande, zuzugeben, dass sie nicht allein im Dunkeln über die Stege laufen wollte. Es war peinlich genug, was im Bunker passiert war. Feige und panisch war sie gewesen und absolut unfähig, sich selbst zu helfen.

»Wie macht ihr das eigentlich mit dem Abwasser?«, fragte sie deshalb schnell.

»Die meisten Boote haben ein Klo mit Waschbecken und noch ein extra Waschbecken in der Kochnische.«

»Ihr leitet das Abwasser einfach in die Spree?«

»Nein, natürlich nicht. Wir sind an die städtische Versorgung angeschlossen.«

h.b. lachte. »Wie denn das?«

Yves stand auf und winkte h.b. zur Seite des Schiffs. »Siehst du die Schläuche? Die laufen unter den Stegen lang. Wasser, Gas und Abwasser. Wenn du hier nen festen Ankerplatz hast, kannst du dich anschließen lassen.«

»Sehr praktisch«, gab h.b. zu. Es wurde immer dringender. Sie beschloss, die Stege auf den Knien entlangzukrabbeln, sie konnte ihren Landgang nicht weiter aufschieben. Sie stieg über Bord und ging auf alle viere.

»Was machst du denn da?«, fragte Yves verwundert.

»Ich muss aufs Klo und deswegen an Land.«

»Du kannst doch hier aufs Klo.«

»Ich denke, das ist verstopft.«

Yves zögerte kurz und sagte dann: »Das geht wieder. Ich zeig dir, wo es ist.«

h.b. folgte Yves neugierig in das Innere des Bootes. Bis jetzt hatte sie noch keinen Blick hineingeworfen, die geblümten Vorhänge waren den ganzen Tag zugezogen gewesen. An der Längswand des niedrigen Raums zogen sich durchgebogene Bücherregale entlang. Davor war ein Schlafsofa gequetscht, an das Sofa drängte sich ein altes gusseisernes Nähmaschinentischchen, ebenfalls beladen mit Büchern. An der Fensterseite lehnten zwei Fahrräder, sodass gerade genug Platz blieb, um sich zwischen Sofa und Fahrrädern zur nächsten Tür zu fädeln.

h.b. stutzte. Zwischen den Büchern waren Dutzende durchsichtige Kunststoffquader gestapelt. Sie nahm einen Quader in die Hand. Darin befand sich eine halb verweste Amsel.

»Was ist das denn? Voodoo?«

»Das ist Konzeptkunst!«, entgegnete Yves schroff. h.b. versuchte sich daran zu erinnern, ob in Yves' Geschichte von Mami Water tote Tiere vorgekommen waren.

»Konzeptkunst«, wiederholte sie und starrte die Kunstharzwürfel in den Regalen an. Aus jedem Würfel starrte ein angewestes Kleintier zurück.

»Du glaubst wohl, weil ich Afrodeutsche bin, renn ich heimlich im Baströckchen rum und piekse Nadeln durch Puppen!«, schnauzte Yves.

»Tut mir Leid«, meinte h.b. und sah Yves nicht an. Sie fand die Würfel mit den toten, mit den sehr toten Tieren gruselig, sie fand sie abstoßend. Verwesende Tiere im Schlafzimmer, das war irgendwie krank, das war wie in einem schlechten Horrorthriller. Wenn sie sich verliebte, dann in völlig gestörte Leute, das war mal wieder typisch. Yves schwieg immer noch. »Wo ist denn das Klo?«, fragte h.b. Yves zeigte auf die Tür. »Da durch und gleich links.« h.b. drängelte sich an Yves vorbei, blieb in der Tür stehen und fragte: »Dein Klo war gar nicht verstopft, oder?« Yves schüttelte den Kopf. »Du wolltest nicht, dass ich die Dinger sehe?« h.b. zeigte auf die Würfel.

Yves schüttelte den Kopf.

»Und warum nicht?«

»Na ja, du hattest so einen guten Eindruck von mir, so einen fröhlichen. Ich wollte mir den nicht vermasseln.«

Jo starrte in die Glut des Lagerfeuers. Ed bot ihm ein Bier an.

»Nein danke, ich lebe gerade drogenfrei«, sagte Jo abwesend und zog am Joint.

Ed brach in schallendes Gelächter aus.

»Ach das...«, meinte Jo und drehte den Joint in den Fingern. »Medizin...«

Ed machte ein betont beeindrucktes Gesicht und sagte: »Ich seh schon, du bist ein Mann mit ernsthaften Vorsätzen!«

Jo schnippte die Asche ab und reichte den Joint weiter in die Runde. Er stützte die Ellenbogen auf die Knie, den Kopf auf die Hände und versenkte sich in das rhythmische Flackern des Feuers. Ein paar Leute hatten angefangen zu trommeln. Das glühende Orange waberte, darüber leckten die Flammen. Du sollst nicht lau sein, du sollst sein wie glühende Kohle, dachte Jo. Er war alles andere als glühende Kohle. Er war lau, unehrlich und feige. Sein Blick hatte sich verfangen an einem dicken Scheit, fast schon zerfallen zu Asche. Noch einmal glühte es auf, eine feurige Fratze tanzte über die Oberfläche, eine Fratze mit weißem Gesicht, rotem Mund und roten Augen. Das Gesicht lachte zuckend, lachte ihn aus. »Scheiße!« Jo sprang auf und starrte auf das Scheit.

»He!« Ed berührte ihn am Arm. »Dein Feuerkino scheint ja sehr aufregend zu sein.«

»Siehst du das Gesicht?«

»Was für ein Gesicht?«

»Da, auf dem dicken Scheit, das schon fast verbrannt ist.«

»Nein, ich sehe nichts.«

Jo setzte sich wieder.

»Gute Medizin haben wir hier…« Ed fing wieder an zu kichern.

»Das war nicht komisch.«

»War es erhellend?«

»Es hat mich ausgelacht.«

Ed schob mit einem Stock das Scheit weiter ins Feuer und legte neues Holz auf. Jo hatte den Kopf in den Händen vergraben und wippte vor und zurück.

»He.« Ed strich ihm beruhigend über den Rücken. »Weswegen hat das Scheit dich denn ausgelacht?«

»Nicht das Scheit, das Gesicht hat mich ausgelacht.«

»Und warum?«

»Weil ich feige bin.«

»Und warum denkst du, dass du feige bist?«

»Ich habe eine Freundin beklaut.«

»Mhm«, machte Ed. »Das musst du ihr sagen. Freunde sind wichtig.«

Es ist Nacht. Die Frösche quaken. Ja, wirklich, wir sind mitten in der Stadt, es ist Nacht und die Scheißfrösche quaken. Vom Ufer weht das Lagerfeuergetrommel der Bootsleute herüber. Das Boot schaukelt leise, ab und zu schlägt ne Welle plitschend an den Bug. Yves rappelt sich hoch und zieht ein Einkaufsnetz mit gut gekühltem Bier aus der Spree, die Flaschen klirren gegeneinander. Sie verteilt das Bier und berührt mit dem kalten Glas h.b.s Nacken. Die quietscht und kichert. Ich habe h.b. noch nie quietschen gehört. Die beiden scheinen sich ja gut zu verstehen. Ich schaue weg und ärgere mich über meine Blödheit. In nem Anfall von paranoider Übervorsicht bin ich abgehauen. Abgehauen aus dem Park, in dem Türkisauge und ich außerordentlich guten Sex hatten. Abgehauen, als Türkisauge kurz in den Büschen verschwand, um zu pinkeln. Ich habe keinen Namen, keine Adresse, keine Nummern. Nichts.

»Ich wusste gar nicht, dass Leute auf Booten leben. So mitten in der Stadt«, sagt der Hase.

»Ja, da gibt es viel, was du nicht mitkriegst in deiner weich gespülten Kuschelwelt«, sage ich. Au, das war gemein. Ich komm ja auch aus der weich gespülten Kuschelwelt. War nur nicht so kuschelig für mich. »Tut mir Leid«, sage ich.

»Warum magst du mich eigentlich nicht?«, fragt der Hase plötzlich.

»Weil du mich an meinen Bruder erinnerst«, sage ich und bin erstaunt über meine Antwort. Erinnert der Hase mich an meinen Bruder? Der naive Hase, der Möchtegern-Actionheld mit der zitternden Schnute und der Dauerverpeilung?

»An deinen Bruder?«

»Mein Bruder ist eigentlich ganz anders. Aber du möchtest gerne so sein wie mein Bruder.«

»So ein Blödsinn, ich kenne deinen Bruder doch gar nicht.«

»Nein, aber mein Bruder ist ein Klischee, ein Klischee des erfolgreichen großen Bruders, zum Kotzen langweilig und zum Kotzen erfolgreich. Mein Bruder ist Ken als Cyborg, der perfekte Schwiegersohn, der Erbe, die Zukunft, der Anti-Looser.« Der Hase schweigt. h.b. und Yves sitzen Rücken an Rücken am Bug, kichern und erzählen sich mit leiser Stimme interessante Dinge. So leise, dass ich die interessanten Dinge nicht verstehen kann. »Es ist so unglaublich schön hier!«, ruft h.b. Sie hat mal wieder ne Enthusiasmusattacke. Wellen schwappen ölig gegen den Bootsbauch, die Luft schmeckt nach fauligem Fisch. So toll ist es nicht auf dem Boot. Dann sagt der Hase leise: »Klingt nach meinem Bruder.« Ich stütze mich auf meinen Ellenbogen und gucke zum Hasen. Es ist inzwischen so dunkel, dass ich nur seine Umrisse erkennen kann. Er hat so ne lächerliche kleine Stupsnase, ne Kinderstupsnase, ne Ich-bin-süß-und-blöd-Stupsnase. »Du hattest auch so einen Plastikbruder? Ich hatte noch die perfekte Plastikschwester dazu, den feuchten rosa Traum aller Eltern.« Der Hase sagt: »Mein Bruder ist tot.« – »Oh«, sage ich. Was soll ich sonst sagen. Von mir wird erwartet, dass ich irgendwie Betroffenheit signalisiere. Natürlich bin ich nicht wirklich betroffen, der tote Bruder geht mir quer am Arsch vorbei, ich kannte ihn nicht und der Hase ist kein guter Freund von mir. Der Hase sagt: »Ich mochte Mark sehr gerne.« Ich frage: »Und, an was ist er gestorben?« – »An der Amerikanischen Grippe.« Ich mache noch mal »Oh«. Der Hase redet weiter. »Er war der Falsche, der gestorben ist. Mir hätte es nichts ausgemacht. Zu sterben, meine ich.« – »Oh«, sage ich wieder. Diesmal meine ich es ernst.

6 Es regnet, ich habe meine Mens gekriegt und Bauchschmerzen und keinen Hunger. Der Regen pladdert an die Bullaugen, die Hoppetosse schaukelt hin und her. Früher war sie mal ein Restaurant und Partyschiff, jetzt sind hier die Gemeinschaftsräume der Bootssiedlung. Es gibt ein Essensdeck und ein Schlafdeck und ein Terrassendeck. Vor uns auf dem zerfurchten, dunklen Holztisch liegt zwischen Marmeladengläsern ein butterfleckiger Ausdruck des nächsten Tagesrätsels. Das Küchendeck ist eng, voll und niedrig. Es scheint die allgemeine Frühstückszeit zu sein. Wie gut, dass ich Land sehen kann, wenn ich aus den runden Fenstern gucke. Mit meinem Blick aufs Land versuche ich mich und meinen Magen stabil zu halten. Jo sieht mich an. Auch er wirkt ziemlich blass. Ein Brainstorming beim Frühstück ist unter diesen Umständen ne schlechte Idee, aber h.b. und Yves sind nicht zu bremsen.

»Welt spielt auf Brettern
Die Maske weint, die Maske lacht.
Wo spielen Fische?«

Die Fische spielen im Wasser und freuen sich bestimmt, wenn ich ihnen demnächst auf den Kopf kotze. Es ist stickig hier drin, stickig und schaukelig. Yves und h.b. sind begeistert am Rätselraten. »Wo spielen Fische?«, fragt h.b. und Yves sagt: »Im Wasser.« Und dann fangen sie beide an zu kichern wie verrückt. »Welt spielt auf Brettern?«, fragt h.b. und Yves: »Theater, eindeutig Theater.« h.b.: »Die Maske weint, die Maske lacht?« Yves: »Na, auch Theater!« h.b.: »Das ist ja einfach heute.« Ganz toll, haben sich zwei Hirnwichserinnen getroffen, passt ja bestens. Mir würgt es den Magen in den Mund. »Ich muss mal!«, murmele ich und stürze an Deck. Der Regen sprüht mir ins Gesicht, ein paar Mal tief Luft holen und die Krämpfe lassen etwas nach. »Alles O.K.?« Jo ist mir gefolgt. »Geht so. Menstruationskrämpfe«, sage ich mit zusammengebissenen Zähnen. »Kookie, ich muss dir noch was sagen, wegen neulich …« Eine Übelkeitswelle schießt mir durch den Unterleib in den Magen die Speiseröhre hoch und ich kotze im hohen Bogen über die Reling.

Jeder der drei winzigen Räume in Yves' Boot war Wand für Wand voll gestopft mit Büchern – die Bibliothek unterschied sich nur darin von den anderen beiden Kammern, dass sich tatsächlich nur Bücher und nichts anderes darin befanden, die Hängematte ausgenommen. h.b. fand die Bibliothek eindeutig am gemütlichsten, denn hier gab es keine Kunstharzquader mit verwesenden Tieren. Sie hatte Yves davon überzeugt, nicht auf dem Sofa im Nebenraum zu arbeiten, sondern in der Hängematte. Dort lagen sie nun Kopf an Fuß, balancierten je einen Laptop auf dem Schoß und forschten nach Veranstaltungen, die mit Fischen zu tun hatten. »Im Audion im Pfefferberg gibts einen maritimen Thementag mit Fischessen«, berichtete sie Yves, die sich auf den »RunRabbitRun«-Seiten umsah. »Klingt doch viel versprechend«, meinte Yves und zwickte h.b. in den nackten Zeh. »Au!« Yves lachte und konzentrierte sich wieder auf das »RunRabbitRun«-Jagdforum. »Sag mal, Arif und Thomas sind doch ›Flash Gordon‹ und ›Skywalker003‹?« – »Ja, wieso?« – »Alle ihre Kommentare sind vom Jagdforum gelöscht. Das ist doch seltsam.« h.b. blickte auf. »Sehr seltsam.« Yves streichelte ihren Fuß. h.b. sah schnell wieder auf ihren Monitor und versuchte, sich zu konzentrieren. Das angenehme Kribbeln wanderte von ihrem Fuß aus am Bein langsam nach oben. h.b. hasste es, wenn sich ihr Körper in den Vordergrund drängte. Sie zuckte mit dem Fuß. Yves' Hand hielt kurz inne, machte dann aber weiter. Wenn sie Yves bitten würde, aufzuhören, würde sie das bestimmt missverstehen. Sie würde denken, dass h.b. allgemein nicht gern angefasst werden wollte, was so nicht ganz der Wahrheit entsprach. Nur lenkten die Berührungen gerade von der Arbeit ab. h.b. dachte daran, dass die gleichen Finger, die sie streichelten, tote Amseln, Ratten und Mäuse angefasst und in Kunstharz eingegossen hatten. Das Kribbeln hörte schlagartig auf. »Hier!«, rief Yves. »In der Volksbühne läuft ein Stück, das heißt ›Die Fische‹!« – »Klasse!« – »Das muss die Lösung sein!« – »Wo spielen Fische?«, fragte h.b. »In der Volksbühne!«, schrie Yves und gab ihr einen Kuss auf den Fuß. h.b. lachte und angelte nach ihrem Rucksack, der unter der Hängematte auf dem Boden lag. Sie fischte Fucky heraus und schob die Memcard in den Laptop. »Was machst du denn da?«, fragte Yves. »Ich will mal im Trojanischen Netz anfragen, ob die rausgefunden haben, wer die Bilder und die Geräusche umleitet.« Yves sah einigermaßen verblüfft aus. »Du willst was?«

»Ich will bei den Greeks nachfragen, ob sie was Neues wissen.«

»Bist du verrückt?«

»Wieso das denn?«, fragte h.b., ihrerseits verblüfft. Yves sah auf einmal wütend aus.

»Jetzt sag nicht, du hast was mit den Greeks zu tun.«

»Wieso, das habe ich doch gestern erzählt. Die Greeks helfen mir, die Daten umzuleiten.«

»Das hast du nicht, kein Wort hast du davon erzählt«, sagte Yves sehr ruhig.

»Oh, tut mir Leid. Aber jetzt weißt dus ja.«

»Jetzt weiß ichs ja, jetzt weiß ichs ja!« Yves sprang aus der Hängematte.

»Wieso regst du dich so auf?«, fragte h.b. »Dass wir für das Spiel Daten manipulieren, wusstest du doch!«

»Warum ich mich so aufrege? Du hast Nerven! Ich bin ne Kleinkriminelle mit Vorstrafen und die Greeks sind ne terroristische Vereinigung. Weißt du, wie gut sich die Kombination im Lebenslauf macht?«

Ich habe so schlimme Krämpfe, dass ich loslassen, mich auf die Straße fallen lassen und mich in ner Pfütze zusammenkrümmen will. Ich brauche ein Bett, ne Schmerztablette und ne Wärmflasche. Atmen, ich muss atmen beim Treten, atmen. Der Regen sticht mir ins Gesicht, ne Schmerztablette, ich muss ne Apotheke suchen. Ich halts nicht aus bis zu ner Apotheke, ich halts nicht aus. Ich brauch ne Pause, ich brauch ein Klo, Schönhauser Allee, da vorne ist ne City Toilette, bis dahin muss ichs schaffen. Ich kann die Tour nicht zu Ende machen, das geht so nicht, nicht mit den Krämpfen. Ich muss Bert Bescheid sagen. Ich lehne Black Beauty ans Toilettenhäuschen, schalte das ShockLock ein und taumele in die Toilette.

»Bert ich bins, Kookie.«

»Das war ja schnell! Brauchst du ne neue Tour?«

Der Regen dröhnt aufs Metalldach der City Toilette, ich kann kaum was verstehen.

»Bert, ich hab fiese Krämpfe«, sage ich. Der Schmerz presst mir die Stimmbänder zusammen.

»Ja, und wieso erzählst du mir das?«

»Ich kann die Tour nicht zu Ende machen. Ich bin hier auf ner City Toilette und nichts geht mehr.«

»Das ist ein Witz, oder?« Berts Stimme klingt eisig.

»Nein, kein Witz, jemand muss die Lieferung von mir holen.«

»Ihr glaubt wohl alle, ihr könnt mich verarschen!«, brüllt Bert ins Smartie.

»Nein, ehrlich …«

Bert brüllt weiter. »Kookie, das wars! Wenn deine Krämpfe vorbei sind, kannst du dir nen neuen Job suchen!«

»Bert …«

»Aus, vorbei, finito!« Bert unterbricht die Verbindung. Ich hänge auf der Kloschüssel der City Toilette und krümme mich. Mir ist so übel, es tut so weh, ich kann mich jetzt nicht aufrichten, meinen Kopf zur Schüssel drehen, ich würge und kotze mir zwischen die Füße.

Der Hase lehnte sich aus der Hängematte und setzte seinen Backgammon Stein. »Ich hab dich in der Klemme!« Dann zog Ed. »Das denkst du!« Der Regen trommelte an die Bullaugen der Hoppetosse, das Wetter hatte einige Mitglieder der Bootssiedlung in den Bauch des Gemeinschaftsschiffs getrieben. Auf Teppichen, Kissen und in Hängematten räkelten sich gut ein Dutzend Leute, die sich unterhielten, lasen oder Spiele spielten. »Dein Essen war lecker«, sagte der Hase. »Du bist echt ein guter Koch.« – »Danke«, grinste Ed. »Ich bin Doktor der Biochemie. Ich weiß, was ich tue.« – »Echt? Das hätte ich nicht gedacht«, entgegnete der Hase. Ed kicherte. »Du hättest nicht gedacht, dass ich weiß, was ich tue?« – »Nein, ich hätte nicht gedacht, dass du Doktor der Biochemie bist.« – »Und wieso hättest du das nicht gedacht, mein Freund?« Der Hase fühlte sich ertappt. »Na ja, weil du in Panama wohnst – und so.« Ed sah ihn nachdenklich an. »Und so ... Merk dir eins: Die Menschen sind selten das, was sie zu sein scheinen und am allerwenigsten das, was sie offensichtlich sind.« Der Hase warf die Würfel, der eine sprang aus dem Kasten auf den Boden. Er kletterte aus der Hängematte und suchte unter dem Tisch. »Ich kann den Würfel nicht finden.« – »Macht nichts«, sagte Ed. »Besser, du findest den Würfel nicht, als dass jemand dich findet.« Der Hase hob den Kopf und knallte von unten gegen die Tischplatte. »Au!« Ed lachte, dass die Hängematte schaukelte. »Wie meinst du das?«, fragte der Hase und entdeckte den verlorenen Würfel. »Nee, im Ernst. Yves hat gesagt, du wirst gesucht. Ich würde an deiner Stelle hier nicht so rumspazieren.« – »Aber Yves hat gesagt, es gibt einen Ehrenkodex und hier leben ganz viele Leute ohne Papiere.« Ed schüttelte den Kopf. »›Ohne Papiere leben‹ und ›gesucht werden‹, das ist ein Unterschied. Und falls – ich sage nur, falls – es für dich eine Belohnung gibt, da könnten schon einige von den armen Schluckern hier in Versuchung kommen.« Der Hase starrte auf das Backgammon Brett. »Und was soll ich jetzt tun – deiner Meinung nach?« Ed bekam einen neuen Kicheranfall. »Ihr seid doch eine Gruppe, oder? Macht ein Plenum!« Ed schüttelte sich vor Lachen und wischte sich die Tränen aus den Augenwinkeln. Der Hase würfelte. Vier Tage noch. Vier Tage durchhalten und er hatte gewonnen. Vier Tage und er war ein Held. Ein reicher Held.

Das Hörspiel »Das Boot« endete mit Explosionen, Rauschen und Tosen. Arif saß betäubt auf dem Audion-Sessel. Thomas knipste die kleine Taschenlampe an, die alle Besucher des Hörspielsaals erhalten hatten, und zog Arif hoch. Sie postierten sich links und rechts des Ausgangs und spähten in der strömenden Masse nach h.b., Kookie oder dem Hasen. Der Saal leerte sich. Die drei waren nicht dabei. »Vielleicht sind die im Restaurant?« Sie liefen durch die gewundenen Gänge des Gebäudes. Vor dem Café Hörgang hingen schwere Vorhänge, über denen in geschwungener, goldener Schrift das Thema des Abends prangte: »Maritim«. Arif schob den Vorhang beiseite. Sie befanden sich in einer Lichtschleuse, die mit einer funzeligen blauen Lampe erleuchtet war. Sie betraten das Restaurant, der zweite Vorhang schwang hinter ihnen zurück, es war komplett schwarz. Das Geklapper von Geschirr, das Gemurmel der Stimmen und die Hintergrundmusik verwoben sich zu einem dichten Geräuschteppich. Darüber hing der Geruch von gebratenem Fisch und Knoblauch. Es war stockdunkel. »Die finden wir nie!« – »Lass uns was essen, ich habe Hunger!« – »Herzlich willkommen zum maritimen Abend im Café Hörgang«, sagte eine Stimme vor ihnen. Arif fuhr zusammen. »Ich bin Chris. Ich betreue euch während eures Besuchs im Café Hörgang. Ich begleite euch jetzt zu eurem Tisch. Falls ihr Fragen habt, könnt ihr sie mir jederzeit stellen. Wenn ihr eure Hand ausstreckt, findet ihr links einen Handlauf.« Sie liefen los. Der Bodenbelag war grobkörnig und knirschte unter den Sohlen. »Laufen wir hier auf Kies?« – »Ja«, bestätigte Chris. »Das ist ein spezieller Kunstkies, mit dem die Wege zwischen den Tischen markiert sind. Nur die Hauptwege im Café haben Handläufe.« Arif setzte vorsichtig Schritt vor Schritt, den Handlauf hielt er fest umklammert. Aus allen Richtungen klimperte Unterwassermusik und mischte sich mit dem Restaurantgemurmel. Der Raum um ihn herum fühlte sich unendlich groß an, als hätte das Restaurant keine Wände. Es war, als würde außer ihm und dem kühlen Metall, an dem er sich entlangschob, nichts wirklich existieren. Er stolperte und klammerte sich auch mit der Rechten an den Handlauf. Thomas rannte in ihn hinein. »Ups. Tschuldige.« Chris fragte: »Alles in Ordnung? Ein Gefühl der Desorientierung ist am Anfang ganz normal. Schließlich seid ihr es gewohnt, euch auf die Augen zu verlassen.« Chris nahm Arifs Hand und legte sie auf die Stuhllehne. Erleichtert setzte er sich und hörte, wie gegenüber ein Stuhl gerückt wurde. »Sitzt du?«, fragte er Thomas. »Ja.« – »Hier sind eure Speisekarten«, sagte Chris und legte etwas auf den Tisch. »Und wie sollen wir die lesen?« Chris lachte. »Da sind verschiedene Buttons drauf, die ihr drücken könnt. Die Speisen werden angesagt.« Chris' Schritte entfernten sich leise knirschend. Um den Tisch herum summten die Gespräche anderer Restaurantbesucher. »Wollen wir uns nebeneinander setzen?«, fragte Arif. Er fühlte sich immer noch desorientiert. Ihr Tisch schien genau im Zentrum des riesigen Raumes zu stehen, winzig und ungeschützt. »Nö, ist doch O. K. so«, meinte Thomas.

Eine weitere Person trat durch den Vorhang, tastete sich einige Meter an der Wand entlang und blieb stehen. Der Mann wählte auf seiner internen Menüleiste »Infrarot«, blinzelte und sah sich um. Sternförmig führten die Handläufe in das Zentrum des Raumes, dazwischen waren kleine Gänge freigelassen, damit die Kellner jeden Tisch erreichen konnten. Einige Gäste hatten durch das ungewohnte Essen im Dunkeln ihre Speisen über die gesamte Tischfläche und sich selbst verteilt. Der Mann musste grinsen. Das, was er jetzt schon deutlich sah, die noch warmen Flecken, würden die anderen erst später bemerken. Er betrachtete systematisch Tisch für Tisch, bis er Thomas und Arif gefunden hatte. Er aktivierte die Menüleiste und wählte »transmit«. Seine visuellen Informationen wurden jetzt direkt zu net.tv geleitet. Zielobjekte E und F gefunden. Zielobjekt A nicht anwesend. Früher oder später würden sie Zielobjekt A, den Hasen, finden.

Arif balancierte seine »Pizza Atlantica« Richtung Mund und traf die Nase. Thomas knabberte an seinem Krabbenbrötchen und hatte den Eindruck, dass mit jedem Bissen weniger Krabben darauf lagen. Er fühlte auf der Tischplatte nach und ertastete die kleinen, gummiartigen Knubbeldinger. Er schob sich die abgestürzten Krabben in den Mund. »Vielleicht sollten wir einfach ein Semester aussetzen, jobben und in Ruhe neue Sponsoren suchen«, sagte Arif in das konzentrierte Kauen hinein. Thomas schüttelte den Kopf. Arif fügte hinzu: »Das Essen hier ist auch nicht gerade günstig.« – »Aufhören? Jetzt, wo wir so dicht am Hasen dran sind?« Thomas schüttelte wieder den Kopf. Dann fiel ihm ein, dass Arif seinen Kopf nicht sehen konnte, und er fügte hinzu: »Auf keinen Fall!«

»Wir sind seit Tagen dicht am Hasen dran. Die wollen nicht, dass wir ihn kriegen. Vielleicht sollten wir die Warnung von Tobby Reissen ernst nehmen.«

»Blödsinn!«, sagte Thomas ungeduldig. »Die Warnung ist Teil des Spiels.«

»Und wieso können wir nichts mehr unter ›Flash Gordon‹ und ›Skywalker003‹ im Jagdforum posten? Ist das deiner Meinung nach auch Teil des Spiels?«

»Wenn du dich nicht von dieser Kookie hättest einwickeln lassen, hätten wir den Hasen schon längst«, schnappte Thomas. Schweigend aßen sie weiter.

»He.« Es hatte aufgehört zu regnen, Yves und Ed saßen an einem der Biertische und schälten einen riesigen Berg Kartoffeln. Ed brach bei h.b.s Anblick in Gelächter aus. »Ah, da ist ja der zweite Teil des jungen Glücks!« Yves konzentrierte sich mit finsterem Gesicht auf die Kartoffel. Ed warf h.b. eine Knolle zu und sagte gut gelaunt: »Mach dich mal nützlich, Mädchen, ich muss mich noch um den Salat kümmern.« Er verschwand Richtung Küchenzelt.

»Hat der immer so gute Laune?«, fragte h.b. »Das ist ja anstrengend.«

Yves antwortete nicht. Sie schälte ihre Kartoffel sehr gründlich.

»Redest du jetzt nicht mehr mit mir?«, erkundigte sich h.b.

Yves warf die Kartoffel auf den Tisch. »Du hast Nerven! Du bist ein echtes Risiko für mich, ist dir das klar?«

»Du für mich auch«, sagte h.b., warf die geschälte Kartoffel in den großen Topf und nahm die nächste in Angriff

»Wieso das denn?«

»Wieso bist du überhaupt mit eingestiegen, wenn das so ein Risiko ist für dich? Das mit der Datenmanipulation war dir doch klar.«

Yves wiederholte ihre Frage: »Wieso bin ich ein Risiko für dich?«

Nun konzentrierte sich h.b. sehr gründlich auf ihre Kartoffel. »Du bist emotional ein Risiko für mich.«

»Na ja, das ist ja genau der Grund.«

»Was für ein Grund?«

»Dafür, dass ich bei eurem Spielchen mitmache.«

»Das verstehe ich jetzt nicht.«

»h.b., ich bin wegen dir eingestiegen. Und wenn ich ein emotionales Risiko für dich bin, läuft es doch gar nicht so schlecht, oder?« Yves war aufgestanden und streckte ihre Hand aus. h.b. legte zögernd ihre Hand in Yves', wurde dann quer über den Tisch gezogen und heftig umarmt. Schräg über den Kartoffeln küssten sie sich gründlich.

»Was hast du denn da am Kopf?«, frage ich dösig. Jo, der neben mir auf der Decke liegt, meint: »Nichts«, und legt seine Hand auf das verblichene Joker-Tattoo an seinem Hinterkopf. Ganz zerschrammt und krustig ist der Joker. Irgendwie auch egal. Mir ist ganz wattig, die Schmerztabletten wirken endlich. Der Regen hat aufgehört, die Sonne ist wieder draußen. Die Leute schleppen aus den umliegenden Häusern Tische und Stühle, verticken Getränke und Drogen, essen Wassermelonen, Döner und Falaffel. Ein bisschen ausspannen auf dem Oranienplatz, bevor wir in die Volksbühne müssen, um Fischchen zu angeln. Gelobt sei die »Kreuzberger Landwehr«. Kreuzberg ist der einzige Bezirk, in dem man noch seine Ruhe hat vor übergeschnappten Securitydiensten. Die Sonne streichelt uns die Rücken, Bierkisten türmen sich, Joints machen die Runde. Der Platz ist voll mit Menschen, die den Sommer feiern. Viele bunte Sonnenhüte, Hüte gegen die UV-Strahlung, gegen Satelliten- und sonstige Kameras. Neben uns steht schief ein alter Kamerapfosten, fünfzig Meter weiter der nächste. Die Linsen der Securitycams sind mit dicken Farbschichten bedeckt oder zerschossen. Die Stadt ist so pleite, dass sie die ehemals öffentlichen Plätze an die Multis verscheuert hat. Den Debis-Ford-Platz gibt es, den Nestle-Unilever-Court, den Siemens-Hitachi-Square und natürlich die Plaza Berlusconi-Murdoch. Zu denen gehört auch net.tv. Den Oranienplatz hatte sich vor ein paar Jahren die AXA-Nippon-Allianz gekrallt, aber die waren nach dem Börsencrash am Ende, und jetzt gehört der Platz offiziell zu Yakamura-Stichen und denen ist ziemlich egal, was in Europa, also aus ihrer Sicht in der Provinz, abgeht. Einmal im Monat werden neue Securitycams angebracht. Es ist ein Kreuzberger Sport, sie zu finden und sofort überwachungsuntauglich zu machen.

»Jo, findest du auch so beschissen, dass Yves und h.b. nur noch auf Zweierteam machen?«

»Nö«, sagt Jo. »Die sind doch schnuckelig, die beiden.«

»Aber son Turtel-Terror ist doch Scheiße. Das ist auch gefährlich fürs Team, wenn die sich so abspalten.«

»Wieso ist das gefährlich? Es wäre doch viel auffälliger, wenn wir ständig zu fünft rumrennen.« Jo will mich nicht verstehen. Ich habe genug von diesem Tag. Ich will jetzt ne gute Droge. Ne gute Laune Droge.

»Jo, hast du Drogen dabei?«

»Ich denke, du hast Krämpfe.«

»Wirst du jetzt moralisch? Ach ja, du bist ja jetzt Asket. Hilfts schon?«

»Wie?«

»Na ja, so im Leben? Kommst du jetzt klar?« Jo antwortet nicht. »Siehste. Hilft nicht. Dachte ich mir.«

»Kookie, ich wollte dir noch was sagen. Wegen neulich . . .«

Da kommt ein Typ herangefahren auf nem Bike. Er trägt nen wagenradgroßen Sonnenhut und ne riesige Brille.

»Hey, braucht ihrn Fahrrad?«

Ich: »Nee, eigentlich nicht.«

Jo: »Wieviel kostn das?«

Der Sonnenhut: »Siebzig Euro.«

Jo: »He, wo hastn das gepflückt?«

Der Sonnenhut: »In Charlottenburg.«

Jo: »Na ja, das ist ja weit genug weg.«

Ich: »Zeig mal her.«

Ich begutachte das Bike. Billigscheiß, aber ziemlich neu und gut in Schuss. Ich drehe ne Runde. Wie wird mir da der Luxus von Black Beauty bewusst. Das hier ist einfach nur ein Fahrrad.

Ich: »Eigentlich hätte ich lieber Drogen als ein Bike. Hast du auch Drogen?«

Der Sonnenhut: »Nee, leider nicht bei. Was brauchstn so?«

Ich: »Ich brauch was Kaltes. Ist so scheißheiß heute. Koks oder Speed oder so.«

Der Sonnenhut: »Wieso ne kalte Droge? Bei heißem Wetter brauchst du ne warme Droge. Kiff lieber was.«

Ich: »Kiffen? Nee, bei dem Wetter? Da kann ich ja gleich mein Hirn einkochen.«
Jo: »Das ist keine gute Idee, Kookie. Wir müssen klar im Kopf bleiben.«
Der Sonnenhut: »Ich hab nix bei, aber ich kann euch ne Nummer geben. Wollt ihr jetzt das Fahrrad?«
Ich: »Nee, lieber Drogen.«
Der Sonnenhut: »Ihr kriegts für vierzig. Weils so heiß ist, special Bikepreis.«
Jo: »Ich nehms. Ist vielleicht praktisch für den … für unseren Kumpel. Wegen laufen und so.«
Ich: »Dann lass uns wenigstens was saufen, bevor wir ins Theater gehen.«

Thomas und Arif traten aus dem Tor des Pfefferberg-Geländes und bogen rechts in die Schönhauser Allee. Plötzlich riss Thomas Arif am Ärmel. Zwanzig Meter vor ihnen überquerten, innig umschlungen, h.b. und eine auffallend große, grünhaarige Frau die Straße.
»Jetzt haben wir sie!«, zischte Thomas.
»Die eine ist h.b., aber wer ist die andere?«
»Ist doch egal! Wenn wir ihnen folgen, führen die uns früher oder später zum Hasen!«
Auf dem Vorplatz der Volksbühne sprachen die beiden Frauen noch ein paar Minuten miteinander, umarmten sich und gingen in verschiedene Richtungen. h.b. betrat die Eingangshalle der Volksbühne, die Grünhaarige verschwand im U-Bahn-Schacht. Thomas schubste Arif. »Los, folge du der mit den grünen Haaren, dann nehme ich h.b.« – »Nee, lass uns das umgekehrt machen.« – »Du glaubst wohl, h.b. geht dahin, wo dein Schätzchen ist, was? Ist mir egal, los, schnell, sonst sind sie weg!«

Ich hab mir das mehr wie ein Holo-Kino vorgestellt im Theater, aber die Schauspieler, die werden nicht vergrößert, die hampeln sich da vorne klitzeklein einen ab. Je weiter weg du sitzt, desto kleiner hampeln die. Das haben wir nicht bedacht. Jo, h.b. und ich sitzen ziemlich weit hinten, da waren die Karten billiger. Die Sitze sind sauunbequem und die Story ist echt lahm. Immerhin habe ich mich gut eingedeckt mit Dosenbier. h.b. meinte gleich, die Lösung heißt einfach »Volksbühne«. Wo spielen Fische? – Volksbühne. Und jetzt sitzen wir hier, nur um festzustellen, dass die Lösung tatsächlich Volksbühne heißt. Vorne auf der Bühne geht es um nen crazy Wissenschaftler, der in ner Höhle in Mexiko besondere Fische entdeckt. Die Fische sind in Wirklichkeit keine Fische, sondern mutierte Menschen. Und zwar haben die Azteken vor ein paar hundert Jahren schwangere Mädels in den Höhlensee geschmissen, deren Embryonen mutiert sind und weitergelebt haben als Fische. In der Höhle gibt es ziemlich viel Chaos, Franzosen und Spanier, die gegen die Indianer kämpfen und sich dann gegenseitig umbringen, ein übles Gemetzel, aber so aus der Ferne, ohne Nahaufnahmen, wirkt das nicht. Der crazy Professor glaubt, es wäre die Pflicht von den armen Fischchen sich zu »was Höherem«, also zu Menschen zu entwickeln, und deshalb will er die Fischchen so lange quälen, bis irgendwelche Drüsen bei denen anspringen und sie ihr Fischsein aufgeben. Schließlich liegen alle bis auf den Professor tot auf der Bühne und er sagt zum Publikum:

»Ich kann mich eines Gefühls nicht erwehren: des Gefühls, als befinde sich die gesamte Menschheit noch im Larvenzustand.«

Arif starrte auf Kookies Hinterkopf. Er saß in der letzten Reihe. Ein paar Reihen vor ihm hob Kookie die Hand und kratzte sich am Hinterkopf, genau an der Stelle, auf die er starrte. Dann legte sie ihren Arm auf die Sessellehne des Mannes neben sich. Tatsächlich hatte sich h.b. mit Kookie im Foyer der Volksbühne

getroffen, außerdem war noch ein Mann mit Schädeltätowierung dabei. Arif meinte ihn bereits auf der Satellitenaufnahme gesehen zu haben, wahrscheinlich war es dieser Joachim Gamper. Kookies Arm auf Joachim Gampers Sessellehne war ein eindeutiges Zeichen der Vertrautheit zwischen den beiden. Kookie war außerdem viel näher an diesen Joachim herangerückt als an h.b. und tuschelte ihm ab und zu etwas ins Ohr. Bestimmt war das ihr Freund. Aber wenn sie einen Freund hatte, warum war sie dann mit ihm, Arif, ins Bett gegangen? Arif konnte sich nicht auf das Bühnengeschehen konzentrieren. Er knetete das Programmheft zwischen feuchten Händen und starrte weiter auf Kookies Hinterkopf. Sie fuhr sich wieder durch die kurzen, dunklen Haare, als wolle sie eine Fliege verscheuchen. Dann drehte sie sich um. Arif riss sich gerade noch das Programmheft vor das Gesicht und rutschte langsam tiefer. Er wagte nicht, das Heft sinken zu lassen. Seine Augen fokussierten die Schrift, türkis stach ihm der net.tv-Fisch ins Auge. Unter dem Logo stand, klein gedruckt:
»Mensch erst Larve dann
Fisch der durch den Kosmos fliegt
Leuchtet Fomalhaut.«
Applaus brandete auf, das Stück war zu Ende. Arif linste vorsichtig am Programmheft vorbei nach vorn. Der Vorhang schloss und öffnete, schloss und öffnete sich zum Geklatsche und den Verbeugungen des Ensembles und schloss sich dann endgültig. Im Saal ging die Beleuchtung an. Ein paar Reihen vor ihm stolperte Kookie etwas unbeholfen h.b. hinterher und hakte sich bei Joachim Gamper ein. Arif folgte ihnen nicht.

Thomas stand unschlüssig an der verrosteten Pforte. Hier war die Frau mit den grünen Haaren reingegangen, kein Zweifel. Das Gelände wirkte ungastlich, an der Pforte hing ein verwittertes Brett, auf das mit weißer Farbe ein Totenkopf und »PISS OFF OR DIE« gepinselt war. Neben der Pforte türmten sich aufgeplatzte Müllsäcke, es stank nach Fisch und Verwesung. Der Blick war durch einen großen Schrotthaufen verstellt, Reste von Booten und Autos waren ineinandergekeilt. Rechts neben dem Gelände ragten düster die Twintowers auf, fünfzehngeschossige Bürotürme, die seit Jahren leer standen. Thomas drückte die Klinke runter, die Pforte war offen. Er schlich vorsichtig um den Schrotthaufen herum und sah auf den Vorplatz der Bootssiedlung. Ein zierlicher, dunkelhäutiger Mann stand unter einem Sonnenschutz aus Zelttüchern und rührte in riesigen Töpfen, weiter hinten spielten ein paar Kinder Basketball. Wenn er zu den Booten wollte, musste er über den Platz, es gab keine andere Möglichkeit. Er musste einfach schnell sein und sich unauffällig verhalten. Er holte Luft und ging los. Der Mann an den Töpfen blickte ihm entgegen. »Kann ich dir behilflich sein?« Thomas schüttelte den Kopf und ging weiter in Richtung der Boote. »Stopp, warte mal!«, rief der Mann. »Wen suchst du denn?« Thomas beschleunigte seine Schritte. Der Mann fluchte auf Englisch und rührte weiter. Thomas war auf der Höhe des Ballspielplatzes und sah auf. Vor ihm dribbelte der Hase mit zwei kleinen Mädchen um die Wette. Pöck, pöck, pöck, Sprung und Wurf. Der Ball kreiselte auf dem Rand des Basketballkorbs, schien einen Moment stehen zu bleiben und fiel dann durch den Ring. Die Mädchen jubelten. Der Hase fing den Ball und bemerkte Thomas. Er starrte ihn mit dem Ball in der Hand an, drehte sich um und rannte. Thomas setzte ihm nach, er war schneller, holte den Hasen Meter für Meter ein. Der Hase drehte sich um und warf ihm mit voller Wucht den Basketball in den Magen. Der Schmerz ließ Thomas kurz in die Knie gehen, er atmete tief durch, richtete sich wieder auf und folgte dem Hasen. Der hatte jetzt einen guten Vorsprung, sprang über den Zaun und verschwand zwischen den Twintowers. Thomas legte an Geschwindigkeit zu, sprang über den Zaun und bog ebenfalls um die Ecke. Der Hase war weg. Thomas rannte die Längsseite der Twintowers entlang, bog rechts auf die Spreepromenade ein und rannte weiter.

Hinter Thomas kam ein Mann um die Ecke der Twintowers, ein Mann mit Spiegelbrille. Der Eingang zum ersten Büroturm war aufgebrochen. Der Mann trat ins Treppenhaus und lauschte. Jemand rannte die Stufen hoch. Der Mann lächelte zufrieden und begann, die Treppenstufen ohne große Anstrengung aufwärts zu joggen.

Der Hase drehte sich keuchend um. Er konnte nicht mehr, keinen Schritt konnte er mehr. Er stand auf dem Dach der Twintowers, was für eine dumme Idee, der Jäger musste jeden Moment oben sein, einer von den Idioten, die mit h.b. in der Gameshow waren, wie hießen die noch, Thomas und Arif. Auf dem Dach gab es nichts, nichts, wo er sich hätte verstecken können, keine offene Luke, keinen Ausgang. Er starrte zur Tür. Hier gab es keinen Ausweg, er war das Kaninchen, das auf die Schlange wartete, er konnte nichts tun, als sich fressen zu lassen. Er war geradewegs in die Falle gerannt, er war zu panisch gewesen, um zu denken, er war einfach gerannt. Ein Mann trat durch die Tür. Es war nicht Thomas, es war der Mann mit der Spiegelbrille. Der Mann, den h.b. mehrmals gesehen hatte, die Spiegelbrille, vor der sie ihn gewarnt hatte. Der Mann trat durch die Tür, blieb stehen, nahm mit einer langsamen, eleganten Bewegung die Spiegelbrille ab und sah ihn an, ruhig, lächelnd, selbstzufrieden, die Gewissheit absoluter Überlegenheit in den hellen türkisfarbenen Augen. Der Hase merkte, dass sein eigener Mund offen stand, merkte, dass er brüllte, brüllte wie ein Tier, dass er sich umdrehte und so schnell rannte, wie er noch nie gerannt war, auf die Kante des Dachs zu, die Kante, die zur Spree hinzeigte. Seine Beine rannten ohne sein Zutun, sein Mund brüllte ohne seinen Willen, seine Muskeln spannten sich, seine Füßen stießen sich ab vom Rand des Dachs, seine Hände streckten sich nach vorn und sein

Körper flog. Flog kopfüber in einem weiten Bogen, flog vom Dach der Twintowers über den breiten Fußgängerboulevard, flog knapp über die Uferböschung und tauchte mit einem harten Schlag in die Spree. Die Wucht, mit der er ins Wasser schlug, riss ihm durch den ganzen Körper, riss ihm die Hose von den Hüften und presste ihm die verbliebene Luft aus den Lungen. Er ruderte mit Armen und Beinen, wusste nicht, wo oben und unten war, Luft, nur Luft, er brach durch die Oberfläche an die Luft, hustete und würgte.

»Meine sehr verehrten Damen und Herren, Boys und Girls, die Lage spitzt sich zu! Der Hase rennt, das Fieber brennt. Heute hat die cyberterroristische Vereinigung ›Greeks‹ den Cyberspace verlassen und einen Anschlag auf unseren ›RunRabbitRun‹-Kandidaten, den Hasen, verübt. Der Hase kam knapp mit dem Leben davon, indem er einen heldenhaften Sprung von den Berliner Twintowers in die Spree wagte. Der Hase ist wohlauf und hat seinen Termin im Schlupfloch knapp einhalten können.« Das Publikum klatschte und jubelte. Ein kurzer Film wurde eingeblendet, eine Aufnahme, die mit dramatischer Musik unterlegt war: Der Hase auf dem Dach der Twintowers. Er starrte in die Kamera, brüllte offensichtlich, drehte sich um, rannte auf den Rand des Gebäudes zu und sprang. Die Kamera bewegte sich langsam zur Dachkante und schwenkte nach unten, zur Spree. Als kleiner Punkt paddelte der Hase im Fluss, von der Bootssiedlung her näherte sich ein Tretboot.

Der Hase saß im Schlupfloch und wusste nicht, was er denken sollte.

Tobby fragte mit besorgtem Gesicht: »Wie geht es dir? Hast du dich schon ein wenig erholt von Terroristen-Schreck und Helden-Sprung?«
Der Hase fragte mit belegter Stimme: »Tobby, woher habt ihr die Aufnahme?«
Tobby knautschte seine Stirn in dekorative Sorgenfalten. »Wie du weißt,

hat uns die terroristische Gruppe ›Greeks‹ diese Aufnahme zusammen mit einem Bekennerschreiben zu dem Anschlag auf dich gemailt.«

Der Hase stand auf und starrte in die Kamera. »Das waren nicht die Greeks!«

Tobby fragte sanft: »Wer war es denn dann, deiner Meinung nach?«

»Ich weiß es nicht«, brüllte der Hase. »Irgendein Jäger, aber nicht die Greeks!«

Tobby schüttelte besorgt den Kopf: »Das traumatische Erlebnis scheint unser armes Häschen mehr mitgenommen zu haben, als wir dachten!«

Insel der Jugend, wir treffen die anderen auf der Insel der Jugend. Jo erzählt mir was vom Hasen und Yves. Ich lache, das ist ne lustige Geschichte, hüpf, Häschen, hüpf vom Turm. Da kommt auch einer mit türkisen Augen vor in der Geschichte, kenn ich, sag ich und muss wieder lachen. Über die Brücke rüber auf die Insel, über die schnörkelige Märchenbrücke auf die Insel der Jugend. Ich hänge schwer an Jos Arm. So schnell war lang kein Alk im Hirn. Schmerzmittel, das sind die Schmerzmittel. Vor uns schwankende Pärchen. Das sind wir auch, ein schwankendes Pärchen. Die Partyinsel hat ein Metallgitter, da wird bezahlt an dem Gitter. Jo bezahlt, wir schwimmen mit dem Strom, kleine Partyfischchen auf der Insel der Jugend, an Biertischen und Würstchenbuden und bunten Lampions vorbei auf ein Jagdschlösschen zu mit putzigem Fachwerk und dem Vollmond drüber. Drinnen ist das Fachwerkschlösschen der Jugend schwarz angemalt, ne Jugendzentrumsschwärze ist das mit bunten Graffitis auf den schwarzen Wänden und Stroboskopen und Musik und Discoglitzerkugeln und vielen Menschen und Bier und Zigarettenmusik und dunklen Bässen im Magen. Ich hoffe, mir wird nicht wieder schlecht, mit diesem Gewummer und Gedröhne, das meine Organe von innen nach außen zittern lässt. Flimmern, mir flimmert das im Kopf und im Magen. Jo sagt was, er bewegt seinen Mund und ich verstehe nicht, was da rauskommt. Er stellt mich an ne Wand. Um seinen Kopf schwirren glühende Planeten, er bewegt seinen Mund immer noch und geht weg, geht einfach weg, zieht einen Kometenschweif hinter sich her und lässt mich da stehen. Unsicherer Grund unter meinen Füßen, Rollrasen, hier ist Rollrasen-Chillout, die Leute liegen auf der Indoorwiese und chillen und knutschen. Ein Schwall, ich spüre nen Blutschwall, ein Tampon, ich muss aufs Klo, ich muss mich neu stöpseln, drängel mich durch, Notfall, blute durch, lasst mich durch. Kabine, habs geschafft, bin in ner Klokabine. Tampon. Muss ich jetzt suchen. In der Hosentasche. Da ist ein Tampon. Aufmachen. Du musst das Plastik aufmachen. Meine Finger sind geschwollen, ich krieg das Plastik nicht vom Tampon. Abbeißen, dann muss ich das abbeißen mit den Zähnen, das Plastik, und jetzt frischen Tampon und Klopapier knüllen, in die Unterhose stopfen, damit das nicht noch mal passiert.

Habe ein Getränk in der Hand auf einmal und sitze auf dem Boden an der Wand, auf kaltem Betonboden, die Wiese ist weg, weiß nicht, wo die Wiese ist, weiß nicht, wo das Getränk herkommt in meiner Hand oder wie ich hier herkomme, schmeckt gut und süß das Getränk und spaltet mir den Schädel. Quadratischer Raum, kalt, kalte Musik, schwarz, strobo, trinke noch nen Schluck gegen die Kälte. Die tanzen, da sind h.b. und Yves und tanzen, nein, kleben tun die, kleben aneinander wie zwei Streifen Gaffatape, kleben und knutschen. Die schieben sich ineinander und alle im Raum verschieben sich mit, die Beine werden kurz und die Oberkörper lang, son Geknutsche und Geschmatze, das will ich mir nicht ansehen und mache die Augen zu, es dreht sich, die Augen muss ich schnell wieder aufmachen, damit das Drehen nicht mehr dreht.

»Alles klar?«, fragt neben mir das Hoppeltier.

»Hallo Hasi!«, nuschele ich.

»Ist alles in Ordnung mit dir, Kookie?«

»Ja, alles im grünen Bereich. Hab gehört, du bist vom Twintower in die Spree gehüpft? Meine Achtung, hätt ich nicht gedacht, dass du sowas bringst, Hasi!«

»War ganz schön knapp«, sagt der Hase. »Beinahe wäre ich nur noch Brei gewesen. Für dich wär das bestimmt kein Problem gewesen.«

»Sag das nich, Hasi, sag das nich.«

»Du als Messenger bist doch echt viel fitter als ich.«

»Lieber wär ich Stuntgirl. Aber das geht nich.«

»Wieso? Würde doch voll gut passen zu dir!«

»Alles Computer, geht nich«, murmele ich.

Meine Zunge liegt mir quer im Mund, die ist langsamer als ich, die dumme Zunge. Ich lehne mich an die Wand. Ab und zu nehme ich nen Schluck vom Schädelspalter. Stuntgirl wäre ich echt gerne. Ich komm bestimmt von nem andern Planeten, bestimmt. Irgendwann kommen die Aliens mich holen, retten mich, das arme Alienaschenputtel, von der langsam langsam Welt. Der Hase sitzt neben mir an der Wand. »Was hast du gesagt?« – »Ich bin ein Alienaschnputtl«, sage ich und lehne meinen Kopf an seinen.

7

Die Klingel schrillte. Sie schrillte ununterbrochen. Arif schob die Jobanzeigen beiseite, rieb sich die Krümel von den Händen und machte auf.

»Hallo Thomas.«

Thomas rammte ihm eine Schrippentüte gegen den Magen. »He, Jagdteam, freu dich gefälligst, mich zu sehen!«

»Ich hab dir doch gesagt, dass ich keine Zeit habe.«

Thomas blickte sich demonstrativ in der Küche um. »Ah ja, sehr beschäftigt mit Frühstück, wie ich sehe. Bei dieser anspruchsvollen Tätigkeit kann ich dir gerne helfen.« Er holte sich Teller, Becher und Besteck aus dem Schrank und setzte sich.

»Thomas, was soll das?«

»Anstatt dir weiter Leid zu tun, solltest du mal dein Hirn restarten. Und mich gefälligst kontakten, wenn ich versuche, dich zu erreichen. Gestern hätten wir den Hasen fast gehabt.«

»Ich habe dir doch gesagt, dass ich keine Lust mehr auf das Spiel habe. Mit den Terroristen und dem Mordversuch gestern, das ist mir zu unübersichtlich, da habe ich wirklich keine Lust drauf.«

»Jetzt sei doch nicht so zaghaft, diese Frau hat dir echt das Hirn aufgeweicht. Hör mir erst mal zu!« Thomas schmierte sich eine dicke Butterschicht auf die Schrippe, presste Tubenwurst darauf, verteilte Pflaumenmus darüber und setzte die zweite Schrippenhälfte obenauf. »Und übrigens solltest du die Butter nicht in den Kühlschrank stellen, dann lässt die sich so schlecht schmieren.«

Arif warf ihm einen finsteren Blick zu und sägte stumm seine Schrippe in zwei Hälften. Thomas biss mit Genuss in sein Frühstücksbrötchen und sagte betont beiläufig: »Die Audios bestehen aus den immer gleichen Tonschnipseln.«

Arif blickte auf. »Wie? Du meinst, die sind nicht live?«

»Willst du auch mal probieren? Ist echt lecker.« Thomas schmatzte und hielt ihm das Brötchen entgegen. »Nicht?« Er schluckte und nahm einen weiteren großen Bissen.

»Was ist mit den Audios?« Arif pulte das Weiche aus der oberen Schrippenhälfte, knetete es zu einer Kugel und steckte es sich in den Mund.

»Die Audios sind manipuliert. Vermutlich haben die Geräusche gar nichts mit dem Hasen zu tun.« Thomas kaute und beobachtete Arif. Der pulte weiter an seiner Schrippe.

»Aber wer sollte die Geräusche manipulieren? Und warum?«

»Die Greeks! Die versuchen, das Spiel zu sabotieren, ist doch klar.«

Die Schrippe war jetzt völlig ausgeweidet. »Wenn das rauskommt, ist das Spiel ungültig.«

»Du hast es erfasst. Und dann kriegen wir keine Jagdprämie, wenn wir den Hasen schnappen!« Thomas griff nach der nächsten Schrippe.

Arif schlug sich an den Kopf. »Weißt du was, vielleicht macht ›RunRabbitRun‹ deswegen so Stress! Die wollen nicht, dass wir weitermachen, weil sie wissen, dass wir früher oder später darauf kommen, dass die Greeks da rumpfuschen.«

Thomas starrte ihn an und drückte die restliche Wurst aus der Tube. »Du meinst, die wissen das? Stimmt, die haben viel besseres Equipment als wir! – Hast du noch mehr Wurst im Kühlschrank?«

»Nein, ist alle. Aber wieso tun die nichts dagegen?«

»Keine Ahnung.«

»Das gibts echt nicht.« Arif bröselte an den Resten seiner Schrippe herum, Thomas schmierte Erdbeermarmelade auf die Wurst und zeigte mit dem klebrigen Messer auf Arif.

»Aber vielleicht lassen sich so unsere Geldsorgen lösen!«

»Wie denn?« Arif krümelte die Brösel immer kleiner.

»Vielleicht ist es ›RunRabbitRun‹ ja was wert, dass wir sie über die

Manipulation informieren. Und wenn sie bereits davon wissen, ist es ihnen vielleicht noch mehr wert, dass wir unseren Mund halten.«

»Du willst nicht ernsthaft ›RunRabbitRun‹ erpressen, oder?«

»Nein, erpressen würde ich das nicht nennen. Verhandeln will ich.«

Arif schob mit der Handkante die Krümel zu einem Haufen in der Tellermitte zusammen. »Ich weiß nicht, Thomas.«

»Jetzt kneif nicht wieder, Arif! Wo ist dein Jagdinstinkt, komm schon.«

»Nein, Thomas, da mache ich nicht mit, ein Spiel ist ein Spiel und da spiele ich gerne mit, aber das ist kein Spiel mehr.« Arif bügelte die Krümel mit der Handfläche wieder flach.

»Natürlich ist das ein Spiel, und sogar eins, bei dem wir die Regeln beeinflussen können. Was machst du da eigentlich? Paniermehl?«

»Nein, das ist kein Spiel. Ich bin raus.«

Thomas legte die Wurstschrippe auf den Tisch. »Das kannst du nicht machen, wir sind Partner, wir sind ein Team, wir machen alles zusammen. Zwei Hirne denken schneller als eins, hast du das vergessen? Du kannst mich nicht einfach hängen lassen. Und was ist mit unserem Studium, willst du das auch schmeißen? Woher kriegst du die Gebühren für nächstes Semester?«

»Dann lege ich halt eine Pause ein und jobbe.«

»Du weißt, wie schlecht sich das im Lebenslauf macht, oder? Abgesprungene Studiensponsoren, keine neuen gefunden, jobben gegangen, Studienregelzeit gnadenlos überzogen. Das ist wie eine Versagerplakette auf der Stirn!«

»Ist mir egal. Damit muss ich leben.«

»Auf der Gewinnerseite bleiben, nie wieder Neubrandenburg, hast du das vergessen?«

Arif antwortete nicht, sondern malte mit der Fingerspitze Kringel in die Krümel.

Thomas stand auf. »Dass du mich so hängen lässt, das hätte ich nicht gedacht. Ist das dein letztes Wort?«

»Ja.«

Thomas griff nach der Schrippentüte und ging.

Ist das hell. Meine Augen kleben, ich krieg die nur nen Schlitz weit auf und der ist zu hell, der Schlitz. Die Zunge hängt mir dick und plüschig im Maul, ich muss meine Zunge dringend in Wasser tauchen, damit sie wieder schrumpft. Aufstehen, für Wasser muss ich aufstehen. Augen aufmachen muss ich zum Aufstehen. Die Stirn spanne ich an, mit der Stirn ziehe ich die Lider weiter hoch. Etwas weiter geht das so, es ist zu hell, es schmerzt. Ich grunze und bohre meinen Kopf ins Kissen. Beim Umdrehen suppt mir das Blut in der Unterhose. Durchgeblutet. Aufstehn muss ich, Augen auf, Orientierung brauch ich, Orientierung geht nur mit offenen Augen. Fahre die Hand aus nach links, taste nach unten, da ist der Boden, liege auf ner Matratze auf dem Boden. Eins, zwei, drei rolle ich von der Matratze runter, auf den Knien bin ich schon, zwinge meine Augen auf und meinen Körper in die Hocke. Das Blut rinnt mir am Schenkel lang. Ich bin in ner Kajüte, Yves' Kajüte ist das nicht. Mein Kopf ist ne dicke Glocke und den Schwengel haut es mir mit Schwung gegen den Schädelknochen. Die Kajüte ist voll gestopft mit Masken, hier war ich schon mal, Eds Boot ist das mit den Masken und den Monitoren und den Kabeln, genau, auf der »Dead Cow« bin ich. Neben mir die Koje, da liegt Yves drin, grüne Dreads gucken da raus. Die winden sich und schmatzen, die grünen Dreads. Da ist nicht nur Yves, da windet sich noch wer mit. Na toll. h.b., hätt ich mir denken können. Die könnten wenigstens Rücksicht auf andere Leute nehmen. Aber da existieren ja seit vorgestern keine anderen Personen mehr in der kleinen Winde-Schmatze-Kuschelwelt. Und mir suppts Blut raus und mein Schädel dröhnt und ich hab keine Ersatzunterhose. Ich pelle mich aus dem Schlafsack und stehe langsam und zittrig auf. Ich greife meine Klamotten und wackele breitbeinig zum Klo. In der Klokabine hänge ich mich auf die Schüssel und krusche in meinen Hosentaschen nach Tampons. Eins hab ich noch. Ich wische mir das Blut mit feuchtem Klopapier ab, schmeiße die Unterhose in den Mülleimer und streife mir die Hose über.

Tobby Reissen bremste am südlichen Eingangstor New Potsdams, fuhr die Scheibe herunter und presste seinen linken Daumen auf das Identifikationsfeld. Nicht das gewohnte »Herzlich willkommen, Herr Reissen« ertönte, sondern ein schnarrendes: »Ihre Signatur ist unbekannt. Zugang verweigert.« Tobby fluchte, wischte sich die Hand an der Hose ab und drückte noch einmal seinen Daumen auf das Identifikationsfeld. Wieder schnarrte es: »Ihre Signatur ist unbekannt. Zugang verweigert.« Tobby schlug mit der Faust erst auf das Identifikationsfeld und dann auf die Hupe. Aus dem Pförtnerhäuschen rannten zwei Security-Officers der »New Potsdam Police«. Der bullige Officer mit blank rasiertem Schädel trat an das Autofenster.

»Mann, was machen Sie hier für einen Aufstand?«

»Was ich für einen Aufstand mache? Die Pforte ist kaputt!«

Der zweite Officer, hager und mit Schnurrbart, drückte seinen Daumen auf das Identifikationsfeld, die Pforte verschwand leicht und geräuschlos in der Mauer. Tobby sagte: »Na also!« und fuhr sein Fenster wieder hoch. Der rasierte Officer klopfte an die Scheibe, der andere hatte sich vor der Motorhaube postiert. Tobby fuhr die Scheibe wieder runter und fragte entnervt: »Was denn noch?«

»Sie können hier nicht rein, es sein denn, Sie haben eine Einladung.«

»Was für eine Einladung? Ich wohne hier.«

»Die Pforte ist nicht defekt, Sie sind nicht zugangsberechtigt, also können Sie kaum behaupten, dass Sie hier wohnen.«

»Natürlich wohne ich hier. Sie kennen mich. Ich bin Tobby Reissen.«

Der Officer brach in schallendes Gelächter aus. »Aber ja. Die plastische Chirurgie machts möglich. Wie Sie sehen, bin ich Bruce Willis. Entweder Sie verschwinden jetzt oder ich muss Sie verhaften.«

»Sie lassen mich jetzt durch«, kreischte Tobby. »Und reparieren Sie gefälligst das Pfortenprogramm!«

»Unsere Pforte ist nicht kaputt, das Programm macht keine Fehler. Wenden Sie bitte und machen Sie keinen Ärger.«

»Ich bin Tobby Reissen. Wenn Sie mich nicht sofort reinlassen, wird das ernste Konsequenzen für Sie haben!«

Der Security-Officer schüttelte milde lächelnd den Kopf. »Sehen Sie das doch ein. Sie sind hier nicht zugangsberechtigt, also sind Sie nicht und auf keinen Fall Tobby Reissen.« Tobby schlug mit der Faust auf die Hupe und fuhr leicht an. Dem Officer vor der Motorhaube rammte die Stoßstange empfindlich gegen das Schienbein. Er sprang zurück und zielte mit seinem Elektroschocker auf Tobby. Der lachte. Zwischen ihm und dem Elektroschocker war eine dicke Autoscheibe. Der zweite Officer riss die Autotür auf und schoss auf Tobby, der schreiend das Lenkrad losließ. Er zerrte den verletzten Moderator grob aus dem Auto, drückte ihn mit dem Oberkörper gegen die Motorhaube, rammte ihm von hinten ein Knie zwischen die Beine, tastete ihn nach Waffen ab und legte ihm Handschellen an. »Sie sind verhaftet. Sie haben Widerstand gegen die Sicherheit New Potsdams geleistet.«

Jo reicht mir Wasser mit Aspirin. Ich grunze.

»Kookie, ich muss dir noch was sagen.«

»Mmh.« Ich starre ins Glas und gucke zu, wie die Tablette sprudelt. Das ist besser, als aufs Wasser zu gucken. Schwapp, schwapp, schwapp und schaukel, schaukel, das ist nicht gut am Morgen danach.

»Vielleicht ist jetzt nicht der günstigste Zeitpunkt, aber der kommt irgendwie nicht, der günstigste Zeitpunkt.«

»Mhm.« Ich nehme nen zarten Schluck vom Heilwasser. Mal gucken, obs unten bleibt.

»Ich meine, ich wollte es dir schon längst gesagt haben, aber dann wollte ich noch auf nen guten Zeitpunkt warten und der hat sich irgendwie nicht ergeben, deswegen sage ich dir das erst jetzt, sonst hätte ich es dir schon früher gesagt.«

Was will der nur? Ich schiele nach Jo, Schmerz fährt mir hinter die Augen, mein Schädel steckt in ner Schädelzwinge.

»Willst du mir nen Heiratsantrag machen oder was?«

»Kookie, das Geld, das bei dir im Zimmer lag, weißt du, das Fahrradgeld.«

»Ja?« Ich trinke.

»Also, das habe ich genommen.«

Ich trinke aus. Aha. Jo hat das Fahrradgeld genommen. Noch mal. Jo hat das Fahrradgeld genommen.

»Du meinst, du hast das Fahrradgeld genommen?«

»Ja. Tut mir Leid.«

Ist ja toll. Jo hat mich beklaut. Ist ja ganz toll. Nicht mal Jo kann ich trauen. Verrat, Verrat von überall, von allen Seiten, alle winden sich und schmatzen miteinander und lassen mich sitzen und klauen mein Fahrradgeld. Ganz toll.

»Du bist so ein Arschloch!«, würge ich raus, stehe auf, klettere auf die Reling, mache nen Köpfer ins Wasser und schwimme Richtung Ufer. Kalt, scheißkalt und nass. Macht mir das Hirn frisch, frisch und wasserklar. Wenn Jo das Geld nicht genommen hätte, hätte ich die Fahrradrate zahlen können, hätte ich keine Überstunden gemacht, hätte ich den Hasen nicht umgefahren, hätten wir dieses dämliche Spiel nicht gespielt, hätte sich h.b. nicht in Yves verliebt. Ich sehe über die Schulter. Jo steht da und klammert sich an die Reling der »Dead Cow«. Ich schwimme weiter. Am Ufergeländer steht die Schwarze Schönheit und wartet auf mich. Wenigstens wir sind ein Team!

Die Holoprojektion des Augapfels schwebte, gut sichtbar für alle Präsentationsteilnehmer, in der Luft. Daneben stand Frau Schmidt-Schöffenbacher mit einem türkisen Pointer. Sie bildeten den Mittelpunkt eines großen Tischkreises, um den etwa hundert Menschen saßen.

»... wie Sie sehen, haben sich die Sehnerven mit dem Chip ohne Probleme verbunden. Das ist, wie einige von uns aus persönlicher Erfahrung wissen, längst kein Problem mehr.« Gelächter schwappte einmal rund um den Konferenztisch. Viele der Anwesenden hatten außergewöhnlich leuchtende Augenfarben. Türkis war in der Überzahl, aber auch neonblaue, violette, orangegoldene und pechschwarze Augenpaare blickten konzentriert auf Frau Schmidt-Schöffenbacher. Die Senderchefin lächelte in die Runde der Vorstandsmitglieder und Hauptaktionäre.

»Ich möchte Ihnen zunächst unser neues Produkt vorstellen, das Visioneye Version 3.3. Die Version 3.3 trägt nicht nur zu der erweiterten Sehfähigkeit bei, die viele von uns von früheren Versionen bereits sehr zu schätzen wissen, sondern hat raffinierte Extras.« Die Holoprojektion veränderte sich, um den Augapfel herum wuchs der Querschnitt eines Schädels. Frau Schmidt-Schöffenbacher tippte mit dem Pointer auf eine dünne Verbindung, die vom Sehchip durch den Schädelknochen hinter das rechte Ohr führte und dort unter der Haut einen kleinen Knubbel bildete.

»Das hier, meine Damen und Herren, ist das eigentlich Neue. Der SDX, die Schnittstelle zwischen Sehchip und dem Netz.« Gemurmel erhob sich im Saal.

»Der SDX ist eine Greentooth-Schnittstelle, eine Funkverbindung, wenn Sie so wollen.«

»Und was ist mit der Krebsgefahr?«, rief einer der Teilnehmer. »Wie wir wissen, gab es ähnliche Versuche mit WaveLAN-Schnittstellen. Die Versuchspersonen sind sämtlich an Gehirntumoren gestorben!«

Frau Schmidt-Schöffenbacher strahlte in die Runde. »Deswegen läuft unser SDX mit Greentooth, einer biokompatiblen Informationstechnologie. Die Strahlung ist so schwach, dass Sie die Dosis vernachlässigen können. Jedesmal, wenn Sie ein Glas Leitungswasser trinken, nehmen Sie eine höhere Strahlendosis zu sich!«

Sie wandte sich wieder der Holoprojektion zu. »Dies, meine Damen und Herren, ist kein Modell, sondern der reale Querschnitt durch den Schädel einer unserer Testpersonen, Ray 5. Ich möchte Ihnen Ray gerne vorstellen.«

Die Flügeltüren öffneten sich und der Mann mit der silbernen Spiegelbrille trat ein. Er war in einen eleganten weißen Freizeitanzug gekleidet. Beifall wurde geklatscht, er verbeugte sich. Frau Schmidt-Schöffenbacher fasste ihn an der Schulter.

»Herzlich willkommen, Ray. Nun zeige bitte unseren Gästen, wie der SDX funktioniert.« Wieder zum Publikum gewandt sagte sie: »Damit Sie besser nachvollziehen können, was passiert, lassen wir parallel eine holographische Simulation der Informationsprozesse laufen.«

Ray nahm seine Spiegelbrille ab, zog sein Smart Phone aus der Jacke, aktivierte die interne Menüleiste in seinem Sichtfeld und wählte: »transmit«. Er drehte sich langsam um die eigene Achse, blieb wieder stehen und verbeugte sich.

»Wenn Sie jetzt bitte auf Ihre Tischmonitore blicken würden«, sagte Frau Schmidt-Schöffenbacher. Die Gäste sahen Rays Aufnahme auf den Monitoren ablaufen, die in die Tischplatten eingelassen waren. Begeisterung wurde laut im Saal. Frau Schmidt-Schöffenbacher ließ den Gästen ein paar Minuten Zeit, um sich wieder zu beruhigen. Dann fuhr sie mit ihrer Erklärung fort: »Stellen Sie sich die Funktionsweise des Chips so vor wie die eines Chips in einer digitalen Kamera. Es gibt alle möglichen Extras: Zoomen, Einzelbildaufnahmen, Filmaufnahmen, Rückspulen, Infrarot. Die Informationen sind rein visuell, Ton gibt es dazu nicht. Die Daten können außerdem ins Netz geladen werden.«

Das Geraune und Getuschel wurde wieder laut, Einzelne riefen Fragen in den Raum. »Heben Sie sich Ihre Fragen bitte auf, meine Damen und Herren, es kommt noch besser. Wie Sie wissen, funktionierte der Datenaustausch zwischen Gehirn und Maschine bisher zufrieden stellend nur in eine Richtung: Visuelle Informationen können auf den Rechner geladen werden, aber das Gehirn kann keine Informationen einer Maschine empfangen, ohne auf Dauer Schaden zu nehmen.«

»Welchen Schaden?«, rief eine Frau.

»Die Präsenz einer künstlichen Intelligenz im eigenen Bewusstsein wird von der menschlichen Psyche als so fremd und bedrohlich empfunden, dass die Testpersonen ausnahmslos starke Psychosen entwickelten.«

Viele der Anwesenden nickten, den meisten waren die gescheiterten Versuche der Mensch-Maschine-Kommunikation bekannt. Frau Schmidt-Schöffenbacher lächelte in die Runde und fuhr fort: »Visioneye 3.3 SDX ist anders, Visioneye 3.3 SDX ist revolutionär. Sein volles Potenzial entfaltet Visioneye 3.3 SDX erst in der vernetzten Anwendung.«

Eine Frau unterbrach sie: »Was meinen Sie mit ›vernetzter Anwendung‹? Sie haben gerade demonstriert, dass die visuellen Informationen bereits ins Netz gespeist werden können.«

»Ja, das stimmt. Mit vernetzter Anwendung meine ich ein Team. Ein Team von Personen, die auf verschiedene Aufgaben spezialisiert sind.«

Ein Mann mit dünnem Schnurrbart rief: »Nicht so schnell! Was ist denn überhaupt der Vorteil der vernetzten Anwendung durch ein Team?«

Frau Schmidt-Schöffenbacher lächelte fein.

»Das wäre der epochale Durchbruch: der vernetzte Mensch, funktionierende Wetware. Ein Evolutionssprung, wenn Sie so wollen. Bisher konnten visuelle Informationen vom Gehirn ins

Netz gespeist werden, aber nicht umgekehrt. Eine vernetzte Anwendung bedeutet die direkte Kommunikation zwischen Gehirn und Maschine, Maschine und Gehirn und Gehirn und Gehirn.«

Einen Moment herrschte schockierte Stille im Saal. Jemand räusperte sich. Eine Frau mit goldenen Augen machte: »Puh!« Aufgeregtes Geraune und Getuschel begann.

»Haben Sie ein Team im Test?«

»Unser erster Team-Test war ein Misserfolg. Wir haben festgestellt, dass einer neuronalen Vernetzung eine psychologische vorangehen muss. Stellen Sie sich neuronale Kompatibilitäten wie Blutgruppen vor, die zusammenpassen oder auch nicht. Nur, dass wir neuronale Kompatibilitäten nicht im Vorfeld messen oder unter Laborbedingungen erzeugen können. Was wir brauchen, ist freies psychologisches Bonding. Wir beobachten zur Zeit ein Team, das sich für unsere Zwecke sehr gut zu eignen scheint. Die Personen müssen sich unter psychisch extremen Situationen binden, wodurch das neuronale Bonding später wesentlich stabiler wird. Dabei helfen wir natürlich ein wenig nach, ohne das Wissen der Personen. Der Gruppen-Bonding-Prozess ist noch nicht ganz abgeschlossen.«

»Wieso gehen Sie davon aus, dass die Gruppe keine Psychosen entwickeln wird, wenn Sie in Kontakt mit der Computerintelligenz tritt?«

»Durch das vorangegangene psychologische Bonding empfinden die Gruppenmitglieder die permanente Verbindung mit anderen menschlichen Intelligenzen als angenehm. Die mentale Verbindung mit einer Gruppe wiederum schwächt das Gefühl der Fremdheit gegenüber der Computerintelligenz so weit ab, dass es tolerierbar wird.«

Die Frau mit den goldenen Augen meldete sich zu Wort: »Wie reagieren die Personen außerhalb des Labors auf die Implantate?«

»Implantate haben die Testpersonen noch nicht. Die Operation ist zu kostspielig, um noch einmal ein solches Risiko einzugehen. Das Team muss unsere Testreihe erst vollständig durchlaufen. Aber seien Sie versichert, das Bonding verläuft ganz nach unseren Vorstellungen. Ich danke Ihnen, meine Damen und Herren.« Die geladenen Gäste begannen, aufgeregt durcheinander zu reden. Der Mann mit Schnurrbart rief ihr eine weitere Frage zu, aber Frau Schmidt-Schöffenbacher konnte ihn nicht verstehen. Sie lächelte freundlich und zuckte mit den Schultern. Er drängelte sich durch die Tische in den Kreis und fragte sie: »Worin bestand der Misserfolg beim ersten Test?«

»Nun«, sagte sie mit gedämpfter Stimme, »das will ich Ihnen nicht vorenthalten. Wir haben festgestellt, dass ein künstlich erzeugtes Bonding in Kombination mit Visioneye... einen gewissen Gruppenautismus auslöst.«

»Was ist mit den Testpersonen passiert?«

»Es geht ihnen gut, wir kümmern uns um sie.«

»Das ist dumm, das ist dumm, ihr seid dumme kleine Kinder«, murmelte Ed. Er tippte etwas auf der Tastatur und stellte den Monitor aus. Dann rieb er sich fahrig über das Gesicht und traf eine Entscheidung. Unter der niedrigen Türöffnung duckte er sich in die zweite Kajüte, in der Jo, der Hase, h.b. und Yves dicht gedrängt um den kleinen Tisch saßen und über das Tagesrätsel diskutierten. Über ihnen baumelte eine Lampe, die aus mehreren Holzmasken bestand. Das Licht fiel durch die Augen- und Mundöffnungen und bildete helle Flecken auf der Tischplatte. Ed quetschte sich neben Jo und den Hasen auf die Bank, schüttelte den Kopf und sagte: »Tut mir Leid, ihr könnt hier nicht bleiben.«

»Wieso, was ist los?«, fragte Yves verblüfft. h.b. und sie saßen eng aneinander gekuschelt und hielten Händchen.

»Ich schaff das nicht. Versteht ihr, wenn wir erwischt werden, muss ich Panama aufgeben, das Boot aufgeben, Ed den Koch aufgeben, ich schaff das nicht.«

»Wie meinst du das, Ed den Koch aufgeben?«, fragte h.b.

»Mein Leben als Ed der Koch, das gefällt mir gut. Und es ist schon mein viertes oder fünftes Leben.« Ed brach in Lachen aus, ein lang anhaltendes Lachen, in dem keine Fröhlichkeit steckte. Das Lachen ließ seinen Körper vor- und zurückschwanken und brachte das Licht der Maskenlampe zum Tanzen.

»Was meinst du damit?«, wiederholte h.b.

»Kinder, ich war nicht immer in Panama. Mir sind ein paar komplette Leben verloren gegangen, bevor ich Ed der Koch wurde.«

»Was für Leben hast du denn verloren?«

»Was ich verloren habe, fragst du?« Ed lachte wieder sein seltsames Lachen und schlug mit der Faust auf den kleinen Tisch. »Das kannst du dir gar nicht vorstellen, was ich verloren habe. Alles. Familie, Kinder, Land, Sprache, Beruf, Namen!« Ed lachte, bis das Lachen in ein Schluchzen überging. »Ich schaff das nicht noch mal, bitte geht!«

Ich werde nicht mehr gebraucht, meine Aufgabe ist erfüllt, ich bin ein paar Tage brav vom Rad gehopst und habe Visipics gemacht, das machen jetzt die Greeks. Beim Rätselraten werde ich auch nicht mehr gefragt, bringt ja nichts, bin ja nicht Miss Big Brain wie h.b. oder Yves und nicht Mister Arschloch wie Jo, Mister BeklautdiebestenFreunde. Sollen sie allein weitermachen, ich störe nur beim Hirnwichsen, beim Winden und Schmatzen und Beklauen. Sollen die ihren Scheiß allein machen, war ja sowieso nicht dafür, hätte ich mal auf meine Lebensregel gehört: Mache nie die Probleme anderer zu deinen eigenen. Hab ich nicht drauf gehört und jetzt hab ich keine Kohle und keinen Job mehr, noch beschissener als vor ner Woche ist das jetzt. Black Beauty hab ich noch, die Kastanienallee brettern wir runter, an den Cafés vorbei, in denen glückliche Menschen mit Jobs und Geld ihre Latte Macchiatto schlürfen. Links die Heilsarmee, vielleicht sollte ich mich da bewerben, mit Bibel, Kapellenmusik und Spendenbüchse rumstehen, dann gibts wenigstens Erbsensuppe. Black Beauty und ich werdens reißen, Black Beauty und ich gehen jetzt auf Jobsuche. Speedy Gonzales können wir vergessen, Bert nimmt keine Leute wieder, die er einmal gefeuert hat. Ein Mann mit Prinzipien, der gute Bert. Die Joblage werden wir jetzt checken, Black Beauty und ich, die Joblage bei den anderen Messengerfirmen in der Stadt. Auf zum Hackeschen Markt, mein teures Ross, zum Rastplatz der Informationsübermittlungssklaven.

Die Bikes sind ans Geländer gelehnt, vor den Bänken stapeln sich neonfarben die Messengertaschen. Auf den schicken grünblauen Plastiksitzen am Hackeschen sind meine Mit-Messenger versammelt und plauschen und mampfen.

»He Leute, alles klar?«

»He Kookie!« Basti und Volker sind auch dabei, die können mir Speedy-Klatsch erzählen.

»Fährst du wieder für Speedy? Hab gehört, Bert hat dich und Yves gekantet?«

»Mhja. Schoki irgendwer?«

Yves gekantet? Das hat sie mir gar nicht erzählt. Aber die ist ja in der rosaroten Wind-Schmatze-Kuschelwelt, da ist Gekantetwerden nicht so wichtig. Ich lass ne Runde Traubennuss springen. Und schon kommen japanische Touris angeschwärmt und wollen uns fotografieren. Genau deswegen mache ich lieber Pause im Weinbergspark. Der Hackesche ist ne echte Touri-Attraktion. Der Cafébetrieb vorm Schnörkelbahnhof brummt wie immer bei schönem Wetter, die Sightseeingbusse spucken im Fünfminutentakt ihre Ladungen aus. Wir Messenger tragen zum Flair bei, »die Asphalthelden von Berlin nutzen den zentral gelegenen Platz gerne für eine Rast«, so steht das in den Reiseführern. An den schicken blitzeblanken Sandstein- und Marmorfassaden gibt es massig Securitycams. Menschen, die nicht zum Flair beitragen, werden sofort und unauffällig entfernt. Der Rest der asiatischen Reisegruppe kommt herbeigetrappelt und will auch Aufnahmen mit Messengers fürs Familienalbum und den Reiseclip. Meine Kollegen nehmen pro Bild zehn Euro. Ich drehe mich mit dem Plastiksessel nach hinten und warte, bis es vorbei ist. Auf dem Platz steht ein Straßenkünstler, son silbern angemalter Pantomimeautomat, der rumsteht, bis jemand Geld einwirft. Dann ruckt der ein bisschen rum und ist wieder still, bis es das nächste Geld gibt. Seine Performance wirkt wie aus dem letzten Jahrhundert, seine ruckelige Roboterdarstellung ist total antiquiert, den hat die Zukunft echt eingeholt. Aber finanztechnisch ist der Typ weit vorne, der hat ne Creditbox mit, damit ihm das Kleingeld per Chip gestiftet werden kann. Ich dreh mich um, Fotosession ist fertig.

»Sagt mal, ist bei euch irgendwo was frei? Ich such nen Messengerjob fern von Speedy.«

»Nee, weißte doch, in den Semesterferien eiern die ganzen Studis rum, da ist nichts zu machen.«

»Auch nicht mit persönlicher Empfehlung?«

»Ich kann ja mal bei fast'n furious für dich fragen, aber ich glaube nicht, dass das was bringt.«

»Und ich frag mal bei Veloexpress.«

»Hallo Kookie.«

Ich dreh mich um. Oh nee. »Was machst du denn hier?«

Der Intellektuelle, warum dackelt der mir hinterher, den kann ich jetzt echt nicht brauchen.

»Ich habe nach dir gesucht.«

Ich schnaube.

»Ich dachte mir, vielleicht hältst du dich da auf, wo sich immer die Kuriere treffen.«

»Dachtest du.«

»Ja.«

Er steht vor mir und seine Ohren sind rot.

Volker und Mim stoßen sich an und kichern.

»Dann kannst du ja wieder gehen, wenn du mich jetzt gefunden hast.«

»Ich dachte eigentlich ...«

»Ja?«

»Vielleicht könnten wir uns verabreden.«

»Könnten wir das.«

»Ja, ich fand unser Treffen sehr nett neulich. Du warst nur so schnell weg.«

Jetzt langts.

»Für wie blöd haltet ihr mich eigentlich alle?«, brülle ich. »Geh heim zu deiner Hasenjagd und lass mich in Ruhe!«

Arif steht da und guckt betreten. Die anderen folgen interessiert und belustigt unserer kleinen Unterhaltung.

»Ich – äh – ich nehme gar nicht mehr teil an der Hasenjagd. Das ist so, so unübersichtlich geworden alles. Seit den Drohmails und dem Mordanschlag. Da dachte ich mir, wir könnten uns mal treffen. Jetzt, meine ich.«

»Weißt du, der Wievielte du heute bist, der mich verarscht? Weißt du, wie satt ich das habe? Du stehst hier und machst einen auf süß und doof, Jo beklaut mich, Yves und h.b. knutschen rum und der Hase macht sich nen lauen Tag auf der Insel der Jugend.«

Oh. Das war jetzt nicht so gut.

h.b. drehte sich um. Der Bürgersteig war belebt, niemand schien Notiz von ihnen zu nehmen. Sie spürte ein unangenehmes Prickeln zwischen den Schulterblättern. Der Hase stupste sie an.

»Es ist grün!«

Sie überquerten die Prenzlauer Allee. Vor ihnen lag die matte Silberkugel des Planetariums. Sie stiegen die Stufen hoch, an der verschlossenen Glastür hing ein Schild: »Besucher des Cafés im Großplanetarium bitte Seiteneingang«. h.b. drehte sich wieder um. Sie hatte das Gefühl, verfolgt zu werden. »Los komm!« Sie hasteten am Zierbeton-Turm entlang zur Seitentür und traten ein. Im runden Innenraum des Planetariums war mit rot-weißem Flatterband ein Gang abgesteckt, der direkt zum Café führte. Die kunststoffgetäfelte Decke spiegelte sich im glatt polierten Marmor des Bodens. Nur in den Flatterband-Pfad war eine Schmutzschicht festgetreten und der Marmor stumpf. Das Café bestand aus einem Tresen, einigen Stahlrohrtischen und Gartenstühlen. Über dem Tresen hing eine riesige beleuchtete Bierreklame. »Aecht Paetzenhofer«. Das Schild flackerte. Darunter stand eine alte Frau mit müdem Gesicht. Zwei Gäste saßen auf den Stühlen, vor sich je ein Glas Bier. Der Hase ging zu der Frau am Tresen. »Entschuldigung, wir wollten ins Planetarium. Wann hat das denn offen?«

Die alte Frau starrte ihn an und fing gackernd an zu lachen. »Jarnich, Jungchen, jarnich.«

»Wieso gar nicht?«

»Mensch, lebste hintam Mond?«, rief der eine Gast. »Ditt hat doch schon seit fünf Jahren zu!« – »Seit fünf Jahren, sieben Monaten, zwölf Tagen, neun Stunden und vierundzwanzig Minuten«, brummte der zweite Gast.

»Verdammt!«

»Na, was wollteta denn im Planetarium? Händchen halten untam Sternenhimmel?«, fragte die Wirtin und schüttelte sich wieder vor Lachen.

»Nee, nicht ganz«, sagte der Hase. »Zwei Paetzenhofer bitte.«

Die alte Frau hielt sich die Seiten vor Lachen. »Ihr Jungvolk macht mir Spaß. Paetzenhofer jibts ooch nich mehr.« Sie öffnete zwei Flaschen Bier und stellte sie auf die Theke. Der Hase und h.b. setzten sich. h.b. nahm einen Schluck und sah beunruhigt durch die Glaswände nach draußen. Sie saßen hier auf dem Präsentierteller. Das Café war beleuchtet, von außen konnte man hineinsehen wie in ein Schaufenster.

Der eine Mann schob quietschend seinen Stuhl nach hinten, stand auf und setzte sich mit seinem Bier an ihren Tisch.

»Na, wat wollta denn hier?«

»Wir haben Fragen zum Sternzeichen der Fische.«

»Da fragta am besten Dario, der war hier mal Direktor.« Der Alte zeigte auf den mürrischen Mann, der die Tage seit der Schließung aufgezählt hatte. »Jetze komm doch mal her, Dario.« Der Alte erhob sich schwerfällig, nahm sein Bier und setzte sich mit an den Tisch. »Dario braucht imma ne Weile, bis er auftaut. Ick bin Danny. Sollnwa euch mal wat Romantischet zeijen? Anne, schalt doch ma den Satelliten an! Unser Ännchen hier war die Museumspädagogin, bevor sie Karriere als Wirtin jemacht hat.«

Die Mitte des Raumes wurde von einer breiten Säule eingenommen. In die dunkelblaue Säulenwand waren uralte, gewölbte Monitore eingelassen. Anne, die Museumspädagogin, zog unter der Theke ein Smart Phone vor und tippte etwas ein. Die Cafébeleuchtung ging aus, die Monitore flackerten und zeigten pinke, grüne und neonblaue Muster, die sich bewegten. »Ditt is ne Liveschaltung zu nem alten Wettasatelliten. Funktioniert noch 1a. Supa, wa?« h.b. ging zu einem der Monitore. Die Farben waren grell, das Bild grob gepixelt. »Hier siehste die Wolkendecke üba Europa«, sagte Anne und zeigte auf einen hellblauen Wirbel. »Morgen jibts Regen.«

Es klopfte an der Garderobe. Tobby lag mit Gesichtsmaske auf seinem Entspannungssessel und erholte sich von den Strapazen des Tages. Die Klinke bewegte sich nach unten, Thomas trat ein. Tobby hatte Plugs in den Ohren und summte Meditationsmelodien. Thomas räusperte sich. Der angeschlagene Moderator nahm mit seiner unverletzten Hand die Refreshment-Pads von den Augen und stellte die Sessellehne nach oben. »Was willst du denn hier? Ich hab euch doch gesagt, ihr habt hier nichts zu suchen!«

Thomas trat einen Schritt auf ihn zu: »Herr Reissen, ich muss dringend mit Ihnen reden!«

»Raus! Oder ich hole die Security!« Das Wort »Security« löste einen stechenden Schmerz in Tobbys Arm aus.

»Herr Reissen, ›RunRabbitRun‹ wird von den Greeks manipuliert!« Tobby stöhnte. »Seit Tagen senden wir die Drohmails der Greeks und du kommst hier mit der brandheißen Neuigkeit an? Security, bitte kommen!«

Thomas lehnte sich gegen die Tür und sprach hastig. »Nein, Herr Reissen, die Greeks schreiben nicht nur Drohmails, die manipulieren auch die Spieldaten. Und hier ist der Beweis!« Thomas hielt sein Smart Phone in die Höhe, auf das er die Audiodaten und deren Auswertung gespeichert hatte. Tobby Reissen griff nach dem Gerät. Thomas zog es weg und holte Luft. »Außerdem haben wir Grund zur Annahme, dass ›RunRabbitRun‹ von der Manipulation weiß und sie billigt, wenn nicht sogar in Auftrag gegeben hat.«

Tobby Reissen kicherte und schlug sich mit der unverletzten Hand auf den Bauch. Dann wedelte er mit der Hand, als wolle er eine Fliege verscheuchen. »So ein Blödsinn. Dass diese Scheiß-Security mir noch nicht mal die durchgedrehten Fans vom Leib halten kann! Security, bitte kommen!«

Thomas stemmte sich von innen gegen die Tür.

»Herr Reissen, Sie machen einen Fehler. Wenn Sie mich abwimmeln, informiere ich die Öffentlichkeit.« – »Ja, ja, schon gut. Security, bitte kommen!« Tobby wischte sich die Lachtränen von der Backe, Teile der Schönheitsmaske blieben an seinem Ärmel hängen, wie eine dünne Kaugummischicht zog sie sich von der Gesichtshaut ab. Die Tür wurde aufgerissen, Thomas von der Wucht nach vorne gestoßen und in die Arme des Moderators geschleudert. Drei Security-Officers rissen ihn zurück und hielten ihm die Schocker an den Kopf. Hinter ihnen trat Frau Schmidt-Schöffenbacher in den Raum.

»Herr Reissen, wir sprechen uns später.« Und, an Thomas gewandt: »Sie kommen jetzt mit. Tun Sie das freiwillig oder sollen die Herren hier Sie dabei unterstützen?«

Thomas gewann seine Fassung zurück. Die Frau wirkte wichtig, vielleicht war sie sogar wichtiger als Tobby Reissen.

»Ich komme natürlich freiwillig mit. Schließlich sind wir potenzielle Geschäftspartner.«

»Sind wir das?«, die Frau zog eine Augenbraue nach oben und hakte sich bei ihm ein.

Anne, die Museumspädagogin, und Dario, der Planetariumsdirektor, führten h.b. und den Hasen zur Wendeltreppe, die sich um den gläsernen Fahrstuhlschacht gen Himmel wand. »Den Fahrstuhl benutzen wa nich, die Stromkosten sind zu hoch.« Sie stiegen in den zweiten Stock und betraten das eigentliche Planetarium. Über einem runden Saal mit Kinosesseln wölbte sich eine weiße Kuppel. »Setzt euch, Kinners, setzt euch!« Anne nahm Platz auf einem Sessel in der Mitte und klopfte auf den Sitz neben sich. Das Licht ging aus. Einen Moment war es völlig dunkel, dann dehnte sich über ihnen die Unendlichkeit des Sternenhimmels. In der Schwärze funkelten unglaublich viele winzige Lichter, grellweiße, leicht bläuliche, leicht rötliche, schwach gelbe. h.b. lehnte ihren Kopf nach hinten und starrte nach oben. »Das sind so viele!«, flüsterte der Hase. Dario hatte neben Anne Platz genommen. »Das sind nur die ungefähr dreitausend, die der Mensch mit bloßem Auge erkennen kann.« – »Aber ich habe noch nie so viele Sterne am Himmel gesehen, auch nicht in New Potsdam!«, meinte der Hase.

»So hell gesprenkelt war der Sternenhimmel Jahrtausende lang, und so sieht er in weniger dicht besiedelten Gegenden immer noch aus. Hier bei uns gibt es zu viel Licht und zu viel Smog.«

»Hach, unter sonem Sternenhimmel haste damals '97 um meine Hand anjehalten. War ditt romantisch! Wir ham nämlich heute Hochzeitstag.«

»Na, herzlichen Glückwunsch dann!«, meinte der Hase. »Glückwunsch«, murmelte h.b. und starrte weiter nach oben. Sie hatte sich für visuell abgebrüht gehalten, aber diese künstliche Himmelskuppel nahm ihr den Atem. Einen Moment lang wünschte sie sich, dass Yves neben ihr säße, und nicht der Hase.

»Ich lass jetzt mal das Programm ablaufen«, meinte Dario. Der Himmel fing an, sich zu drehen. Dario stellte den Ton ab, räusperte sich und erklärte mit professioneller Vortragsstimme: »Nach unserem heutigen Wissen waren die Babylonier vor fünftausendvierhundert Jahren die ersten, die bestimmte Segmente des Sternenhimmels zu Sternbildern zusammenfassten. Die Griechen übernahmen deren astronomische Kenntnisse, nannten die Sternbilder jedoch um und erklärten jedes mit einer mythologischen Geschichte. Im Laufe der Jahrhunderte erfand jeder Astronom, der etwas auf sich hielt, noch ein paar Sternbilder dazu. Die hellsten Sterne dienten dabei immer als Fixpunkte. Erst 1922 einigten sich die damals führenden Astronomen auf dem internationalen astronomischen Kongress auf die heute gültigen achtundachtzig Sternbilder.«

»Und wo sind die Fische?«

Dario drehte den Himmel über ihnen, bis ein heller Sternenhaufen zu sehen war. »Die Fische sind ein Sternbild der Äquatorzone und erstrecken sich vom 330. bis zum 360. Längengrad.«

»Und, gibt es eine Geschichte zu den Fischen?«

»Lass die mal Anne erzählen, die ist hier für die Geschichten zuständig«, sagte Dario, plötzlich wieder kurz angebunden.

»Also Kinners, die Jijanten, ditt sind die antiken Riesenjestalten der jötterzeitlichen Erde, die wollten eines Tages den Himmel eroban. Die Jötter hatten damit nich jerechnet, waren also überrumpelt und flohen erstma. Die Jöttin Dione war mit ihrm kleenen Sohnemann Cupito unterwegs. Nach ner Weile war se janz jeschafft von der Flucht und machte ne Pause am Flusse Euphrat. Da rumpelte ditt und Dione dachte, jetzt isses aus, jetzt kommen die Jijanten. Sie rief die Wassernymphen um Hilfe und stürzte sich mit Cupito in die Fluten. Die Nymphen waren ihr wohljesonnen und schickten ihr zwee Fische, die sie uffn Rücken nahmen. Die Jijanten schafften ditt mit der Eroberung dann doch nich und zum Dank für die Rettung schenkten die Jötter den Fischen den Sternenhaufen da oben. Romantisch, wat?« Anne kicherte.

h.b. schwieg. Der Hase stieß sie an. »Was meinst du?« – »Ich weiß nicht. Das passt nicht.« – »Wat passt nich?«, fragte Anne in die Dunkelheit. »Wir brauchen ein Sternbild, das zu einem Gedicht passt. Und irgendwie passt die Geschichte nicht.« – »Wat füan Jedicht denn?« h.b. schwieg. Der Hase stieß sie an. »Sags ihnen schon, das ist O. K.«

»Mensch erst Larve dann
Fisch der durch den Kosmos fliegt
Leuchtet Fomalhaut«

»Das mit der Haut passt irgendwie nicht«, erklärte der Hase.

»In der Schule bringt man euch wohl gar nichts mehr bei?«, fragte Dario. »Fomalhaut ist der Name von einem Stern. ›Fum al Hut‹ bedeutet auf Arabisch ›der Mund des Fisches‹. Fomalhaut ist der hellste Stern des ›Piscis Austrinus‹, auf Deutsch die ›Fliegenden Fische‹ oder auch der ›Südliche Fisch‹.«

»Fliegende Fische? Davon habe ich ja noch nie gehört«, meinte h.b.

»Wir sind hier auf der Nordhalbkugel der Erde und sehen deswegen nur den nördlichen Sternenhimmel. Auf der Südhalbkugel sieht man zum Teil ganz andere Sternformationen. Den Pfau, den Tukan oder eben die fliegenden Fische. Hier sieht man die fliegenden Fische nur im Herbst, und dann nur ganz schwach am Horizont.« Er tippte etwas in die Konsole, Tausende kleine Lichtpunkte verschwanden, nach einem Moment vollkommener Schwärze erschienen neue. »So, hier haben wir den südlichen Sternenhimmel. Das da…«, er zeigte auf eine dreieckige, schultütenförmige Sternenkonstellation, »…ist der südliche Fisch.«

»Und wo ist Fomalhaut?«

»Fomalhaut ist der hellste Stern an der kurzen Spitze. Genau genommen ist er eine Sonne, allerdings jünger und heller als unsere Sonne.«

»Hat Fomalhaut Planeten?«

»Vermutlich noch nicht. Fomalhaut ist von einem riesigen Ring aus partikelförmiger Materie umgeben, der Ring hat den vierfachen Radius unseres Sonnensystems. Man vermutet, dass sich aus dem Partikelring Planeten bilden werden, genauso, wie das wahrscheinlich vor vier Milliarden Jahren bei uns passiert ist.«

»Wird das Sonnensystem so wie unseres?«, wollte der Hase wissen.

»Jedes Sonnensystem ist anders«, antwortete Dario.

»Ich meine, wird es da Leben geben?«, fragte der Hase weiter.

Anne kicherte. »Möglich is allet.«

Mit einem Piepen unterbrach h.b.s Smart Phone die Unterhaltung. Sie schaltete auf Textempfang, das Display leuchtete im Dunkeln schwach orange. Sie gab ihr Entschlüsselungspasswort ein. Die Nachricht war von Yves: »E's Schiff nicht sicher. K. hat sich verplappert. Bleibt, wo ihr seid, auch über Nacht. Treffen morgen zehn Uhr Weltzeituhr. Y.« h.b. löschte die Nachricht und biss sich auf die Lippen, um nicht laut zu fluchen. Wie, bitte, sollten sie es anstellen, hier zu übernachten?

»Thomas – ich darf Sie doch Thomas nennen, oder? –, was führt Sie her?«

Frau Schmidt-Schöffenbacher hatte Thomas in ein kleines Besprechungszimmer geleitet, ihm einen Kaffee angeboten und sich selbst ein Glas Wasser eingegossen.

»Ich habe festgestellt, dass die Audios von ›RunRabbitRun‹ immer aus den gleichen Tonschnipseln gemacht sind. Die sind nicht live. Aber das wissen Sie vermutlich schon.«

»Ach.« Frau Schmidt-Schöffenbacher wirkte nicht sonderlich überrascht. Sie lächelte höflich.

»Ich meine, das wäre doch ein Skandal, wenn das herauskäme, nicht wahr?« Frau Schmidt-Schöffenbacher lächelte immer noch.

Thomas fuhr fort: »Die Öffentlichkeit könnte annehmen, dass ›RunRabbitRun‹ von der Manipulation weiß. Oder die Audios sogar selbst manipuliert hat.«

»So etwas könnte die Öffentlichkeit also annehmen?« Frau Schmidt-Schöffenbacher goss sich noch mehr Wasser ein.

»Sie sind ein smarter junger Mann. Ich nehme an, Sie wollen mir einen Vorschlag unterbreiten, wie man es vermeiden könnte, die Öffentlichkeit auf so unangenehme Art und Weise aufzuregen.«

»Um darüber zu verhandeln, bin ich hier. Wie Sie wissen, sind mein Kollege und ich dicht am Hasen dran. Wenn wir nicht von Ihrer Firma so massiv unter Druck gesetzt worden wären, hätten wir den Kandidaten längst. Die verlorene Chance auf eine Million Euro schmerzt uns sehr.«

Frau Schmidt-Schöffenbacher lächelte immer noch, wenn auch etwas angestrengter als vorher.

»Wie ich sehe, sind Sie ein junger Mann mit außergewöhnlichem Geschäftssinn und Verhandlungsgeschick. Talente wie Sie sind rar.« Sie schwenkte nachdenklich ihr Wasserglas. »Was halten Sie davon, ein halbjähriges Praktikum bei net.tv zu machen? Sie studieren doch Wirtschaftskommunikation, nicht wahr?«

Thomas stellte klirrend seine Tasse auf die Untertasse. Für Praktikumsplätze bei net.tv gab es mehrjährige Wartelisten. Das Angebot kam unerwartet.

»Verstehen Sie mich nicht falsch, aber eine Million Euro erscheint mir irgendwie sehr viel konkreter als ein Praktikumsplatz.«

»Denken Sie an Ihre Zukunft, junger Mann. Nehmen Sie die Million Euro, dann werden wir Ihren Namen negativ in der Branche verbreiten und Sie werden keinen Fuß mehr an Land bekommen. Eine Million ist schnell verbraucht. Nehmen Sie dagegen den Praktikumsplatz, haben Sie gute Aussichten auf eine solide Karriere.«

»Und was bezahlen Sie so?«

»Praktika werden nie entlohnt, das wissen Sie.«

»Wenn Sie mir einen sechsmonatigen, bezahlten Praktikumsplatz bieten, dann kommen wir ins Geschäft.«

Frau Schmidt-Schöffenbacher nippte an ihrem Wasser. »Nun, Sie dürften natürlich auf keinen Fall weitertragen, dass Sie für ein Praktikum entlohnt werden. Aber Ihr Stillschweigen können Sie uns ja schriftlich versichern. Wie auch das Stillschweigen über andere Außergewöhnlichkeiten.«

»Wenn Sie mir das Praktikum bezahlen, unterschreibe ich alles, was Sie wollen.«

»Schön, dass wir uns so schnell einigen konnten. Ich bin mir sicher, dass Sie eine Bereicherung für unser Team sind.«

Frau Schmidt-Schöffenbacher stand auf und schüttelte ihm die Hand.

Der Hase zog Anne beiseite. »Du, Anne, ich hab ne ungewöhnliche Anfrage.«

»Ja, wat denn, Jungchen?«

»Na ja, h.b. und ich sind schon so lange zusammen und lieben uns wirklich und ich wollte ihr vorschlagen, dass wir heiraten. Ich habe aber Angst, dass sie nicht will, weil sie das zu altmodisch findet. Und du hast doch Erfahrung mit so was.«

»Ja, Mensch, ditt ist ja mal wat! Und ditt, wo wa doch heute selbst Hochzeitstag haben.«

»Ja, genau, so was.«

»Am besten, du lädst sie zun Picknick unter freiem Sternenhimmel ein, würdick ma vorschlagen.«

»Ja, das ist bloß schlecht in der Stadt, da sehen wir ja vor lauter Smog nicht viel und regnen soll es auch, hast du vorhin gesagt.«

»Ja, Mensch, ditt ist echt unjünstig, son verrejneter Antrag, ditt is nüscht«, gab Anne zu.

»Hmm, ja, blöd.« Dann strahlte der Hase, als wäre ihm auf einmal eine großartige Idee gekommen. »Meinst du, dass wir vielleicht hier . . .?«

»Hier?« Anne schüttelte den Kopf. »Nee, also wirklich, ditt jeht nich.«

»Och.« Die großen blauen Augen des Hasen blickten unendlich, unendlich enttäuscht.

»Na ja«, meinte Anne.

»Und wenn wir euch Geld für die Stromkosten geben?«

»Na ja, ick muss mal sehen, wat Dario dazu sagt.«

»Prima!«, der Hase strahlte und gab ihr einen Kuss auf die Backe.

Das net.tv-Logo drehte sich, die Eingangsmusik spielte, die Kamera zoomte auf den Moderatorensessel. Dort saß nicht Tobby, sondern Thommy, erfolgreicher Altmoderator von net.tv. Er blickte ernst in die Kamera. »Meine Damen und Herren, Boys und Girls, User und Userinnen, herzlich willkommen am siebten Tag der Hasenjagd. Sie sind bestimmt erstaunt, mich hier zu sehen, da haben Sie Recht, meine Damen und Herren, Recht zu staunen. Ich habe die große Ehre meinen großartigen Kollegen Tobby Reissen zu vertreten, wenn auch aus einem furchtbaren Anlass. Tobby Reissen war heute Opfer eines Informations- und Identitätsanschlags. Es geht ihm – den Umständen entsprechend – gut. Die terroristische Vereinigung ›Greeks‹ hat sich bereits zu dem Anschlag bekannt.«

Empörung brach im Publikum aus, die Menschen sprangen auf, schüttelten die Fäuste, schrien und pfiffen. »Mörder!« war zu hören und »Terroristenpack!« und »Todesstrafe!«

Thommy hob beschwichtigend seine Hand.

»Ja, meine Damen, meine Herren, die Lage ist ernst, die Terroristen kennen keine Zurückhaltung mehr, weder vor Identitätsauslöschung noch vor Mord schrecken sie zurück.«

h.b. fluchte. Dario, Anne und Danny waren nach Hause gegangen, der Hase kurz darauf zum Schlupfloch aufgebrochen. Sie war alleine im Planetarium geblieben und hatte ihr Smart Phone an den Satellitenmonitor angeschlossen, um »RunRabbitRun« auf dem großen Bildschirm zu gucken.

Thommy fasste sich ans Ohr. »Ja, aha, ach, wirklich? Wunderbar, wunderbar!«
Thommy grinste sein Gummibärchengrinsen und rief: »Eine gute Neuigkeit, meine Damen und Herren, eine wunderbare Neuigkeit! Gerade erfahre ich, dass Tobby es doch noch geschafft hat, hierher zu kommen, einen herzlichen Applaus für Tobby bitteschön!«
Tobby überquerte hinkend die Bühne, sein Arm hing in einer Schlinge, auf der Wange hatte er ein Pflaster.
Thommy umarmte ihn und tätschelte ihm brüderlich den Rücken. »Junge, Junge, bin ich froh, dich zu sehen, Tobby!«

h.b.s Nackenhaare standen senkrecht. Eine elektronisch manipulierte Identität, das klang tatsächlich nach den Greeks. Es war dumm, jetzt so ein Risiko einzugehen, so dreist ins Wespennest zu pissen. Draußen wurde es langsam dunkel. h.b. hoffte, dass das Flimmern des Monitors sie nicht verriet.

»Ja, Thommy, da bin ich knapp noch mal entkommen. Zum Glück habe ich immer eine DNA-Probe in meinem Blutspenderausweis und konnte so mit Hilfe meiner Krankenakte meine Identität nachweisen. Aber es war knapp, Thommy, es war knapp.« Tobby runzelte die Stirn und sagte nach einer dramatischen Pause: »Beinahe wäre meine Identität, wäre ich ausgelöscht worden, beinahe hätte es mich nicht mehr gegeben.«

h.b. musste unbedingt ins Trojanische Netz und rausfinden, was passiert war. Bloß wie? Sie konnte mit dem Smart Phone nicht direkt ins Trojanische Netz, wenn sie nicht sofort erwischt werden wollte. Sie musste mindestens einen Knotenpunkt dazwischenschalten, um ihre Spuren zu verwischen. Der alte Wettersatellit, das war eine Chance, der Wettersatellit und das Smart Phone, das musste klappen. Es war zwar verdammt langsam, aber es ging.

Johanna von O: *Emergency. Mayday, mayday!*
Ulysses: *What's up?*
Johanna von O: *Did anyone modify Tobby Reissens identity data?*
Ulysses: *Wasn't that a great one? I loved it!*
Klyt: *While you were busy playing that rabbit game we thought we could plot a fun scheme.*
Memnon: *You should have asked her. You didn't ask me either.*
Ulysses: *If you aren't logged in, we can't ask you, right?*
Johanna von O: *Your joke is messing things up. Now they're on the hunt for terrorists. That means us.*
Klyt: *Don't freak. With t-net they can't trace us.*
Johanna von O: *You don't want to understand, do you? They can't locate my computer, but they know I'm in Berlin and I'm involved with RRR AND the Greeks.*
Klyt: *Don't be so fucking paranoid.*
Johanna von O: *Paranoia is healthy!*
Memnon: *Jo of O is right, things are getting messed up for us in Europe, especially in Germany. I'm not happy about it either.*
Johanna von O: *Stop messing with the game! It's getting too dangerous! I think I'm out for a while.*
Memnon: *Pass auf dich auf.*
Johanna von O: *O.K. Mach ich.*

h.b. loggte sich aus, der alte Monitor flackerte und schaltete wieder zur grob gepixelten Satellitenaufnahme um. Sie strich sich über die Augen. Die durch Klyts und Ulysses' dumme Aktion neu angestachelte Terrorismus-Hysterie bereitete ihr große Sorgen. Der Einzige, der ihre Bedenken zu teilen schien, war Memnon. Er hatte sich zu ihrer Verblüffung auf Deutsch verabschiedet. In Europa hatte sie ihn schon vermutet, aber in Deutschland? Obwohl, vielleicht saß er doch woanders, vielleicht konnte er einfach nur ein bisschen Deutsch. Memnon war eine Legende, einer der ersten Programmierer des t-net, ein außerordentlich kreativer und produktiver Hacker, ein echter Wizard eben. Angeblich stand er auf allen internationalen Fahndungslisten und lebte seit mehr als zehn Jahren im Untergrund. Nur virtuell war er präsent. Mit väterlichem Rat stand er den Greeks bei all ihren Unternehmungen zur Seite.

Nachdem der Hase zurückgekommen war, hatten sie sich in der Mitte der Kuppel ein Lager aus vergessenen Mänteln gebaut, die sie in der Garderobe gefunden hatten. Der Hase lag auf dem Rücken und starrte in den Sternenhimmel.
»Das mit Fomalhaut ist ein schöner Gedanke, oder?«
»Was denn?«
»Dass sich da ein neues Sonnensystem bildet.«
»Wieso ist das ein schöner Gedanke?«
»Wenn es da irgendwann Leben geben wird, und vielleicht intelligentes Leben, und vielleicht machen die dann alles besser als wir.«
»Vielleicht sollten wir den Planeten lieber wünschen, dass sich kein intelligentes Leben entwickelt«, erwiderte h.b. Sie schwiegen.
Der Hase dachte an seinen Auftritt bei »RunRabbitRun«. Jeden Tag schienen die Ereignisse etwas mehr außer Kontrolle zu geraten.
»Meinst du, wir schaffen es?«
h.b. antwortete nicht.
»Schläfst du schon?«
»Meinst du jetzt die Menschheit oder meinst du uns?«, fragte h.b.
»Ich meine das Spiel.«

»Ich weiß nicht, ob wir es schaffen. Die Terrorismus-Hysterie könnte uns ganz schön reinreißen.«

»Wird schon werden«, sagte der Hase und versuchte, zuversichtlich zu klingen.

»Du hast vielleicht ein sonniges Gemüt.« h.b. drehte sich um und kuschelte sich in den Mantelberg.

»Gute Nacht!«

»Ja, gute Nacht.«

Der Hase legte die Hand auf seinen erigierten Penis. Wenn er sich keinen runterholte, konnte er nicht einschlafen. Aber jetzt lag h.b. neben ihm. Er strich mit der Hand ein bisschen über seinen Schwanz. h.b. nieste. »Ganz schön viel Staub auf den Mänteln«, murmelte sie. »Hm.« Der Hase nahm seine Hand weg und drehte sich auf den Bauch. Bloß nicht dran denken, bloß einschlafen. Die Mäntel, unter denen h.b. lag, raschelten. Sie stöhnte. Vermutlich war ihr der Boden auch zu hart. h.b. seufzte noch einmal und ruckelte sich in ihren Mantelberg. Der Hase versuchte, auf dem Bauch eine bequeme Position zu finden. h.b. hörte gar nicht mehr auf zu ruckeln und atmete ziemlich laut. Der Hase stützte sich auf seinen Ellenbogen und versuchte, etwas zu erkennen. h.b. war mit dem Kopf unter den Mänteln verschwunden und hatte ihre Knie angewinkelt. Außer dem ruckelnden Mantelberg sah er nichts, h.b.s Atem war inzwischen zu einem durch die Mäntel gedämpften Stöhnen und Seufzen geworden. h.b. machte genau das, was er selbst am liebsten gemacht hätte. Sie vergnügte sich offensichtlich mit sich selbst, ohne jede Rücksicht und ohne jedes Schamgefühl. Er fasste nach seinem Schwanz und rubbelte ein bisschen, bis das Blut zurückgeschossen kam. Mit der freien Hand zog er sich den Mantel über den Kopf und stimmte leise in das Geruckel und Gestöhne ein.

8

Die fünf hintereinander liegenden Rasenflächen waren gesäumt von akkurat geschnittenen Hecken. In dunkelgrünen Linien umrandeten sie die hellgrünen Quadrate, in deren Mitte auf je einem Granitquader ein riesiger, bronzener Lorbeerkranz lag. Aus jedem Lorbeerkranz wiederum ragte ein Rasensprenger, in das fünfstimmige ffft-ffft-ffft der Bewässerung mischte sich das dumpfe Dröhnen des Verkehrs. Jo saß auf dem Heldenhügel des Sowjetischen Ehrenmals im Treptower Park. Hinter ihm ragte auf einem monumentalen Sockel der sowjetische Soldat auf, dessen Hände und Schwert grotesk überproportioniert waren. Immerhin hatte er heldenhaft den Faschismus zerschlagen – unter ihm lag ein zerbrochenes Hakenkreuz – und dafür waren vermutlich große Hände und ein großes Schwert notwendig gewesen. Auf dem linken Arm trug der Bronzesoldat ein Kleinkind. Gegen ein bisschen edles Heldentum hätte Jo jetzt nichts einzuwenden gehabt, besser noch Superheldentum. Superheldenkräfte, mit denen er Superheldentaten vollbringen konnte, damit Kookie ihm verzieh, dass er das Geld genommen hatte. Jo seufzte. Kookie war keine Person, die man gut retten konnte, und er war nicht wirklich ein Retter. Als sie vom Boot in die Spree gesprungen war, hatte sie sich umgedreht und ihn angesehen, als ob sie erwartete, dass er ihr folgte. Er hatte versucht, zu springen, aber seine Panik nicht überwinden können. Seine Hände hatten die Reling umklammert, und er war nicht dazu fähig gewesen, loszulassen. In offenen Gewässern konnte er nicht schwimmen, Wasser, in dem er den Grund nicht sehen konnte, war für ihn der Horror. Er war kein Superman, kein Spiderman, kein Batman, er war nicht einmal ein abgrundtief böser Gegenspieler, noch nicht einmal ein echter Joker. Er schlug sich auf den Hinterkopf. Lau war er, einfach nur lau. Er war hierhergekommen, weil ihn das

Ehrenmal an eine Tempelanlage erinnerte. In seiner monumentalen Geometrie war es ein Ort für die Götter, nicht für die Menschen. Ein angemessener Ort, um mit dem Schicksal zu hadern. Jo stand auf. Im Sockel des sowjetischen Superhelden war eine Art Mausoleum untergebracht. Die Wände waren mit einem Mosaik belegt, das in comicbunten Farben Bewohner der Sowjetrepubliken zeigte, die in Trauer um die Toten ihre Fahnen senkten. Jo lehnte seine Stirn an das Gitter. Osteuropa, da wollte er schon immer mal hin. In Prag war er ein paar Mal gewesen, aber sonst? Die osteuropäischen Länder waren eine riesige weiße Fläche auf seiner inneren Landkarte. Er hatte gehört, dass man dort als Gaukler gut reisen konnte. Die Leute schenkten einem Geld und Essen und luden einen in ihre Häuser ein. Jo riss sich los und stieg mit hängendem Kopf die Stufen des Heldenhügels hinunter. Links und rechts vom Platz standen je acht Stelen, auf denen in Reliefs Ereignisse aus dem zweiten Weltkrieg dargestellt waren. Der Passionsweg des großen Vaterländischen Krieges. Jo ging zu einer der Tafeln. Die heldenhaften Soldaten der Sowjetarmee sprachen mit einer Gruppe von Menschen in Zivil. Spielte die Szene in der Sowjetunion oder in Deutschland? Während oder nach dem Zweiten Weltkrieg? Das war ein bisschen wie Rätselraten. Im Rätselraten war er gut, aber hier hätte er Geschichtsdaten gebraucht. Er ging weiter. Das heutige Rätsel musste noch gelöst werden. Jeden Tag ein Rätsel, und am Schluss gabs die Belohnung. Er könnte sich anstrengen und alle restlichen Rätsel allein lösen, sie würden das Geld kriegen und er würde Kookie seinen Anteil schenken. Sie würde das geklaute Geld mit Bußzinsen zurückbekommen und alles wäre gut. Jo schnaubte. Ihm war klar, dass es so nicht funktionieren würde. Wer es sich mit Kookie einmal verscherzt hatte, war draußen. Er hatte es oft genug bei ihren Lovern erlebt. Sie war gnadenlos, unerbittlich, unversöhnlich. Er wühlte in seiner Hosentasche nach einem Taschentuch, doch etwas anderes geriet ihm zwischen die Finger: Der Glückskeks, den er in der Sushi-Bar erstanden hatte. In dem Plastiktütchen befand sich zwischen den Kekskrümeln der Papierstreifen mit dem Glücksorakel. Er riss das Tütchen auf, fischte den Zettel heraus und kippte sich die Krümel in den Mund. Auf dem Zettel stand: »Deine Gedanken springen wie muntere Fische.«

Thomas zog seine frisch aufgeladene net.tv-Card aus der Brieftasche. Die Verkäuferin strahlte ihn an und packte seinen neuen Anzug in eine Tüte. Thomas strahlte zurück und drückte seinen Daumen auf das Bestätigungsfeld, der Betrag wurde abgebucht. Er war zufrieden mit sich und der Welt. Von seinem Vorschuss hatte er sich neu eingekleidet, in einem Unternehmen wie net.tv war es wichtig, auf die Form zu achten. Und was für eine Freundlichkeit das türkise Plastik auslöste, das ihn als Lohnempfänger von net.tv kennzeichnete! Es war, als hätten sich die türkisen Pforten des Himmels für ihn aufgetan. Die größte Hürde hatte er genommen, einen Fuß hatte er drin im Unternehmen. Thomas trat aus dem Herrenausstattungsgeschäft auf den Alexanderplatz und beschloss, sich noch ein Eis zu gönnen. Er schlenderte über den Platz zu Janny's Eisparadies und sah sein Leben glasklar vor sich: Er würde das Praktikum absolvieren, positiv aus der Heerschar der Praktikanten hervorstechen, einen Vertrag als Werkstudent erhalten, sich von net.tv sein restliches WiKo-Studium sponsern lassen, nach dem Studium eine der wenigen festen Stellen bekommen, sich hocharbeiten, das Unternehmen in brenzligen Situationen durch Geistesgegenwart und Brillanz retten, zum Berliner Geschäftsführer aufsteigen, dann zum europäischen. Es gab keine Limits mehr, das Leben hatte endlich begonnen. Nie wieder Neubrandenburg! Thomas nahm einen Schoko-Super-Bozo in der Jumbowaffel, das hatte er sich verdient. Arif war dumm, es war Wahnsinn, ein Praktikum bei net.tv auszuschlagen. Er hatte ihn gestern sofort angerufen und ihm – um der alten Freundschaft willen – angeboten, sich für ihn bei Frau

Schmidt-Schöffenbacher einzusetzen. Er hatte Arif eine einmalige Chance geboten. Es wäre vermutlich kein bezahltes Praktikum gewesen, aber immerhin ein Praktikum bei net.tv, die meisten konnten nur davon träumen. Arif hatte es ausgeschlagen, war völlig durchgedreht, er hatte ihm Bestechlichkeit vorgeworfen und mangelndes Rückgrat. Arif hatte ihn beleidigt, ihre Freundschaft mit Füßen getreten und sich nicht an ihren Pakt gehalten. Aber irgendwann war Schluss. Auf dem Weg zum Erfolg durfte man sich durch Hindernisse nicht beirren lassen, man musste den Ballast der Vergangenheit abwerfen. Die Freundschaft zu Arif schien sich als so ein Ballast zu erweisen. Thomas setzte sich auf den Rand des Brunnens in der Platzmitte und löffelte seinen Schoko-Super-Bozo. »Ej, haste ma fünf Euro?« Ein Junk riss Thomas aus seinen Gedanken. »Nee, was glaubst du denn, dass ich mit Cash rumlaufe?« Der Junk zuckte mit den Schultern. »Hätt ja sein können. Haste was zu futtern? Ich hab voll Hunger.« Der Junk war ausgemergelt und hatte lila Geschwüre an den Knöcheln. Thomas guckte angewidert zur Weltzeituhr. Die Uhr sah aus wie eine abgesäbelte Konservendose auf einem Metallstumpen, darüber kreisten um eine dicke Kugel mehrere kleine Kugeln auf ellipsenförmigen Bahnen. Das Sonnensystem in sozialistischer Abstraktion. Unter der Uhr stand ein Grüppchen Menschen. Thomas sah genauer hin. Irgendwie kam ihm die eine bekannt vor. Die sah aus wie – das war doch h.b.! Und daneben, der mit der riesigen Sonnenbrille und dem Baseballcap, das war der Hase! Thomas drückte dem Junk sein Eis in die Hand und rannte los. Der Junk sah ihm verdutzt hinterher. »Danke, ej.«

Jo blickte suchend über den Alexanderplatz, Kookie war nirgendwo in Sicht. Yves, h.b und der Hase tauschten mit gedämpften Stimmen die Abenteuer des Vortags aus. Ein Mann joggte quer über den Platz, die Sonne blendete, Jo hielt sich schützend die Hand vor Augen.

»Scheiße«, rief er und rannte los. Die anderen rannten ihm hinterher. »Wieso rennen wir?«, keuchte h.b. »Thomas!«, antwortete Jo. h.b. drehte sich um. Thomas war ihnen auf den Fersen. Sie rannten am Alexanderhaus vorbei, überquerten die Grunerstraße und rannten weiter. Jo, der schneller war als die anderen, rannte auf die Klosterruine zu und kletterte über die Pforte. Vor ihm saß eine dürre Maria mit totem Jesus auf dem Schoß. Er drehte sich um, die anderen kletterten nach. Es gab keinen Ausgang, nur einen weiteren Zaun vor einer Fensteröffnung. Jo schwang sich durch die Öffnung und sprang zwei Meter in die Tiefe, h.b., Yves und der Hase folgten ihm. Der Hase schrie, als er mit dem lädierten Fuß aufkam. Sie rannten weiter, durch die gigantischen Backsteinmauern der Klosterruine, über ihnen der offene Himmel. Thomas sprang durch das Fenster, er war dicht hinter ihnen. Sie sprinteten durch das Hauptportal, die Treppe hoch, der Hase stolperte, fing sich mit den Handflächen ab und rannte weiter. Sie bogen links in die Klosterstraße ein. »Seitenstechen, kann nicht mehr«, keuchte h.b. Der Hase hinkte. Yves zeigte auf eine Kanalöffnung, der Deckel lag daneben. »Los! Wir steigen da rein!« – »Auf keinen Fall!« h.b. blieb stehen. »Du hast doch den Plan auf Smartie!« Yves schwang sich in die Öffnung, Jo und der Hase kletterten hinterher. h.b. sah sich um. Thomas war fast da. Fünfzehn Meter, vierzehn, dreizehn – h.b. kletterte in die Dunkelheit. Die rostige Leiter riss ihr eine Schramme in den Handballen. Sie blickte hoch und sah in Thomas grinsendes Gesicht, das sich über die Öffnung beugte. Sie kletterte, so schnell sie konnte, unten packte Yves sie an der Hand und zerrte sie mit sich in den schwarzen Gang. Hinter sich hörten sie etwas am Metall der Leiter schrappen und einen dumpfen Schlag.

Bin zu spät, niemand außer mir an der Weltzeituhr, das Dreamteam hat schon mal ohne mich weitergemacht. Super. Ich zücke das Smartie, um h.b. anzurufen, da ist schon ne Nachricht von ihr drauf, ein Stadtplan mit Kreuz. Ein paar Straßen weiter sind die schon, in der Klosterstraße vorm Podewil. Also, rüber über den Platz, rüber über die Grunerstraße, rein in die Klosterstraße. Ich hab die Schnauze voll von dieser Schnitzeljagd, warum fahre ich denen überhaupt hinterher. Da sitzt noch einer auf dem Bürgersteig vorm Podewil, vielleicht hat ja doch jemand auf mich gewartet, Jo oder der Hase. Ich fahr erst mal nen Schlenker, mal gucken, wer das ist, auf Jo habe ich echt keinen Bock jetzt. Jo ist es nicht, der Hase ist es auch nicht. Er schaut hoch und schwenkt seine Scheinwerferaugen zu mir rüber. Ich haue die Bremsen rein. Türkisauge! Er springt auf und wuchtet den Kanaldeckel über die Öffnung. Was macht der überhaupt hier? Türkisauge steht auf der Straße und hält sich die Hände vor die Augen. Irgendwie wirkt er daneben. Ist bestimmt ein Trick. Aber wenn die anderen schon weg sind, besteht keine unmittelbare Gefahr, mich kriegt der sowieso nicht, sein Bike steht zehn Meter weiter hinten. Ich könnte ja ein bisschen mit ihm plaudern und rausfinden, was er hier will. Langsam rolle ich näher, lasse nen guten Sicherheitsabstand, schwinge mich von der schwarzen Schönheit, aber packe den Lenker so, dass ich jederzeit wieder aufspringen und abhauen kann.

»Was machst du hier?«, frage ich.

»Nichts. Und du?«

»Auch nichts.«

»Na, dann machen wir wohl beide nichts, was?«

Irgendwas ist komisch an seinem Gesicht. Die Augen sind so zugeschwollen.

»Is was?«

Er macht ein komisches Geräusch.

»Heulst du?«

Er schnorchelt noch mal so komisch, verliert das Gleichgewicht, setzt sich auf die Straße und presst die Hände an die Augen.

»Hast du Wasser? Ich muss meine Augen kühlen!«

Ich parke Black Beauty an der Hauswand und klicke meine Wasserflasche von der Stange. Hoffentlich ist das jetzt kein Trick.

»Wenn das ein Trick ist, gibts eins in die Eier«, sage ich sicherheitshalber.

»Wasser!« Er zieht sich das T-Shirt über den Kopf und greift mit zugekniffenen Augen nach der Flasche, gießt Wasser auf den Stoff und presst ihn ans Gesicht.

Ich gehe neben ihm in die Hocke.

»Was hast du denn, was ist denn los?«

»Geht schon, wird schon besser.«

Die Schiene kenne ich, geht schon, wird schon besser, kann ich bitte mal mitkommen zu dir und deine Vorderfelge und dein Leben versauen.

»Jetzt sag schon.«

»Geht gleich wieder.«

»Du sagst jetzt, was ist, oder ich hau wieder ab. Mit dem Wasser.«

»Ich hab Probleme mit den Augen.«

Ich klicke die Flasche zu und stehe auf.

»Ein bisschen mehr Details, bitte.«

»Die automatische Regulierung von meiner Tränenflüssigkeit spinnt. Und wenn ich die Schwellung nicht runterkriege, geht der Druck nicht runter und mir kann was im Auge platzen.«

»Hä? Wieso hast du automatisch regulierte Tränen?«

»Wegen der Visioneyes.«

»Was für Visioneyes?«

Er schiebt das nasse T-Shirt nach oben und sieht mich aus geröteten, geschwollenen Sehschlitzen an. Durch die geröteten Augäpfel wirkt das Türkis umso greller.

»Das sind nicht deine echten Augen, stimmts?«, frage ich aus ner plötzlichen Eingebung heraus. Er sagt nichts, sondern presst sich wieder das nasse T-Shirt aufs Auge. Ich sehe uns im

Park rummachen, er mit weit aufgerissenen Leuchteaugen, ich sehe den Hasen vor mir, wie er in die Kamera brüllt, sich umdreht und zur Kante des Twintowers rast.

»Das sind keine Augen, das sind beschissene Kameras, oder?«, frage ich.

»Bildaufzeichnungen sind nur eine von vielen Visioneye-Funktionen«, murmelt er hinter seinem nassen T-Shirt.

»Du arbeitest für net.tv, stimmts?« Er antwortet nicht. Die anderen hatten also Recht. Der folgt uns seit Tagen, der arbeitet für net.tv und ich bin drauf reingefallen.

»Wenn du mich noch mal mit deiner Fleischkamera anschaust, hau ich dir aufs Auge, dann kannst du sehen, wie dir die Synapsen vom Chip platzen!«, brülle ich, schwinge mich auf Black Beauty und trete in die Pedale.

Frau Schmidt-Schöffenbachers Smart Phone schrillte los. Das war das Notfallsignal.

»Schmidt-Schöffenbacher?«

»Chefin, die Bilddaten kommen verzerrt rein.« Jürgen Peters klang besorgt.

»Dann entzerren Sie sie.«

»Das habe ich schon versucht, es scheint ein Hardwareproblem zu sein, mit den Visioneyes ist was nicht in Ordnung.«

»Dann machen Sie neue Bilddaten.«

»Wie bitte?«

»Irgendwas, Mann. Machen sie neue Bilder, Straßenbilder, Ihnen fällt schon was ein.«

»Das wird irgendwann auffallen.«

»Ich werde mich drum kümmern.«

Sie legte auf und drückte eine Taste.

»Ja, Ray hier.«

»Wo sind Sie, Ray?«

»In der Klosterstraße. Die Zielobjekte befinden sich in der öffentlichen Kanalisation.«

Frau Schmidt-Schöffenbacher verzog den Mund. Zielobjekte. Der Junge hatte zu viele Agentenfilme gesehen. »Was ist mit den Bilddaten?«

»Ich habe ein Problem mit den Visioneyes.«

»Kommen Sie sofort in die Zentrale.«

»Das geht nicht.«

»Bitte?«

»Ich kann nichts sehen.«

»Bleiben Sie, wo Sie sind, und erregen Sie keine Aufmerksamkeit. Wir holen Sie ab.«

»Zu Befehl.«

Frau Schmidt-Schöffenbacher legte auf. Das war knapp. Das Spiel durfte noch nicht aufhören, noch nicht.

h.b. stützte sich an der feuchten Wand ab. Warum war sie hier nur reingestiegen, in dieses Loch, nichts konnte schlimmer sein als diese Enge und Dunkelheit, keinen Schritt weiter machen würde sie mehr, alles war besser als hier zu sein, sogar bei »RunRabbitRun« auf der Bühne zu sitzen war besser, sogar im Knast zu landen wegen Datenmanipulation.

»Gehts wieder?«, fragte Yves. h.b. schüttelte den Kopf. Sie konnte nicht atmen hier drin, der Gestank nach Fäkalien und Moder machte den Tunnel noch enger. Yves umarmte sie und fragte wieder: »Gehts?« h.b. schüttelte sich aus der Umklammerung, hier in der Enge auch noch festgehalten zu werden, verschlimmerte ihre Panik. Das spärliche Licht kam von dem Display des Smart Phones. Jo nahm h.b. das Smart Phone aus der Hand und rief den Stadtplan des unterirdischen Berlins auf. »Noch hundert Meter«, sagte Jo. »Dann können wir in der Littenstraße raus.« – »Hundert Meter noch, h.b.«, echote der Hase. h.b. rührte sich nicht. Es war egal, es machte keinen Unterschied, ob es zehn Meter, hundert Meter oder hundert Kilometer waren. Sie konnte sich nicht bewegen. Yves zog an ihrer Hand. h.b. riss sich los und schrie: »Lasst mich in Ruhe!«

»h.b. …«

»Lasst mich in Ruhe!«, schrie sie wieder und hörte, wie ihre Stimme ins Hysterische kippte. Sie schwiegen. Das Abwasser gluckerte und tropfte, Rattenpfoten scharrten in der Dunkelheit. Der Hase räusperte sich. »Was machen wir denn jetzt?«

»Im Mittelpunkt wo
Fischlein tanzen in der Höh
Rund über der Stadt«, rezitierte Jo. »Ich bitte um Assoziationen, meine Damen und Herren.«

»Mittelpunkt, Kreis, Radius, Geometrie, Schule, Bleistift …«, fing der Hase an.

»Tanzen, Musik, Fest …«, fiel Yves ein.

Der Hase fuhr fort: »Stadt, Menschen, Häuser, noch mehr Menschen.«

»Höhe, hoch, Berg, Alpen, Höhensonne, Sehen, Licht, Sonne«, kam es zaghaft von h.b. Während sie sprach, zog Yves sie an der Hand einen Schritt weiter.

»Lasst uns mal Zusammenhänge assoziieren«, schlug Jo vor. »Zum Beispiel: Berge tanzen gerne im Mittelpunkt.«

Langsam bewegten sie sich vorwärts.

»Der Kreis sieht Musik.«

»Nee, so bringt das nichts. Wir müssen wieder einen Ort finden.«

»Vielleicht einen Ort, wo man tanzen kann?«

»Oder fliegende Fische sehen kann?«

»Im Aquarium!«

»Das kam schon mal vor in nem Rätsel, das kommt bestimmt nicht noch mal.«

»Was ist denn zum Beispiel der Mittelpunkt von Berlin?«

»Der Zoo«

»Nee, das Kottbusser Tor!«

»Der Alexanderplatz!«

»Genau, der Fernsehturm!«

»Der ist auch in der Höh!«

»Fischauge, im Fernsehturm ist der Club Fischauge!«

Jo guckte auf das Smart Phone. »Wir sind da.«

Yves und der Hase kletterten hoch und stemmten den Kanaldeckel beiseite. Einer nach dem anderen blinzelten sie ins Licht. h.b. kniff geblendet die Augen zusammen. Geschafft. Hinter den Häusern ragte der Fernsehturm auf, h.b. war noch nie so froh, ihn zu sehen. Der Anblick wirkte auf sie wie ein Anker nach der Endlosigkeit des Tunnels. Links von ihnen stand die Rückseite der Klosterruine.

Sie waren alle verschmiert und stanken nach Kanalisation.

Der Hase fragte: »Und was jetzt?«

»Jetzt suchen wir uns erst mal eine Wasserpumpe und waschen uns«, sagte Yves vergnügt. »Du gehst zum Schlupfloch, das ist nicht weit von hier. Und wir machen eine kleine Sightseeing-Tour.«

Veloexpress, Transfahr, Busy Bike, Känguruh, die Eilt AG, fast'n furious – die großen Messengerfirmen hab ich jetzt alle angerufen. Kein Bedarf, kein Bedarf, kein Bedarf. Es ist Sommer und die Scheißstudis machen in den Semesterferien einen auf Fahrradhelden. Das sind die, die immer plattgefahren werden, das sind die mit dem falschen Rhythmus im Verkehr und den schlechten Lieferquoten. Das sind die GPS-Deppen, die den Stadtplan nicht im Hirn haben, sondern nur auf Smartie. Wolln wir doch mal sehn. Jetzt regele ich das persönlich, jetzt fahre ich nach Hause und hole mir meine Hightech-Bikeklamotten und dann fahre ich bei allen Firmen einzeln vorbei. Schmeiß ich mich extra in Schale für den neuen Job, will gleich mal klar stellen, dass wir hier nicht über Professionalität diskutieren, wenn wir über meine Tätigkeit als Messenger sprechen. Mein Smartie miept, das Familienwarnmiepen. Ich lasse es zu Ende miepen und höre die Nachricht ab. »Hallo, hier ist Mutter. Du denkst daran, dass morgen der fünfundfünfzigste Geburtstag deines Vaters ist? Wir erwarten dich um Sieben.« Hab ich ganz vergessen, den Geburtstag. Ich geh da nicht hin, auf keinen Fall geh ich da hin. Ich hab keinen Bock auf Gönnertum, Kopfgeschüttel und Herablassung. Wann kriegst du endlich dein Leben in den Griff, Mädchen, wann hörst du endlich mit dem Fahrradfahren auf, Mädchen, das führt doch zu nichts, das bringt dich doch nicht weiter. Und wie mich das weiterbringt, täglich ein paar Dutzend Kilometer bringt mich das weiter. Fahrradfahren ist ein schönes Hobby, Kind, aber doch kein Beruf. Ich wette, wenn ich mit nem fetten Firmennamen protzen könnte, dann würden die ihr Maul halten. Dann könnten sie ihren Freunden sagen: »Meine Tochter arbeitet bei Debis-Ford.« Oder bei Nestlé-Unilever. Oder bei net.tv. Dann könnten sie sagen: »Meine Tochter arbeitet bei net.tv als Transferspezialistin.« Oder als Information Deliverer. Das könnten sie sagen. Große Firmen haben oft ein paar eigene Messenger. Große Firmen könnte ich noch fragen. net.tv könnte ich fragen. Ich biege von der Danziger in die Bötzow ein, sperre Black Beauty an den Pfosten und trabe die Treppe zwei Stufen auf einmal rauf. Unsere Tür ist angelehnt. »h.b.?« Keine Antwort. Das Holz ist gesplittert, die Tür ist aufgebrochen. Ich stupse die Tür leicht an, sodass sie aufschwingt, und lausche. Drinnen regt sich nichts. Vorsichtig schleiche ich rein, bleibe immer wieder stehen und lausche. Die Küche ist ein Trümmerhaufen. Das Geschirr ist zerbrochen, die Töpfe und Pfannen liegen am Boden durcheinander, das Breitcordsofa ist aufgeschlitzt, der gelbe Schaumstoff quillt raus wie Gedärm. Es stinkt bestialisch. Der Kühlschrank steht offen, davor liegt in ner Pfütze gammelndes Gemüse und ne zertretene Zehnerpackung Eier. Wann waren wir zuletzt hier? Bevor h.b. von Thomas und Arif erwischt wurde, vier Tage ist das her. Langsam gehe ich in mein Zimmer. Meine Klamotten sind aus dem Regal gezogen, aber sonst ist alles O.K. Ist ja auch nicht viel drin in meinem Zimmer. Eine Matratze, das Regal, der Werkzeugkasten und der Repair-Stand zum Bike-Schrauben. Ich ziehe die Bikeklamotten aus dem Haufen und stopfe sie in meinen Rucksack. Dann sehe ich in h.b.s Zimmer nach dem Rechten. Da sieht es noch schlimmer aus als in der Küche. Die Monitore sind zerschlagen, Pandora liegt umgekippt auf dem Boden. Die Seitenwand ist abgeschraubt, die Eingeweide des Computers rausgerissen. Die Drähte stehen nach allen Seiten weg. Übers Touchpad hat jemand eine Flasche Ketchup gegossen. Der ganze Computerbastelkram liegt zwischen Scherben, Ketchup, Senf und Majonäse zertreten auf dem Boden. Zerbrochene Platinen, abgerissene Kabel, ausgekippte Schrauben. Die Wut würgt mir im Hals. Wenn ich das Arschloch erwische, wenn ich den erwische, der das getan hat, den richte ich so zu, dass er nicht mehr froh wird in diesem Leben. Die Wut würgt so stark, dass ich nicht mehr schlucken kann und mir die Tränen in die Augen schießen. Die Jobsuche ist mir für heute vergangen.

In den Stunden nach ihrem Ausflug in das Abwassersystem hatten sie sich unter die touristischen Massen in der historischen Mitte gemischt. Die preußische Prunkstraße »Unter den Linden« war mit ihren klassizistischen Gebäuden und unzähligen Museen, Theatern und Opernhäusern immer noch ein beliebtes Touristenziel. Die Sanierungen waren den klotzigen Säulenbauten fast nicht mehr anzusehen, die Fassaden waren durch den Dreck der Stadt in wenigen Jahren wieder angeschmuddelt, an einigen Gebäuden blätterte die Farbe bereits. Mit von der Luftverschmutzung angefressenen Gesichtern starrten die steinernen Engel, Musen, Götter und Heiligen von den Portalen, Fassaden und Dächern. Vorhin hatten sie sich in eine Führung der Nationalgalerie geschmuggelt. Langsam hatten sie sich mit der Touristengruppe durch die Räume geschoben, darauf hoffend, dass die Berlinbesucher viel zu erschöpft und zu gestresst waren, um auf Gesichter zu achten. Ergeben hatten sie den kunsthistorischen Ausführungen des Museumsguides gelauscht. Yves war die Einzige, die wirklich zuzuhören schien. Nach ihrer zweiten klugen Zwischenfrage hatte h.b. ihr den Ellenbogen in die Seite gerammt und gezischt: »Nicht auffallen!« Nachdem sich der Hase in Richtung Schlupfloch aufgemacht hatte, schlenderten sie weiter »Unter den Linden« entlang in Richtung Brandenburger Tor. Es war wichtig, in Bewegung zu bleiben und nicht als Gruppe aufzufallen. Yves hatte sich ein Tuch um ihre grünen Haare gebunden, Jo trug ein Baseballcap. Die breiten Gehwege waren von Ständen gesäumt, an denen es alles, wirklich alles zu kaufen gab. Von der russischen Offiziersmütze bis zur Currywurst, von kopierter Markenkleidung bis zur Klobürste. Kinder mit Bauchläden verkauften Zigaretten, Eis, Süßigkeiten und Getränke an die Touristen. An einer öffentlichen Surfsäule vor der Humboldt-Universität machte das Grüppchen Halt. h.b. zog ihre Creditcard durch den Schlitz und gab die Adresse von »RunRabbitRun« ein.

»Meine Damen und Herren, Boys und Girls, User und Userinnen, heute hat ein tragisches Ereignis stattgefunden, ein Ereignis, das noch Folgen haben wird. Thomas S., ein Ihnen bereits bekannter Hobbyjäger, wurde heute im Abwassersystem der Klosterstraße in Berlin tot aufgefunden. Er war das tragische Opfer von skrupellosen Terroristen. Terroristen, denen jedes Mittel recht ist, um Angst und Schrecken in der friedlichen Bevölkerung zu verbreiten, um ihre fanatischen Ziele zu erzwingen.«
Eine Aufnahme wurde eingeblendet. Thomas, der in einen offenen Gully stieg, dann erstaunt in die Kamera blickte und etwas sagte. Eine Hand war zu sehen, die sich nach ihm ausstreckte, und Thomas, der plötzlich im Gully verschwand. Die Kamera kam näher an die Öffnung und blickte nach unten, aber es war zu dunkel, um etwas zu erkennen. Dann ein Schnitt und eine Infrarotaufnahme, die Thomas zeigte, der verrenkt im Kanal lag.
»Sie sehen selbst meine Damen und Herren, Thomas S. wurde unvermittelt in den Tod gestoßen, die Aufnahmen sowie ein Bekennerschreiben wurden dem Sender zugespielt.« Tobby Reissen tupfte sich die

Stirn mit einem Taschentuch ab, holte dann einen Zettel aus seiner Brusttasche und las: »Der Hase ist tot, es lebe die Datenfreiheit!« Er sah ernst in die Kamera, faltete den Zettel, steckte ihn wieder weg und fuhr fort. »Wie Sie hören, meine Damen und Herren, sollte der Hase dem Mordanschlag zum Opfer fallen. Herr Thomas S. ist also das tragische Opfer einer Verwechslung.« Das Bild wurde ins Schlupfloch geschaltet. Der Hase saß, sichtlich geschockt, auf der Liege. »Nun«, fragte ihn Tobby Reissen. »Wie fühlt man sich, wenn jemand anders für einen gestorben ist?« – »Nicht gut«, sagte der Hase blass. »Thomas S. war dir mehrmals dicht auf den Fersen«, sagte Tobby, »vielleicht bist du sogar ein wenig – erleichtert?« Der Hase stand auf und ging auf die Kamera zu, sodass sein Gesicht das Bild voll ausfüllte. »Das ist eine Lüge, das stimmt alles nicht, ihr werdet alle verarscht!«, schrie er in die Kamera. Das Schlupfloch wurde ausgeblendet. »Ein Schock natürlich«, fuhr Tobby Reissen im Studio fort, »da kann es zu heftigen emotionalen Reaktionen kommen.« Dann schritt er über die Bühne zu den türkisen Talksesseln. »Wie es so weit kommen konnte und was die Greeks bezwecken, darüber wollen wir heute diskutieren. Ich habe außerplanmäßig, aber dem ernsten Thema angemessen, einige Spezialisten zu uns ins Studio geladen. Herzlich willkommen, Herr Markus Franzen von der Europäischen Kommission für Cybercrime, Frau Verena Kauffinger vom Ministerium für Innere Sicherheit und Terrorismusabwehr und Herr Professor Alwin Kopacek vom Institut für Krisenforschung.«

h.b., Yves und Jo starrten auf den Monitor der Surfsäule.

»Glaubt ihr, das stimmt?«, fragte Jo.

»Da war dieses Geräusch hinter uns«, meinte h.b. »Da könnte jemand runtergefallen sein.«

»Ich habe nichts gehört.«

»Du warst schon zu weit vorne.«

»Es kann also sein, dass es stimmt.«

»Du meinst, der ist echt tot?«

»Ausschließen können wir das nicht.«

»Selbst wenn die Bilder ein Fake sind: den Greeks wird ein Mord angehängt.«

»Und jetzt?«

Die drei standen betreten um die Surfsäule. Der Monitor meldete: »Der abgebuchte Betrag ist abgelaufen. Bitte erhöhen Sie den Betrag. The credits are spent. Please raise the amount of credits.« Der Bildschirm blinkte ein paar Mal und wurde dann dunkel.

h.b. tippte mit ihrer Creditcard auf den Monitor.

»Ich muss noch mal rein, ich muss den Greeks Bescheid sagen.«

Yves meinte: »Ist es sicher, von so ner Surfsäule aus ins Trojanische Netz zu gehen?«

»Ist es nicht. Um die Surfsäulen zu überwachen, werden alle paar Sekunden Screenshots an den zuständigen Securitydienst geschickt. Am besten, ihr geht schon mal vor und wir treffen uns irgendwo.«

»Wo bleiben wir überhaupt heute Nacht?«

Sie sahen sich ratlos an. Die Bötzowstraße kam nicht in Frage, die Behmstraße, Panama und Eds Boot auch nicht.

»Wir könnten uns im Club Fischauge treffen«, sagte Jo. »Am Ort der Lösung des Tagesrätsels vermutet uns bestimmt niemand.«

»Gute Idee. Da können auch Kookie und der Hase hinkommen. Aber wo schlafen wir?«

»Wir schlafen gar nicht. Wir machen die Nacht durch.«

Arif hörte, wie er atmete. Er atmete nicht, er verschluckte die Luft in kleinen Portionen. Er hatte keine Ahnung, wie lange er schon so da saß und hyperventilierte. Das konnte nicht sein, das durfte nicht sein, da musste eine Verwechslung vorliegen oder ein schlechter Scherz. Es konnte nicht Thomas sein, der verrenkt in der Kanalisation lag, es durfte nicht Thomas sein. Arif krallte sich mit beiden Händen an der Schreibtischkante fest und starrte auf den Monitor. Er konnte nicht aufhören, so schnell zu atmen, ihm war schon schwindelig, schwarze Flecken tanzten vor seinen Augen. Er ließ sich vom Stuhl gleiten und legte sich auf den Boden. »Tot, tot, tot, Thomas ist tot«, dachte er, während sein Atem völlig außer Kontrolle geriet, mit jedem Schluck Sauerstoff dachte er: »Tot.« Sein Kopf wurde ganz leicht, ihm wurde schwarz vor Augen.

»Entschuldigen Sie bitte, die Surfsäule kann meine Creditcard nicht lesen, könnte ich es kurz mit Ihrer versuchen? Ich gebe Ihnen die fünf Euro dann in Cash.«
h.b. lächelte ihr unschuldigstes Lächeln. Der alte Herr konnte nicht widerstehen und lächelte zurück. »Na gut, wertes Fräulein, wenn Sie mir dann verraten, wo ich das Stadtschloss finde?« h.b. zeigte in die Richtung, aus der sie gekommen waren. »Wo denn genau?« – »Sie gucken direkt drauf. Das Gebäude mit dem Baugerüst.« – »Och, da sieht man ja gar nichts.« Der alte Herr war enttäuscht. Über die Fassade waren die Schlossbauer nie hinausgekommen, selbst die war nicht fertig. Die seit Jahren eingerüstete Bauruine prangte inmitten der berühmten Sichtachse, das neopreußische Projekt war wie die meisten ehrgeizigen Vorhaben der Berliner Republik gescheitert. h.b. gab dem alten Mann einen Fünf-Euro-Schein und zog seine Creditcard durch den Schlitz der Surfsäule. Sie musste vor allem schnell sein. Wenn sie sich von einer Surfsäule ins Trojanische Netz einloggte, wurde bei den Überwachungsbehörden sofort Alarm ausgelöst, innerhalb von ein paar Minuten würde es hier vor Securitydiensten wimmeln. Vor allem jetzt, nach dem angeblichen Mord, den die Greeks begangen hatten. Der alte Mann würde bestimmt glaubwürdig beweisen können, dass er nichts mit dem Trojanischen Netz zu tun hatte. h.b. gab die Karte zurück, wünschte dem Alten einen schönen Aufenthalt in Berlin und loggte sich ein.

***Johanna von O:** Emergency! Stop all activities now. Delete everything.*

h.b. sah kurz hoch. Der alte Mann war bei zwei Securitybeamten stehen geblieben und sprach mit ihnen.

***Memnon:** What's up? Where are you?!*
***Johanna von O:** I'm…*

Die Securitybeamten steuerten auf h.b. zu. Sie drückte ihren Zeigefinger auf »Logoff« und schlängelte sich in eine Gruppe von Touristen, die hinter einer Frau mit schriller Stimme und Regenschirm herliefen.

Ed, der politisch unliebsame Doktor der Chemie aus Ghana, Ed, der in England zu einer Gefängnisstrafe von acht Jahren verurteilte Hacker Phorger, Ed, der Koch der Bootssiedlung Panama, saß im Schneidersitz auf seiner Koje und hatte einen Laptop auf dem Schoß. Er war ins Trojanische Netz eingeloggt und verfolgte die Diskussion zwischen Ulysses und Klyt, diesmal, ohne selbst einen Kommentar abzugeben. Die GameshowNo-Gruppe der Greeks debattierte, ob Johanna von O's Notruf ernst zu nehmen sei. Er hatte damit nichts zu tun haben wollen, hatte sich raushalten, seine Identität als Ed, der Koch, nicht gefährden wollen. Aber seitdem er Johanna von O nicht nur in der Virtualität des Netzes, sondern auch im Real Live, im wirklichen Leben, getroffen hatte, fiel ihm die Zurückhaltung nicht mehr so leicht. Er fühlte sich verantwortlich. Der Identitätsanschlag auf Tobby Reissen hatte alles viel schlimmer gemacht. Diese dummen Kinder waren so begeistert von ihren Fähigkeiten, dass sie das Ziel aus den Augen verloren, alle Vorsicht fahren ließen und gefährliche Nebenschauplätze eröffneten. Er sollte sich da raushalten, er hätte sich von Anfang an da raushalten sollen.

Das Dach der Eingangshalle faltete sich futuristisch um den Sockel des Fernsehturms. Arif legte den Kopf in den Nacken und sah nach oben. Es wurde dunkel, rosa Schleierwolken rissen an der Nadel der Turmspitze. Der Turm schien zu schwanken, sich zu neigen und langsam auf ihn zuzustürzen. Arif fühlte sich immer noch wackelig. Nachdem er vorhin wieder zu sich gekommen war, hatte er nachgedacht. Er war ruhig und rational geblieben und hatte eine Situationsanalyse vorgenommen, so wie er es im zweiten Semester WiKo gelernt hatte. Falls Thomas tot war – und alles deutete darauf hin, dass es stimmte –, war er allein. Das war schlecht. Einzelkämpfer hatten schlechtere Chancen als Teams. »Zwei Hirne denken schneller als eins«, das war einer von Thomas Lieblingssätzen gewesen. Er musste sich orientieren, er musste seine Strategie wechseln, er musste auf der Gewinnerseite bleiben. Die Gewinnerseite, das waren momentan Kookie und ihre Freunde, denn der Hase sollte mit ihrer Hilfe das Spiel gewinnen. Das hatte ihm Thomas beim letzten Gespräch noch einmal bestätigt. Wahrscheinlich sollte der Hase gewinnen, damit »RunRabbitRun« für das Publikum attraktiv blieb. Das war bestimmt eine geschickte Marketingstrategie von net.tv. Arif löste seinen Blick von der Turmspitze, schüttelte sich, um das Schwindelgefühl loszuwerden und trat ein. Er war zu früh, der Club öffnete erst in zehn Minuten. Der Geruch von Schule, gebrannten Mandeln und Popcorn schlug ihm entgegen. Die wenigen Buden wirkten verloren in der Halle. Arif war zuletzt als Kind bei einem Schulausflug im Fernsehturm gewesen, früher gab es hier lange Schlangen. Nach den Anschlägen auf die Tokyo Towers und den Ostakino Tower in Moskau war der Fernsehturm kein besonders beliebtes Touristenziel mehr. Ein Wunder, dass er überhaupt noch offen hatte. Neben den Fahrstühlen saß hinter einer Theke der Türsteher. Er hatte die typische bullige Türsteherfigur, in der Mitte gescheitelte und an den Kopf gegelte Haare und einen modischen

Bleistiftschnurrbart. Er kaute auf einem Zahnstocher. In den Stoff seines vanillefarbenen Anzugs waren zartblaue holografische Muster eingearbeitet. Der Türsteher beachtete ihn nicht. Um das Schweigen zu brechen, fragte Arif: »Ist hier immer so wenig los?« Der Türsteher blickte ihn erstaunt an, so, als würde er seine Gegenwart erst jetzt bemerken. »Tagsüber ist nichts los, die Touristen trauen sich nicht mehr rein. Aber nachts läuft der Laden.«

»Ich war zuletzt bei einem Schulausflug hier.« Der Türsteher blickte durch ihn hindurch und drehte am Zahnstocher.

»Das war damals das Ereignis der Gesamtschule Neubrandenburg, der Ausflug nach Berlin.« Arif hätte sich am liebsten auf die Zunge gebissen. Schwäche zu zeigen, zuzugeben, dass man aus der Provinz kam, das war keine gute Gewinnerstrategie.

»Mensch!« Der Türsteher riss sich den Zahnstocher aus dem Mund und grinste ihn an. »Gesamtschule Neubrandenburg! Da war ich auch! Ich bin Raik!«

»Mensch Raik!« Arif hatte keine Ahnung, wer Raik war. Er griff über die Theke und schüttelte Raiks Hand. Der klopfte ihm mit seiner Türsteherpranke auf die Schulter.

»Mensch, wie gehts denn so!«

»Gut, und selbst?«

»Kann nicht klagen. Was machste denn hier?«

»Ich bin verabredet.«

»Mit ner Lady?«

Arif nickte. »Ja, das ist alles etwas heikel.«

Raik nickte wissend. »Ja, so ist das mit den Ladys.«

Eine heftig diskutierende Gruppe betrat die Vorhalle. Arif drehte sich um und versteckte sich gerade noch hinter einer Säule. Jo, Yves, h.b. und der Hase näherten sich der Kasse, zahlten und verschwanden im Fahrstuhl.

Arif kehrte zu Raik zurück. Der hob fragend die Augenbrauen. »Tja, die Ladys...«, meinte Arif viel sagend.

»Deine Ex eben?«, fragte Raik.

Arif nickte.

Vierzig Euro Eintritt, die haben voll einen an der Waffel. Toller Treffpunkt. Ich bin aus meinem Job geflogen, es gibt keinen neuen, und die Damen und Herren wollen sich in nem Edelclub treffen, wo der Eintritt vierzig Tacken kostet.

»Ej nee, Schatzi«, sage ich zu dem Türsteher. »So viel hab ich jetzt echt nicht einstecken. Kannste mir nicht ein bisschen Ermäßigung geben?«

»Und weswegen sollte ich das tun?«, fragt der Türaffe betont gelangweilt und popelt mit nem Zahnstocher in seinen Zähnen.

»Na, wegen verstärkter Sympathie natürlich!«, sage ich und strahle los. Er springt nicht drauf an. Wirkt wahrscheinlich etwas dicke, mein Strahlen. Arschloch. Jetzt guckt der mich von oben bis unten an, son richtiger Kleiderschälblick ist das und meint: »Es stellt sich mir die Frage, ob du zu unseren Stammgästen gehörst.«

Aha, daher weht der Wind. Ihm passt meine Fresse nicht, meine Bikeklamotten wahrscheinlich sowieso nicht, jetzt macht der einen auf Stammgäste, damit ich winseln und speichellecken muss, um dann dankbar meine vierzig Euro zu latzen. So hat der sich das gedacht. Ich hole Luft, um ne saftige Schmährede loszulassen, da tippt mir von hinten jemand auf die Schulter. Ich wirbele herum. Arif. Der hat mir gerade noch gefehlt.

»Kannst du mal aufhören, mir hinterherzudackeln!«, schnauze ich.

Arif lächelt dem Türaffen zu. »Tja, die Ladys…« – Der pult sich mit dem Zahnstocher im Mund rum und sagt zu Arif: »Die Kleine hat Biss!« – »Zweimal Eintritt«, sagt Arif, bevor ich mich von der Türaffenunverschämtheit erholt habe, und schiebt mich in den Fahrstuhl. Die Tür schließt sich. Ich sage jetzt nichts.

Ich bin so wütend, dass ich den Dackel am liebsten schlagen würde. Im Fahrstuhl hängt ne Securitycam. Wenn ich den jetzt schlage, dann habe ich ne Anzeige wegen tätlichen Angriffs am Hals und kann nie wieder als Messenger arbeiten.

»Wir müssen uns dringend unterhalten«, sagt Arif.

Ignorieren, einfach ignorieren. Der existiert gar nicht.

»Es ist wirklich wichtig.«

Wer nicht existiert, kann nicht von mir geschlagen werden, so einfach ist das.

»Ich bin so froh, dass ich dich gefunden habe, ich glaube, dass du wirklich in Gefahr bist, solange du dich in der Nähe des Hasen aufhältst, und davor wollte ich dich warnen.«

Schwafel, schwafel, was ist das denn für ne neue Jägermasche. Ist das der Ich-tu-so-als-ob-ich-die-Seiten-wechsel-Trick? Der Ich-habe-erkannt-dass-ihr-die-Guten-seid-Trick? Rhabarber, Rhabarber, ich hör nicht hin, der spricht nicht, ich hör nichts. Pling, der Fahrstuhl ist oben. Ich stampfe in den Scheiß-Schicki-Club. Ne beschissene Faschingsveranstaltung ist das, kein Club. Im Schwarzlicht leuchten überall Neonmuster, die haben alle ihre Gesichter angemalt, die Schickis. »He Kookie, warte doch mal!« Der Dackel geht immer noch bei Fuß. Ein großer Mensch dreht sich zu uns um, sein Kopf ellipsenförmig umschwirrt von Planeten. »He Kookie!« Jo hat ein neues Tattoo auf dem Schädel, im Schwarzlicht glühen die Planeten unseres Sonnensystems auf seiner Haut. Rotorange der Mars, blaugrün die Erde, pinkviolett die Venus. Und plötzlich ist mir alles klar: Jo hat mein Fahrradgeld in ein UV-Tattoo umgesetzt. Jo lacht mich an und will mich umarmen. »Fass mich nicht an, du Verräter!«, raunze ich und schubse ihn weg.

Jo drehte sich um und ging. Er stieg die Treppe zur Aussichtsplattform hoch. Die Musik war hier noch lauter als unten, die Tanzfläche bereits gedrängt voll, über den tanzenden Leibern flirrten unzählige kleine Fischmobiles. Jo quetschte sich durch und lehnte sich mit der Stirn ans Fenster. Die Scheibe war kühl und beruhigend. Er hatte Kookie seinen Anteil an der »RunRabbitRun«-Prämie anbieten wollen. Was sollte er tun, wenn sie noch nicht mal mit ihm sprechen wollte? Warum war sie nur so stur? Was sollte er denn noch tun? Jo starrte nach unten. Im Dunkeln glühten die breiten Straßenbänder orange, die Scheinwerfer und Rücklichter der Autos reihten sich zu rotweißen Glitzerketten. Kleine blaue Lichter waren über die Stadt getupft, manchmal ein grünes, manchmal ein rotes dazwischen. An den Fassaden der höchsten Gebäude waren Holotafeln angebracht, riesige Logos drehten sich im Himmel über der Stadt. Coca Cola, Sony, net.tv. Jo stellte sich vor, wie es wäre, durch die schräge Scheibe zu schmelzen, wie es wäre, wenn die Scheibe langsam nachgeben und ihn in den freien Fall entlassen würde. Er breitete die Arme aus, sodass auch seine Handflächen auf dem kühlen Glas lagen und stellte sich vor, in die Nacht zu schweben, zwischen den bunten Lichtern, einen Salto durch den Coca-Cola-Schnörkel zu machen und in den Himmel zu tauchen. Das Debis-Ford-Gebäude am Potsdamer Platz sah aus wie eine gigantische, leuchtende Cremeschnitte. Weiter östlich türmten sich Lichtquadrate aufeinander, die erleuchteten Treppenhäuser der alten Plattenbauten an der Otto-Braun-Straße sahen aus wie Wirbel, sie bildeten Wirbelsäulen, Lichtsäulen. Die Stadt war ein Organismus, dem die Lebensenergie hell strahlend durch die Adern floss, überall flossen Millionen winziger Lichter, Millionen Bewegungen, die alle ineinander griffen, pulsierende Ströme der Information. Das war sie, die Stadt, die Summe aller Informationsströme, das war sie gewesen, seit die erste Hütte auf dem märkischen Sand gebaut worden war, und das würde sie sein, solange noch eine Kakerlake durch den Schutt huschte.

9

Arif springt rum wie ein Welpe und versucht sich Liebhund bei allen zu machen, will gemocht und getätschelt werden, hat fett Frühstück gemacht, Schrippen geholt und Kaffee gekocht und winselt nach nem netten Wort, vor allem von mir. Ich wollte nicht bei Arif pennen, das eine Mal hat mir echt gelangt, aber die anderen wollten verschnaufen und ausschlafen und haben beschlossen, dass Arif jetzt einer von den Guten ist. Mir ist nichts Besseres eingefallen, als mitzukommen. Das mit Thomas ist wirklich unheimlich, falls der tatsächlich plattgemacht wurde von net.tv.

»Kookie, darf ich dir noch ein Brötchen reichen?«

Je mehr der dackelt, desto mehr hasse ich ihn.

Der Hase ist vor ner Viertelstunde mit ner Zeitung auf dem Klo verschwunden.

h.b. und Yves wollen schon wieder planen, was wir heute machen. Kopf einziehen und unauffällig verhalten, würde ich mal sagen. Mit nem Mord ist nicht zu spaßen.

»Viele sind nun eins
Geist Körper und Maschine
Schwimmen zusammen?«

Jo rezitiert das Tagesrätsel.

»Ich hab da was!«, strahlt Arif. Kruscht in seiner Schreibtischablage und wedelt mit Papier. »Hier ist das Rätsel abgedruckt, auf den Karten für die Betriebsfeier von net.tv. Die Feier findet heute statt!«

»Ich würde sagen, da gehen wir hin, oder?«, ruft h.b.

»Ich würde sagen, da gehen wir auf keinen Fall hin!« Da kriegt mich niemand hin, echt nicht.

Arif wedelt immer noch mit dem Papier. »Das sind Eintrittskarten, zu viert kommen wir da völlig legal rein, direkt durch den Eingang.«

»Ihr habt sie doch nicht alle, ihr könnt doch nicht einfach weiterspielen«, protestiere ich.

»Wir können aber auch nicht so tun, als hätten wir nie gespielt.«

»Und solange wir nicht wissen, was los ist, sollten wir nicht zu lange an einem Ort bleiben.«

»In der Höhle des Löwen sind wir am sichersten, denn da erwartet uns der Löwe am wenigsten.« Wieder son Scheißspruch von Jo. Nee, echt. Ich muss hier raus. Ich reiße die Badezimmertür auf, der Hase steht vorm Spiegel.

»Na, schön genug?« Ich schnappe mir die Zahnbürste von Arif und drücke fett Zahnpasta drauf.

»He, du kannst doch nicht einfach eine fremde Zahnbürste ...«

»Glaubst du ich hab ne ansteckende Krankheit oder was?«, blubbere ich mit Schaum im Maul. »Mach mal das Fenster auf, das stinkt hier.«

Der Hase wechselt das Thema.

»Gibts schon einen Plan für heute?«

»Die anderen wollen zur net.tv-Feier, weiter Rätsel lösen.«

»Zu net.tv gehe ich wohl besser nicht«, sagt der Hase.

»Ich geh da auch nicht hin.«

»Echt?«

»Ich geh zum Geburtstagsgrillen von meinem Vater. Willst du mit?« Ich bin selbst etwas überrascht von meinem Vorschlag.

»Ist das nicht irgendwie komisch, wenn ich zu eurer Familienfeier mitkommen? Die kennen mich doch gar nicht.«

»Ich sage einfach, du bist mein neuer Freund.« Der Hase guckt erfreut.

»Bild dir nichts drauf ein«, schiebe ich hinterher.

»Und wenn die mein Gesicht erkennen? Die Sonnenbrille kann ich ja schlecht auflassen die ganze Zeit.«

»Keine Angst, meine Familie sieht grundsätzlich nur das, was sie sehen will. Das ist ne Spezialität von denen.«

»Aber mein Gesicht war komplett zu erkennen in ›RunRabbitRun‹.«

»Um sicherzugehen, könnten wir deine Optik etwas verfremden«

»Wie, verfremden?«

»In das, was sie erwarten, zu sehen.«

Ich grinse sadistisch und krame in Arifs Badezimmerschränkchen. Und natürlich hat Arif nen Langhaarrasierer.

»Wir schneiden dir nen süßen, kleinen Iro.« Der Hase protestiert.

»Hör mal, entweder Pelzrasur oder hier bleiben. Und ob das schlau ist, so lange an einem Ort zu bleiben?«

Das Häschen setzt sich auf den Klodeckel und ich fange an, zu scheren. Wie ne Hornisse fährt ihm der Apparat über den Kopf, ich mache dem Hasen nen Dreikamm-Iro, kann nur besser werden als vorher. In das Summen hinein fragt der Hase: »Wie ist denn deine Familie so?«

»Gesetzt«, sage ich und fahre ihm nen Zacken in den Pelz.

Mit kurzen Haaren sieht der Hase echt besser aus, hat nen schönen Hinterkopf, der Knabe. Ich streiche ihm die Haarfusseln vom Nacken, der Hase zuckt zusammen. Ich begutachte mein Kunstwerk. Der Hase ist auf alle Fälle weniger Sonnyboy als vorher. Ich stelle den Rasierer noch mal an und fahre dem Hasen ratzfatz über die linke Augenbraue. Der fasst sich ins Gesicht und schreit: »Spinnst du!«

Ich halte ihm den Rasierer vor die Augen. Summ, summ, summ.

»Lass mich mal an die rechte dran.«

»Nein, lass das!«

»Ohne Augenbrauen siehst du superfremd aus. Guck mal in den Spiegel, das bringts voll.«

Der Hase nimmt die Hand weg und betrachtet sich im Spiegel.

»Na gut.« Er muss grinsen über sein Clownsgesicht.

»Hasi, das musst du auch lassen, wenn du nicht erkannt werden willst.«

»Was denn?«

»Dein Sonnyboygegrinse.«

Yves schüttete ihre Ausbeute aus einem blauen Müllsack auf Arifs Bett. Nachdem Kookie und der Hase zum Grillen aufgebrochen waren, waren die Übrigen übereingekommen, dass sie in angemessener Abendgarderobe am wenigsten auffallen würden. Also hatte sich Jo aufgemacht, um in Drogerien Schminkzeug zu klauen, und Yves hatte eine kleine Tour durch die Kleiderkammern der Stadt gemacht. h.b. wühlte in dem Kleiderhaufen.

»Woher hast du das Zeug?«

»Das meiste von der Heilsarmee. Hab ich alles umsonst gekriegt.«

»Umsonst?«

»Klar!« Yves riss ihre Augen auf und plinkerte. »Ich bin ein armes kleines Negerkind, da muss man doch Mitleid haben!«

h.b. zog ein rotes Paillettenkleid mit Spaghettiträgern aus dem Haufen.

»Auf der Höhe der Zeit ist das nicht gerade.«

»Ach was, Retro ist immer hip.«

»Genau. Es kommt nicht drauf an, was du trägst, sondern wie du es trägst.« Jo stieg in einen dunkelblauen Nadelstreifenanzug und knöpfte die Weste zu.

»Bäh, voll Neo-Dandy.«

»Was riecht denn hier so?«

»Mottenkugeln.«

Arif holte ein Deospray aus dem Bad und stäubte es großzügig zwischen die Kleidung. Jo wedelte mit einem Hemd gegen den Geruch an. »Arif, lass das. Dein Deo ist schlimmer als die Mottenkugeln.«

Yves streifte sich ein Minikleid mit riesigen orangefarbenen

Schmetterlingen über. Der Rock ging ihr knapp bis zum Hintern.

h.b. zupfte ihr den Saum nach unten, umarmte sie von hinten und gab ihr einen Kuss in den Nacken.

Yves lachte. »Bisschen nackt, was.«

»Dann zieh ne Hose drunter.«

Yves zog die abgeschnittene Jeans, die sie schon die ganze Woche trug, unter den Rock.

»So?«

»Hm. Könnte als Neopunk durchgehen. Wenn du dich punkig schminkst, dann passt das schon.«

»Wir sollten uns sowieso das ganze Gesicht schminken, so wie im Fischauge. Dann sind wir besser getarnt.« h.b. angelte nach einem orangen Kajalstift und begann, Schmetterlingsmuster auf Yves' Backe zu malen.

Anneliese mit ihrer honigsüßen Hausfrauenherzlichkeit, ihren appetitlich rosa lackierten Zehen in den Designersandalen, in den Händen ein Geschirrtuch, an dem sie sich die Finger abtrocknet.

»Wie schön, da seid ihr ja! Wir haben mit dem Essen auf euch gewartet!«

Sie streckt dem Hasen ein palmolivezartes Pfötchen entgegen und zwitschert: »Und Sie müssen der Freund von Karola sein, herzlich willkommen...« Sie sieht mich fragend an, den Namen will sie jetzt wissen.

»Ich bin der Hase«, sagt der Hase.

»Hasi?«, fragt Anneliese verdutzt.

»Harry«, sage ich schnell.

»Na, dann kommt mal rein!«

Sie schiebt uns durch den Flur, der Geruch sticht mir in die Nase, der schwere, süße Geruch, den nur das Haus meiner Eltern hat. Im Flur hängt auf Bauchnabelhöhe immer noch meine Kindergarderobe, das ist mir noch nie aufgefallen. Jetzt baumeln dort neben der Hundeleine die Jacken von der Brut meiner Geschwister. Mutter führt uns durchs Wohnzimmer, an der Sitzecke und dem Fernseher vorbei durch die Terrassentür nach draußen und trompetet: »Karola und Harry sind soeben eingetroffen, wir können jetzt essen!«

Im Garten stehen meine Anverwandten und einige Freunde meiner Eltern mit Sektgläsern in der Hand und smalltalken gesittet. Vorstadtgrillparty am Nachmittag. Diese arrangierten Grüppchen mit Sektgläsern sehen aus wie im Horrorfilm, in dem alles harmlos und perfekt beginnt, aber die Vorstadtidylle nur ne hauchzarte Oberfläche ist, durch die das Grauen jede Sekunde losbrechen kann. Stiefschwesterchen und Stiefbrüderchen mit Gatte und Gattin, dazwischen wuselt die Brut. Mein Vater werkelt mit ner Grillzange an den Würsten und Koteletts rum, ne Kochmütze mit der Aufschrift »Chefkoch« auf der Glatze. Ich gehe hin, der Grill steht zwischen uns, so muss ich ihn nicht umarmen, irgendwas muss ich aber tun, denn er hat Geburtstag und schließlich sind wir jetzt hier. Ich strecke meine Hand aus, er schüttelt sie mit dem Topflappenhandschuh, den er trägt, und ich sage:

»Na, denn alles Gute zum Geburtstag.«

»Du hast es ja mal wieder spannend gemacht.«

»Was?«

»Ob du uns mit deiner Anwesenheit beehrst.«

Ich zucke mit den Schultern.

Er nickt in Richtung Hase.

»Ist das dein Freund?«

Ich nicke.

»Ich hoffe, der hat mehr im Kopf als auf dem Kopf.«

Sagt mein Vater und dreht die Würstchen um. Ich zucke mit den Schultern und gehe weg. Soll er den Hasen nach Herzenslust beleidigen, ist mir egal, der Hase ist mir angenehm egal und mein Vater auch.

Arif hielt seine Einladungskarte an das Magnetfeld, die elektronische Schranke fuhr zurück und eine warme Computerstimme sagte: »Willkommen auf persönliche Einladung von Tobby Reissen! Ein Gast und eine Begleitperson. Bitte treten Sie ein.« Arif ging durch die Schranke, aber h.b. war bei der Erwähnung des Showmasters stehen geblieben. »Bitte treten Sie ein«, wiederholte die Computerstimme. »Jetzt geh schon!« Yves schob h.b. von hinten und hielt die zweite Karte an das Feld. Der Computer wiederholte den Willkommensspruch, die Schranke öffnete sich, Yves und Jo traten hinter den beiden anderen in den Festsaal. Der riesige, ovale Raum strahlte und glitzerte in türkis, eisblau und silber. »Das ist ja wie in nem Eispalast!« Die Gäste strömten durch vier verschiedene Eingänge. Das Gesumme der Menschen wurde ab und zu durch entzückte »Ahs!« und »Ohs!« unterbrochen. Dunkel wie angelaufenes Silber schimmerte in der Mitte die noch leere Bühne. Auf silbernen Sockeln, die an den Wänden entlang aufgereiht waren, tanzten die Holographien türkisfarbener Bären. Sie schaukelten behäbig auf den Hinterpfoten zu elektroklassischer Musik, verbeugten sich ab und zu und brummten: »Net.tv heißt Sie herzlich willkommen.«

»Das ist ja mal ne Betriebsfeier!«, meinte Yves.

Die Menschen hatten sich herausgeputzt für den großen Ball. Smokings, Fräcke, Anzüge, elegante Abendkleider und lange Herrenröcke dominierten das Bild. Überall blitzte es türkis auf: Krawatten, Fliegen, Handtaschen, Schmuck und Gesichtsbemalungen waren in der Farbe von net.tv gehalten. Die Lichter wurden gedimmt, die Holo-Bären setzten sich auf ihre Hintern und hörten auf zu brummen, Tausende Blicke wandten sich zur Mitte des Saals. Eine Lichtsäule fiel senkrecht auf die Bühne, aus der Säule trat ein Mann in einem hellen Anzug. Der Mann wurde von hinten so angestrahlt, dass sein blondes Haar wie eine Korona um seinen Kopf flirrte. Sein Gesicht lag im Dunkeln. Der Mann verbeugte sich.

»Meine Damen und Herren, ich freue mich ganz besonders, mit Ihnen heute Abend unser zehnjähriges Firmenjubiläum zu feiern. Das Engagement, die Ausdauer und die Hingabe jeder und jedes Einzelnen von Ihnen an die Firma hat zu unseren großen Erfolgen in den letzten Jahren, zu Firmenwachstum und Wohlstand beigetragen. Net.tv kreiert heute nicht nur die beliebtesten europäischen Gameshow-Formate wie ›Beauty Farm‹, ›Autobahn Race‹, ›Lonely Island‹ und ›RunRabbitRun‹, um nur einige zu nennen, net.tv ist nicht nur einer der Marktführer im Bereich der Unterhaltungselektronik, im Bereich der Sicherheitshard- und Software, im Bereich der Lernprogramme für Kinder und Jugendliche und der Smart Wear.« Während der Mann die Geschäftsbereiche von net.tv aufzählte, wies er auf die Präsentationssäulen an den Wänden, über denen die Logos der jeweiligen Produkte schwebten.

»Mit der Übernahme von Visioneye incorporated im vorigen Jahr haben wir unserer Produkt- und Dienstleistungspalette eine neue Facette hinzugefügt. Eine Facette, die mehr ist als eine Facette, und sich als erster Schritt für einen Evolutionssprung in der Geschichte der Menschheit erweisen könnte. Was ist neu, werden Sie sich fragen? Was ist alt, diese Frage werde ich Ihnen zuerst beantworten. Jahrzehntelang haben sich Forscher bemüht, die menschlichen Gehirnfunktionen zu analysieren, um die neuronalen Informationsprozesse mathematisch darzustellen und die Software für einen intelligenten Computer schreiben zu können. Im Nachhinein erscheinen diese Jahrzehnte des sinnlosen Forschens absurd. Die intelligente Software lag die ganze Zeit vor: die Wetware, das Gehirn. Das Wetwaresystem, unser Gehirn, muss gar nicht mathematisch dargestellt, muss gar nicht in Software übertragen werden. Die Lösung ist simpel: Wir lassen die Wetware, unser Gehirn, direkt mit der Hardware, dem Computer, zusammenarbeiten. Von der Wetware, unserem Gehirn, auszugehen und nicht von der Maschine, das ist der Trick. Computer, wie wir sie kennen, werden in wenigen Jahren überholt sein. Computer, wie wir sie kannten, waren nur Modelle. Von nun an werden wir unsere biologischen Körper als das begreifen, was sie sind: das Rohmaterial für Entwicklungen, die wir uns bisher in unseren kühnsten Träumen nicht ausmalen konnten. Das Zeitalter der Einheit von Körper, Geist und Maschine ist angebrochen.«

Der Mann breitete seine Arme aus, in seiner Umarmung jubelte das Publikum, applaudierte und tobte. Er verneigte sich ein paar Mal langsam. Nun wurde sein Gesicht von vorne angestrahlt, seine hellen, türkisfarbenen Augen leuchteten wie Scheinwerfer in die Menge. Die Lichtsäule erschien wieder, er trat in sie hinein. Mit ausgebreiteten Armen wurde er nach oben gefahren.

»Das ist ja mal eine Betriebsfeier«, wiederholte Arif.

»Fehlen nur noch die Flügel.« Yves schüttelte sich. »So Guru-Typen hasse ich echt.«

»Das mit dem Beamen klappt jedenfalls noch nicht. So ne schnöde Hebebühne war nach der visionären Rede echt ein Flop.«

»Was meinte der überhaupt mit seinem Körper-Geist-Maschine-Gefasel?«

»Keine Ahnung, wahrscheinlich irgend so ein neues Produkt.«

»Ich habe Durst. Gebt mir mal die Karten, da sind Getränkebons drauf.«

»h.b., wir haben doch beschlossen, zusammenzubleiben.«

»Macht euch keine Sorgen, wenn beim Eingang nichts passiert ist, passiert hier bestimmt nichts. Hier sind über tausend Leute und wir sind gut getarnt.« h.b. gab Yves einen Kuss auf die Backe, ein grüner Abdruck blieb zurück.

Der Hase rührte mit seinem Würstchen im Ketchup. Er saß zwischen Kookies Geschwistern, die sich über Kindergärten austauschten. Es war doch keine so gute Idee gewesen, mitzukommen. Er fühlte sich fehl am Platze. Vor ihm auf dem Rasen saß Frieder, der Familienhund, und klopfte mit dem Schwanz auf den Boden. Mit erwartungsvollen braunen Augen schielte Frieder abwechselnd auf den abgenagten Kotelettknochen am Tellerrand, auf das Würstchen und auf den Hasen. Der Hase hob den Knochen vom Teller. Der Hund verlagerte aufgeregt sein Gewicht und jaulte auffordernd. »Du kannst ihm ruhig was geben, dann liebt er dich bis an sein Lebensende«, sagte der Bruder von Kookie.

»Ja? Na, dann wollen wir doch mal sehen, was du kannst, Frieder. Pfote!«

Der Hund schluckte und hielt dem Hasen seine Pfote hin.

Der Bruder lachte. »Frieder kann noch mehr. Wollen wir ihn mal so richtig leiden lassen?« Der Bruder kniete sich neben den Hund, zeichnete mit der Hand einen Kreis in die Luft und sagte »Rolle, Frieder, Rolle.«

Frieder seufzte, legte sich ab und machte eine Rolle. Der Hase lachte. »Das konnte unser Hund auch. Bei uns hieß das Purzelbaum.«

»Und jetzt!«, der Bruder grinste. »Der absolute Hundeblödheitstest.«

Der Hase nickte bedächtig. »Du meinst den Kotelettknochentest?«

Der Bruder bestätigte: »Der absolut gemeine, sadistische Hundeblödheitskotelettknochentest.«

Der Hase überreichte ihm den Knochen mit zeremonieller Förmlichkeit. Der Bruder hielt den Knochen hoch in die Luft und befahl Frieder: »Tot Frieder, mach toter Hund.« Frieder legte sich auf die Seite und schielte nach dem Knochen. Langsam legte der Bruder den Knochen quer auf die Hundeschnauze. Frieder hielt still, schielte nach dem Knochen auf seiner Schnauze und zitterte. Die Situation erinnerte den Hasen plötzlich unerträglich an seine eigene Familie, Kookies Bruder hätte Mark sein können, Frieder hätte sein Hund sein können. Der Hase stand auf, Frieder fuhr zusammen und schnappte nach dem Knochen. Der Hase sah sich nach Kookie um, die auf der anderen Gartenseite am Büfet stand und eine Portion Kartoffelsalat in sich hineinschaufelte.

h.b. balancierte vier Gläser in zwei Händen und blickte sich um. Das rote Kleid zwickte unter ihren Achseln. Sie hatte sich die ungefähre Richtung gemerkt, in der die anderen standen. Sie hob die Gläser in die Höhe und schob sich durch die Menge. Die Musik wurde lauter und das Licht schwächer, sodass sie nur noch die Umrisse der unmittelbar um sie stehenden Personen erkennen konnte. Das Programm ging weiter. h.b. fluchte und blieb stehen. Sie würde die anderen jetzt nicht finden. Sie beugte sich nach unten, um die Gläser zwischen ihren Füße abzustellen und spürte eine Naht an ihrem Rücken krachen. Im Saal ertönte eine Ansage: »...und nun viel Vergnügen mit der Jugendartistikgruppe von net.tv. Die Mitglieder der Gruppe sind Kriegswaisen, die von net.tv aus Krisengebieten gerettet wurden. Net.tv für die bessere Zukunft, Manege frei für Automania!« h.b. fühlte nach der geplatzten Naht, konnte die Stelle an ihrem Rücken aber nicht erreichen. Trommeln setzten ein, am Rand der Bühne tauchten winzige orange Punkte auf. Flackernd bewegten sie sich zur Mitte hin und wuchsen zu Fackeln. Schattenhaft zeichneten sich auf der Bühne kleine Gestalten ab. Die Körper schienen mit Fell bewachsen zu sein. Die Gestalten hüpften gebeugt, aber rhythmisch und vollkommen synchron um das Lagerfeuer, das sie aus ihren Fackeln errichtet hatten. Die Fackeln erloschen, die Trommeln wurden langsam überlagert von Flöten und Saiteninstrumenten, das Fell wurde heller und verwandelte sich in enge weiße Tuniken. »Das sind die Optic Smart Suits!«, flüsterte die Frau vor h.b. ihrer Freundin zu. Jetzt waren auch die Gesichter beleuchtet, es war eine internationale Kindergruppe, die dort auf der Bühne stand. Mit einem starrem Grinsen blickten sie über die Menge, die Augen so türkis wie die des ersten Redners. Zur Musik begannen sie, akrobatische Kunststücke zu machen, Pyramiden und andere Figuren zu bauen. Sie führten alle Bewegungen mit einer unheimlichen Gleichzeitigkeit aus, das Grinsen wie aufgemalt auf den Gesichtern. h.b. starrte angestrengt nach vorne und dachte nach. »Sind die nicht entzückend!«, rief die Frau vor ihr. »Auf mich wirken die eher wie Lobotomieopfer«, murmelte h.b. halblaut. »Na, na, na, das sind ja hässliche Unterstellungen«, sagte jemand neben ihr. h.b. blickte in ein grelltürkises Augenpaar. Der Mann aus der U-Bahn, der Mann, der beinahe den Hasen umgebracht hätte. h.b. stolperte über die Gläser zwischen ihren Füßen, er packte sie am Arm. »Komm mit!« h.b. wehrte sich heftig, blieb irgendwo hängen, sodass eine weitere Naht riss, rote Pailletten sprangen vom Kleid. »Komm mit, dir passiert nichts. Dafür bist du viel zu wertvoll.«

Auf den Smart Suits der Kinder war jetzt Kleidung des späten 20. Jahrhunderts abgebildet, sie bewegten sich stakkatohaft zu elektronischer Musik. Yves war unruhig. h.b. war immer noch nicht mit den Getränken zurück.

»Lass uns h.b. suchen, wenn die fertig sind«, flüsterte sie Jo zu. Doch die Show ging weiter. Das Muster auf den Smart Suits änderte sich wieder, Fischschuppen bildeten sich in hellblau, silber und türkis. Geschmeidig tanzten die Kinder umeinander wie ein Fischschwarm, sie bewegten sich nicht wie verschiedene Körper, sondern wie ein einziger Organismus.

Yves rüttelte Jo an der Schulter.

»Los, komm. Lass uns h.b. suchen.«

»Das waren Fische.«

»Ja und?«

»Wieso sind die zukünftigen Menschen Fische? Und wieso grinsen die Kinder so debil?«

»Ihre Neugier kann ich gerne befriedigen.« Hinter ihnen stand Frau Schmidt-Schöffenbacher mit vier net-tv-Officers.

»Sie haben doch nicht im Ernst erwartet, dass Sie mit dem bisschen Schminke unsere Gesichtserkennungssoftware austricksen können?«

Arif, Jo und Yves wurden unsanft in einen Raum gestoßen, die Tür wurde hinter ihnen verriegelt. Auf der türkisfarbenen Sofagarnitur saß bereits h.b.
»Da seid ihr ja.«
An der Wand hing ein Luxus-Wallscreen, bestimmt zwei mal zwei Meter groß. Darauf wurde das weitere Showprogramm der Betriebsfeier übertragen. Die Gäste klatschten, Frau Schmidt-Schöffenbacher trat auf die Bühne. Sie verbeugte sich und stellte sich als Senderchefin von net.tv vor. Neben ihr erschien die Holoprojektion eines Augapfels.
»Meine Damen und Herren, ich freue mich sehr, Ihnen heute Abend die Weiterentwicklung eines unserer wichtigsten Produkte, die Visioneyes Version 3.3 SDX vorstellen zu dürfen.«

Fressen, das ist die einzige Lösung bei Familienfeiern, langsam und stetig fressen, Nudelsalat, Kartoffelsalat, gemischten Salat, fressen, sodass ich immer den Mund voll habe und nicht antworten muss, denn mit vollem Mund spricht man nicht. Ich schaufle mir am Büfett noch nen Teller voll, da kommt mein Bruder und fragt: »Wie gehts?« Er legt sich ne gefüllte Paprika auf den durchgeweichten Pappteller. »Gut«, sage ich und vermeide seinen Blick. Eine Diskussion über meinen Job kann ich heute echt nicht ertragen, heute nicht. Ich dreh mich schon weg, da sagt er: »Das ist ja mal ein Netter.« – »Wer?«, frage ich verblüfft. Er zeigt mit seiner Plastikgabel auf den Hasen, der mit dem Hund spielt, und sagt: »Dein neuer Freund. Komische Frisur, aber wirklich nett.«

Die Präsentation endete, der Wallscreen wurde dunkel. Yves, h.b., Jo und Arif sahen sich betreten an.

»Schöne Scheiße!«

»Deswegen haben die so seltsame Augen.«

»Von den Visioneyes habe ich schon mal gehört, die können sich nur die Super-Superreichen leisten.« h.b. wischte sich übers Gesicht. Der grüne Lidschatten zog sich quer über das Muster auf ihrer Backe.

Die Tür summte, Frau Schmidt-Schöffenbacher trat ein. »Guten Abend, meine Damen und Herren, ich hoffe, Sie haben Gefallen an unserer Präsentation gefunden.« Hinter ihr kam eine junge Frau mit Tablett in den Raum. Sie stellte auf dem niedrigen Tischchen eine Karaffe Orangensaft, Gläser und eine Schale Kekse ab.

Yves stand auf. »Was soll das, wieso halten Sie uns hier fest?«

»Ich halte Sie nicht fest. Die Tür ist offen, es steht Ihnen frei, zu gehen.«

Niemand bewegte sich. Nach einer kleinen Pause sagte Frau Schmidt-Schöffenbacher: »Nun, wie ich hoffe, haben Sie Interesse an dem Angebot, das ich Ihnen machen möchte.«

Yves ging zur Tür, öffnete sie und guckte auf den Gang. »Niemand draußen«, meldete sie.

»Wie ich sagte.« Frau Schmidt-Schöffenbacher lächelte.

»Was wollen Sie von uns?«, fragte Arif.

Frau Schmidt-Schöffenbacher wandte sich ihm zu. »Sie hier zu sehen, freut mich ganz besonders.« Sie setzte sich und schlug ihre Beine übereinander. »Ich möchte Ihnen vorschlagen, weiterhin als Team zusammenzuarbeiten. Natürlich zusammen mit Ihren hier jetzt nicht anwesenden Kollegen Frau Kokowski und Herrn Schröter.«

Yves lehnte sich an den Türrahmen.

»Wer ist das denn?«

h.b. sagte: »Kookie heißt Kokowski, Herr Schröter ist vermutlich der Hase.«

Jo fragte: »Aber was wollen Sie von uns?«

»Sie haben die Ehre und die Möglichkeit ein neuartiges Produkt unserer Firma zu testen – gegen großzügige Entlohnung natürlich.«

»Sie meinen doch nicht Ihre komischen Visioneyes, oder?«

Frau Schmidt-Schöffenbacher strahlte: »Genauer gesagt: die Visioneyes Version 3.3 SDX.«

h.b. lachte los. »Ich lass mich doch nicht für Geld zum Cyborg umschrauben, das ist ja wie bei Frankenstein!«

»Das sind Vorurteile, die sich aus Horrormärchen speisen. Ich hätte Sie für aufgeschlossener gegenüber neuen Technologien gehalten. Mit den Visioneyes Version 3.3 SDX werden Sie nicht unmenschlicher, Sie werden menschlicher. Sie optimieren lediglich Ihr Potenzial. Ob es nun ein Sehnerv aus organischer Masse ist, der unserem Gehirn Bilder übermittelt, oder ein Sehchip, es sind immer noch wir, die damit sehen. Glauben Sie mir, die Visioneyes werden Ihnen neue Welten eröffnen.«

»Welche Welten?«

»Neben den Standards, die auch die früheren Visioneyes schon hatten, also der Schärfe, dem Zoomen, der Bildausschnittbewertung und dem Infrarot-Nachtsehen, können die Bilder von unserer neuen Version 3.3 SDX direkt ins Netz gespeist werden. So können die Bilder gespeichert und viel besser ausgewertet werden.«

»Und warum sollte jemand als mobile Securitycam durchs Leben laufen wollen?«

»Sie verkennen die Lage. Wir befinden uns mitten in einem Evolutionssprung. Ich biete Ihnen die einmalige Chance, schon mal voranzuspringen. Sie wären die Pioniere der Wetware.«

h.b. sprang auf: »Ich habe kein Interesse daran, meine Augen und meine Bilder an net.tv zu verkaufen. Und an Ihrer Evolutions- und Übermenschtheorie habe ich auch kein Interesse.«

»Sie glauben doch nicht im Ernst, dass es mir um den Übermenschen geht. Was zählt, ist der Profit. In den Visioneyes stecken völlig neue Marktpotenziale.«

h.b. drehte sich zu Jo und Arif: »Kommt, lasst uns gehen.«

Frau Schmidt-Schöffenbachers Lächeln wurde eisig. »Das würde ich mir an Ihrer Stelle noch einmal gut überlegen.«

»Wusst ichs doch«, sagte Yves von der Tür. »Von wegen, wir können hier raus, wenn wir wollen!«

Frau Schmidt-Schöffenbacher wiederholte: »Es steht Ihnen jederzeit frei, zu gehen – Ihnen sollte nur bewusst sein, dass net.tv dann gegen Sie Anzeige erstatten wird wegen Datenmanipulation, Beihilfe zur Datenmanipulation, eines Anschlags auf die Identität von Herrn Reissen und des Mordes an Herrn Thomas S.«

»Thomas? Den haben Sie doch umgebracht!«, rief Arif.

Frau Schmidt-Schöffenbacher schüttelte den Kopf. »Sie irren sich. Das war ein Unfall. Bedauerlich, aber nützlich.«

h.b. drehte sich zu Arif. »Du hattest Recht. Es gibt eine Verschwörung.«

Frau Schmidt-Schöffenbacher schüttelte wieder den Kopf und lächelte milde. »Keine Verschwörung. Wir haben lediglich bestimmte Interessen, die wir mit den Mitteln, die uns zu Verfügung stehen, verfolgen.«

Yves verlagerte ihr Gewicht. »Wir brauchen Bedenkzeit.«

»Nehmen Sie sich so viel Zeit, wie Sie wollen. Sagen Sie Bescheid, wenn Sie etwas brauchen, net.tv wird Ihnen die Bedenkzeit so angenehm wie möglich gestalten.«

»If the key don't work, you can knock at the door...« Endlich! Die Rätsellösung von h.b., das wurde höchste Zeit. Der Hase und ich zuckeln mit der S-Bahn vom Zehlendorfer Gartengrillen in Richtung Schlupfloch, wir sind schon am Anhalter Bahnhof. Ich jage die Message durch die Dekodierung. »Die haben uns. Hase NICHT ins Schlupfloch!« Der Hase sitzt mir gegenüber und reckt seinen Kopf, um zu erkennen, was auf dem Display steht. Ich drücke ihm das Smartie in die Hand. »Das wars.« Der Hase starrt auf die Nachricht. Seine Nase zuckt, er knabbert an seiner Unterlippe. Ich starre auf die S-Bahn-

Verkleidung hinter ihm, starre auf das graurosa Muster, das unter der dicken Graffiti-Schicht hervorlugt. Grau auf Rosa fügen sich Berliner Bauten zu dem S-Bahn-Muster, der Reichstag, das Brandenburger Tor, der Fernsehturm, das Rote Rathaus, der Dom. Wenn der Hase jetzt anfängt zu heulen, schreie ich.

Wieder summte die Tür, Frau Schmidt-Schöffenbacher kehrte zurück.
»Nun, wie weit sind Ihre Entscheidungsprozesse gediehen, meine Damen und Herren?«
»Wir möchten Ihnen ein Angebot machen.«
»Gerne.«
»In Ihrem Interesse liegt es, dass wir die Visioneyes testen. Sie haben aber noch ein anderes, sehr viel dringenderes Interesse, bei dem wir Ihnen behilflich sein könnten.«
»Und das wäre?«
»Dass ›RunRabbitRun‹ weiterläuft.«
»Und wieso sollte es nicht weiterlaufen?«
»Weil der Hase nicht ins Schlupfloch kommt, wenn Sie uns nicht sofort hier rauslassen«, sagte h.b. bestimmt.
Frau Schmidt-Schöffenbacher schwieg ein paar Sekunden und schüttelte dann lächelnd den Kopf. »Ihnen scheint nicht bewusst zu sein, dass Sie ohne unsere Unterstützung niemals so erfolgreich im Spiel gewesen wären.«
»Wie meinen Sie das?«
»Einer meiner Mitarbeiter, Ray 5, hat für den Hasen die undankbare Aufgabe übernommen, stündlich visuelle Impressionen unserer wunderschönen Stadt an die Technik zu übermitteln. Ihre eigenen Einspielungen waren ja etwas plump. Die Audios haben wir auch verfeinert.«
»Der Mann mit der Spiegelbrille!«, rief h.b.
»Und warum manipulieren Sie Ihr eigenes Spiel?«, fragte Arif erstaunt.

»Das hatten wir doch schon geklärt. An Ihrer Gruppe liegt uns mehr als an dem Durchlauf einer mittelmäßigen Unterhaltungsshow.«

Yves wiederholte: »Entweder Sie lassen uns jetzt raus ohne Drohungen, Anzeigen und sonstiges oder der Hase kommt nicht ins Schlupfloch.«

Frau Schmidt-Schöffenbacher lachte amüsiert auf. »Meine Liebe, Sie vergessen, dass ich hier im Heimvorteil bin. Möchten Sie noch Orangensaft? Andere Getränke? Nein? Dann herzlichen Dank für die kleine Unterredung.«

Sie stand auf, strich den Rock ihres Kostüms glatt und ging.

In der S-Bahn sitzen ist gar nicht so schlecht, in der S-Bahn sitzen und abwarten, was passiert. Nächste Station ist Gesundbrunnen. Ringbahn, wir steigen um in die Ringbahn! Ich springe auf und ziehe den Hasen mit nach draußen. Auf dem Bahnsteig wimmelt es vor »Weddinger Wachdienstleuten«. Gegenüber fährt die Ringbahn ein, wir drängeln uns durch und steigen zu. Der Hase lässt sich neben mich auf den Sitz fallen, lässt alles mit sich geschehen, der kämpft immer noch mit der großen Heulerei. Düüüüdiiiiiidüüüü, das Türensignal miept, die rote Lampe blinkt, die S-Bahn fährt an. Wir unterqueren die Fußgängerbrücke Schwedter Straße, der Hase starrt nach draußen in den Regen. Prenzlauer Allee, ne alte Frau steigt ein und setzt sich uns gegenüber. Wischt vorher mit nem Taschentuch den Sitz ab. Gründlich geschlitzt ist der Sitz, nacktes Plastik mit ein paar Schaumstoffresten dran. Die Alte wischt und setzt sich mit hängenden Mundwinkeln und nervösem Vogelblick. Drapiert ihre beige Handtasche auf ihren Trenchcoatknien und hüstelt. Hinter den beschlagenen Fenstern zieht die Stadt vorbei, Gründerzeitbauten, Plattenbauten, Industrieanlagen. Der Regen prasselt ans Fenster und zeichnet schräge Tropfenschnüre. Die Fenster sind zerkratzt und mit Edding beschrieben. Neben mir steht »Realität abschaffen«. Der Hase

starrt durch die Kratzer nach draußen und fährt die Regenspuren mit dem Finger nach, zeichnet dann ein paar Linien in die beschlagene Scheibe, nen Fisch zeichnet der Hase und sagt: »Alles umsonst.«
»Nee, so darfst du das nicht sehen …«, fange ich an und bremse dann ab. War alles umsonst, er hat Recht, und ich bin nicht seine Tröste-Tante. Draußen wird es dunkel, flackernd springt die S-Bahn-Beleuchtung an. Auf den Info-Screens kommen die Nachrichten. Es ist jetzt acht, jetzt müsste der Hase im Schlupfloch sein. Heute ist der vorletzte Tag, das ist bitter. Ich ziehe das Smartie raus und gehe auf www.runrabbitrun.tv. Das Bild ist winzig, ich kann kaum was erkennen und drehe den Ton lauter.

»Nanu, nanu, etwas knapp in der Zeit das Häschen, etwas knapp! Nun, meine Damen und Herren, wir befinden uns im Endspurt, wer weiß, wer dem Hasen heute auf den Fersen ist, noch haben wir keine Meldung erfolgreicher Jäger, ich bin mir sicher, bald klärt sich, wo der Hase steckt.« Vom leeren Schlupfloch wurde zurück ins Studio geblendet. Tobby lief über die Bühne zu den Zeugensesseln, auf denen der Türsteher vom Club Fischauge saß und der alte Herr, dessen Creditcard sich h.b. geliehen hatte. »Nun, begrüßen wir hier erst mal die Zeugen des Abends, Herrn Raik Jänschke und Herrn Lothar Pletz, dem die Greeks gestern einen üblen Streich gespielt haben. Einen Streich, der für Herrn Pletz beinahe ein fatales Ende gehabt hätte.« Eine Assistentin trat an Tobby heran und flüsterte ihm etwas ins Ohr. »Meine Damen und Herren, die Lage ist ernster als erwartet. Wir haben soeben die Nachricht erhalten, dass die Greeks unseren Kandidaten entführt und in ihrer Gewalt haben. Ihre Forderungen sind uns noch nicht bekannt.«

»Was wird hier eigentlich gespielt?«, ruft der Hase und springt auf.
»›RunRabbitRun‹«, sage ich und bleibe sitzen. »Große Scheiße.«

Die alte Frau starrt uns mit Eulenaugen an und umklammert ihre Handtasche.

»Wie es der Zufall will, sind heute die Eltern des Kandidaten im Publikum, um sich den spannenden vorletzten Spieltag nicht entgehen zu lassen. Herr und Frau Schröter, ich möchte Sie auf die Bühne bitten!«
Die Hasenmutter saß schreckensbleich und starr auf ihrem Stuhl. Der Hasenvater stand auf und zog seine Frau mit sich. Er führte sie am Ellenbogen auf die Bühne. Tobby Reissen legte ihm vertraulich die Hand auf die Schulter. »Herr Schröter, das war eine unerwartete Nachricht, eine schlechte Nachricht. Ihr Sohn ist in der Gewalt von gefährlichen Terroristen. Wie geht es Ihnen?«
»Ich weiß nicht, was ich…« Der Vater hatte einen Frosch im Hals und räusperte sich. »…also, was ich sagen soll.« Er wischte sich über die Augen und sah dann direkt in die Kamera. Sein besorgtes Gesicht wurde in Großaufnahme gezeigt. »Ich appelliere an die Terroristen, meinen Sohn freizulassen. Er ist das einzige Kind, das wir noch haben. Wir sind bereit, alles dafür zu tun, dass er heil wiederkommt.«
Die Mutter schluchzte. Tobby Reissen fragte den Vater: »Sie sagten gerade, er ist das einzige Kind, das Sie noch haben. Heißt das…« – »Unser Ältester ist vor ein paar Jahren gestorben«, sagte der Vater mit gebrochener Stimme.

»Das ist echt mies!«, rief Yves.
Wie aufs Stichwort kam Frau Schmidt-Schöffenbacher wieder herein.
»Nun, haben Sie bereits zu einer Entscheidung gefunden?«
»Warum wollen Sie ausgerechnet uns für Ihren Test?«, fragte h.b. »Warum wir?«
»Sie sind eine außerordentlich gut aufeinander eingespielte Gruppe«, antwortete Frau Schmidt-Schöffenbacher. »Das erleichtert vieles. Und es spart Zeit.«
»Die Kinder!«, rief Jo plötzlich. »Die Akrobatikkinder«, wiederholte h.b. »Haben Sie den Kindern Ihre Visioneyes eingebaut?«

Frau Schmidt-Schöffenbacher schien ihre Worte sorgfältig gegeneinander abzuwägen. Sie entschied sich für ein einfaches Ja.

»Da stimmt doch was nicht mit den Kindern. Was ist los mit denen?«

»Sagen wir – die Testgruppe war noch nicht reif genug. Für die Visioneyes ist es nicht nur wichtig, sich an synchronisiertes Handeln adaptieren zu können, sondern auch, individuelles Entscheidungsvermögen beizubehalten. Genau das ist ja die Stärke Ihrer Gruppe, meine Damen und Herren, Ihr äußerst erfolgreicher Gruppen-Bonding-Prozess.«

»Sie haben uns immer noch nicht beantwortet, was mit den Kindern los ist.«

»Nun, die Visioneyes 3.3 SDX haben bei den Testpersonen einen gewissen Gruppenautismus gefördert.«

»Und was heißt das konkret?«

»Sie können wunderbar miteinander, aber nicht mehr mit der Außenwelt kommunizieren. Der interne Informationsaustausch überlagert sozusagen den externen.«

»Sie geben zu, dass Sie Kinder zu Zombies gemacht haben, und erwarten von uns, dass wir uns diese Dinger einpflanzen lassen?«

»Sie haben echt den Arsch offen«, bemerkte Yves.

»Lassen Sie uns raus. Und was Ihre Drohungen wegen der Datenmanipulation betrifft: Ich glaube nicht, dass Sie uns irgendwas beweisen können.«

»Glauben Sie.« Frau Schmidt-Schöffenbacher zog aus ihrer Tasche eine CD und wedelte damit. »Ich werde ja ungern drastisch – aber kommt Ihnen das bekannt vor?« Auf der CD stand »Fiese Viren«.

»Noch nie gesehen«, sagte h.b. etwas lahm.

»Ich denke, das ist Beweis genug für ... sagen wir mal zehn Jahre Gefängnis. Aber ich möchte Ihre Entscheidungsprozesse nicht weiter stören. Bis demnächst, meine Damen und Herren.«

Sie verschwand. h.b. ließ sich auf das Sofa fallen und schlug mit der Faust auf das Kissen ein. »Scheiße, Scheiße, Scheiße!« Yves setzte sich neben h.b. und legte ihren Arm um sie. h.b. schüttelte sie ab und fluchte weiter. »Dann war das also deine CD?«, fragte Jo. »Nein, natürlich nicht, ich habe keine Viren-CDs«, sagte h.b. unnatürlich laut und ließ demonstrativ ihren Blick über die Überwachungskameras an der Zimmerdecke schweifen. Jedes Flüstern, jede Regung ihrer Gesichtsmuskeln wurde aufgezeichnet.

»Was sollen wir denn jetzt machen?«, fragte Arif in die allgemeine Ratlosigkeit hinein. Niemand antwortete ihm. Jo begann auf der Stelle zu hüpfen und sich zu schütteln. »Kannst du das mal lassen?«, fragte Yves genervt. Jo antwortete hüpfend: »Ich baue Spannungen ab, das solltet ihr auch tun, das belebt ungeheuer.« – »Hör auf!«, schrie h.b. Jo blieb stehen und antwortete: »Du bist ganz schön angespannt, soll ich dir den Rücken massieren?«

h.b. sah irritiert auf. »Nein, ich will keine Massage.«

Jo trat hinter sie und legte seine Hand auf ihren Rücken. Unwirsch streifte sie ihn ab. »Jo, lass mich in Ruhe.«

Jo wandte sich Yves zu. »Yves, du brauchst bestimmt eine Massage, eine Massage ist jetzt wirklich wichtig.«

Yves goss sich noch einen Orangensaft ein: »Nee, lass mal, überleg lieber, wie wir hier rauskommen.«

Jo ließ sich nicht beirren. »Arif, du lässt dich jetzt massieren, O.K.?« Arif blickte hoch. »Mir egal.« Seine Zukunft als gut verdienender Wirtschaftskommunikator war soeben geplatzt. Mit Vorstrafe hatte er keine Chance, sein Studium weiterzuführen. Er musste die anderen dazu bringen, mit net.tv zu kooperieren. Künstliche Augen waren ihm auch nicht sympathisch, aber eine andere Möglichkeit sah er nicht. Jo trat hinter seinen Sessel und begann seine Finger auf Arifs Rücken zu bewegen. Es kitzelte. Das war eine seltsame Massage. Sie erinnerte Arif an ein Spiel, das er als Kind mit seiner Schwester gespielt hatte. Buchstabenraten. Jos Finger malte Buchstaben auf seinen Rücken.

»Was machst du da?«

»Psst«, sagte Jo. »Ich gebe dir eine Massage. Entspann dich und konzentriere dich.«

Arif schloss die Augen.

Jo strich mit der Handfläche über Arifs Rücken, das bedeutete, ein Wort war zu Ende.

»Das hat echt gut getan«, bedankte sich Arif. »Ihr solltet euch auch massieren lassen, das belebt wirklich.«

h.b. »Wir haben gerade andere Probleme, falls du das noch nicht gemerkt hast.«

»Wenn du so angespannt bist, findest du garantiert keine Lösung«, versuchte es Jo noch einmal.

Und Arif fügte hinzu: »Du willst dich doch nur nicht anfassen lassen.«

»Nee, ich will mich gerade nicht anfassen lassen, ich überlege, wie wir hier rauskommen.«

»Ich wusste gar nicht, dass du so verklemmt bist«, setzte Jo noch einen drauf.

»Jo, spinnst du jetzt komplett, was soll das?«

»Doch, du willst dich nicht mehr anfassen lassen, du bist richtig verklemmt.«

»Und männerfeindlich«, fügte Arif hinzu.

Yves: »Jetzt haltet endlich euer Maul, oder...«

»Oder was?« Arif stand auf und verschränkte die Arme.

Yves lachte verächtlich und richtete sich zu ihrer vollen Größe auf. Sie überragte beide Männer um bestimmt fünf Zentimeter.

Jo stellte sich neben Arif. »Oder was?«, wiederholte Arif unsicher.

h.b. roch am Orangensaft. »Habt ihr Drogen genommen?«

Arif ging zu h.b. und piekte ihr mit dem Zeigefinger an den Oberarm.

»Na, ist doch nicht so schlimm, von einem Mann angefasst zu werden, oder, ist doch nicht so schlimm.« h.b. schlug nach seinem Arm, Arif riss ihr die Karaffe mit dem Orangensaft aus der Hand und kippte sie über ihren Kopf. h.b. schnappte nach Luft. Yves sprang durch den Raum und schlug Arif ins Gesicht. Der ging auf die Knie und hielt sich die Nase, aus der mit einigen Sekunden Verzögerung Blut spotzte.

Jo schielte nach der Kamera. Nicht aufhören, er musste weitermachen, die Deeskalation durfte nicht zu schnell kommen.

Er ging mit geballten Fäusten auf Yves zu und schrie: »Komm doch, komm doch, wenn du dich traust!« Yves ging in Angriffsposition. h.b. schrie: »Jo, hör auf, die haben dir Drogen gegeben, das bist nicht du, hör sofort auf!« Jo landete einen abgebremsten Schlag in Yves' Magengegend. Er hoffte sehr, dass der Schlag wie ein fetter Schwinger ausgesehen hatte. Yves sah verblüfft aus und ließ die Fäuste sinken. Nein, nein, nein, so brachte das nichts, so war das nicht überzeugend. Jo ließ seine Faust in Yves' Magen krachen, diesmal richtig. Sie ging gekrümmt zu Boden, hechtete dann nach vorne, umklammerte seine Beine und riss ihn um. Er wehrte sich, aber Yves war jetzt richtig in Fahrt. Sie saß auf ihm und drosch auf sein Gesicht ein.

Frau Schmidt-Schöffenbacher stand in ihrem Büro vor dem Wallscreen und beobachtete besorgt die Szene, die sich in ihrer Testgruppe abspielte. Auch Konflikte trugen essenziell zum Gruppenbonding bei, Konflikte mussten ausgelebt, bearbeitet und gelöst werden. Das schloss aggressive körperliche Konflikte mit ein. Andererseits durfte sie auf keinen Fall riskieren, dass die Augen einer der Versuchspersonen beschädigt wurden. Die junge Dame mit den grünen Haaren – Yves, nicht wahr? – schien einen kräftigen Schlag zu haben. Frau Schmidt-Schöffenbacher seufzte. Die Situation entwickelte sich nicht in ihrem Sinne, sie musste eingreifen. Ihr Eingreifen würde zur Folge haben, dass die Gruppe den Konflikt nicht selbst löste.

Wenn sie von außen eingriff, war es unwahrscheinlich, dass hinterher der Gruppenrekonvaleszensprozess auf so engem Raum gut verlief. Nach einem künstlich beendeten Konflikt musste sie den Gruppenmitgliedern erlauben, sich zurückzuziehen, um ihre Wunden zu lecken – rein metaphorisch gesprochen. Frau Schmidt-Schöffenbacher schlug ärgerlich mit der flachen Hand auf ihren Schreibtisch. Sie musste das Team an die lange Leine lassen.

Die Tür wurde aufgestoßen, zwei Security-Officers rissen Yves von Jo. Der lag auf dem Boden, die Hände vorm Gesicht, und stöhnte.

»Meine Damen, meine Herren, ich möchte Sie bitten, Ihre Bedenkzeit an einem anderen Ort fortzusetzen. Sie haben vierundzwanzig Stunden Zeit. Es sei Ihnen versichert: Wir lassen Sie nicht aus den Augen.« Frau Schmidt-Schöffenbacher sammelte die Gläser ein und stellte sie zurück aufs Tablett. »Ich hoffe, unser Saft hat Ihnen geschmeckt.«

»Was war da drin?«, schrie h.b.

Frau Schmidt-Schöffenbacher verzog den Mund. »Für die Aggressionsausbrüche waren einzig und allein körpereigene Stoffe verantwortlich, vermutlich Testosterone und Adrenalin, nicht unsere Zusatzstoffe.«

Jo wiederholte die Frage. »Was für Zusatzstoffe, was war im Saft?«

»Nanosender. Ich sagte doch, wir würden Sie vierundzwanzig Stunden genau im Blick haben.«

h.b. fasste sich in die klebrig nassen Haare. Sie hatte soeben in Nanosendern geduscht. Sie würde der hellste Punkt auf den net.tv-Monitoren sein.

Seitdem der Hase seine Eltern in der Show gesehen hat, ist er still. »Wie heißt du eigentlich?«, frage ich. »Du hast deinen Namen doch nicht wirklich vergessen, oder?« Der Hase starrt aus dem Fenster. »Nee, vergessen habe ich den nicht.« – »Und?« Er sieht mich immer noch nicht an. »Warum nennst du dich Kookie, obwohl du Karola Kokowski heißt?«, fragt er. Er muss den Nachnamen bei meinen Eltern an der Haustür gesehen haben. »Denkst du, ich will so heißen, wie meine Eltern mich genannt haben?«, antworte ich. »Eben«, sagt der Hase und seine Schultern zittern. Wir sitzen im Mief von nassen Mänteln und ungewaschenen Körpern, kreisen um die Stadt und schweigen. Wir drehen die dritte oder vierte Runde um Berlin, sind ein paar mal aufgestanden und haben den Waggon gewechselt, zweimal auch die Bahn, damit wir den Securitycams nicht auffallen, haben uns mal nebeneinander gesetzt, mal gegenüber. Ostkreuz, wir halten auf der Brücke, unter uns fahren andere S-Bahnen durch, andere Bahnen in andere Richtungen. Die Türen öffnen sich, das Regenrauschen wird lauter, fast gemütlich ist das Regenrauschen. »Was machen wir denn jetzt?«, fragt der Hase. Woher soll ich das wissen, woher soll ich wissen, was wir jetzt machen? Es miept, die Türen schließen sich, wir fahren weiter. Wir sind hinterm Ostkreuz, fahren die Elsenbrücke über die Spree, am Kreuzberger Ufer sind die Twintowers zu sehen, davor die Molecule Men, die sich im Wasser schubsen. Keine hundert Meter an uns vorbei schiebt sich die Spiegelfassade von net.tv. Instinktiv ducke ich mich, tausend Spiegelaugen ziehen vorbei. Nächste Station Treptower Park, die S-Bahn hält. »Wir könnten in Yves' Bootsschuppen schlafen«, schlägt der Hase vor. »Gute Idee!« Wir springen auf und steigen aus.

Arif, Yves, h.b. und Jo standen auf dem Vorplatz von net.tv. »Hat irgendjemand keinen Orangensaft getrunken?«, erkundigte sich Yves. »Ich.« h.b. fasste sich in die klebrigen Haare. »Habe ich das richtig verstanden? Egal, wohin wir gehen, net.tv hat uns auf dem Monitor?«, vergewisserte sich Jo. h.b. nickte.

»Du hättest echt nicht so fest zuschlagen müssen«, beschwerte sich Arif und berührte seine geschwollene Nase.

»Konnte ich doch nicht wissen, dass das eure tolle Strategie ist, um rauszukommen, wenn ihr nichts davon sagt«, schnappte Yves.

»Wer wollte sich denn nicht massieren lassen, du oder ich?«, konterte Arif.

»Lasst uns lieber überlegen, was wir jetzt machen«, unterbrach Jo.

Sie sahen sich um. Links ging es über die Elsenbrücke nach Friedrichshain. Auf der anderen Straßenseite befanden sich ein Supermarkt und eine Tankstelle.

»Ich habe eine Idee!«, sagte h.b. plötzlich und zeigte auf die Tankstelle.

»Und welche?«

h.b. überquerte die Straße, die anderen folgten ihr.

»Kann ich mal deine Creditcard haben?«, fragte sie Arif. Sie zog Arif mit sich in den Tankstellenshop, suchte in den Regalen eine feste Plastikplane, Erste-Hilfe-Thermofolie, Klebeband und Shampoo zusammen und bedeutete Arif, zu zahlen. Den Kassierer fragte sie nach dem Toilettenschlüssel.

»Wartet auf mich!«

Mit frisch gewaschenen Haaren trat sie aus der Toilette. Es hatte angefangen zu regnen. Blechern prasselte es auf das Vordach der Tankstelle. Das Grüppchen stand fröstelnd in Abendgarderobe neben den Zapfsäulen.

»Jetzt regnet das auch noch!«

»Das ist super!«, antwortete h.b. und packte Plane und Folie aus.

»Wir haben wirklich strahlenerzeugende Minisender im Magen?« Jo hatte Panik in der Stimme.

»Ja, wenn du willst, kannst du die Wellen auch Strahlen nennen. Die Nanosender erzeugen so eine Art Funksignale, wie Smarties.«

Jo drehte sich kurzerhand zur Seite und steckte sich den Finger in den Hals. Er würgte und erbrach seinen Mageninhalt.

»Eigentlich eine gute Idee«, meinte Yves und schloss sich ihm an.

»Das ist widerlich!« Arif verschränkte die Arme. Der Tankstellenkassierer klopfte an die Scheibe und fuchtelte mit den Armen. Offensichtlich war er nicht begeistert von Kunden, die ihm vor den Laden kotzten.

»Komm schon Arif, das ist echt eine gute Idee«, versuchte Yves ihn zu ermuntern.

»Das funktioniert bei mir nicht, ich kann nicht kotzen, wenn ich mir den Finger in den Hals stecke.«

»Wir müssen trotzdem vorsichtig sein. Ein Teil der Nanosender befindet sich bestimmt schon im Verdauungstrakt. Und ich habe noch welche in den Haaren und in der Kleidung.« h.b. wandte sich konzentriert ihrer Bastelei zu. Sie legte die metallbeschichtete Thermofolie auf die Plastikplane und klebte sie an den Rändern zusammen. Dann gab sie den anderen ein Zeichen, dass sie sich die beiden Lagen über den Kopf ziehen sollten. »Regenschirm vergessen?«, rief ihnen ein Mann zu, der tankte. »Ja, Sauwetter!«, rief h.b. zurück. Eng aneinander gedrängt, die Planen über den Köpfen, machten sie sich auf in Richtung Panama. Die Planen waren nicht nur ein Regenschutz, sondern schirmten auch die Nanosender ab.

»Hier.« Der Hase bietet mir ein Stück von der muffigen Decke an, die er aus dem Gerümpel gezogen hat. Wir lehnen klatschnass an der Schuppenwand.

»Wir sollten das Licht ausmachen.« Ich stehe auf, betätige den Schalter und krieche wieder unter die Decke. Ich spüre, wie der Hase zittert. »Ist dir auch so kalt?«, frage ich ihn.

»Was sollen wir denn jetzt machen?«, fragt er zurück.

Ich zucke mit den Schultern. Weiß ich doch nicht. Der Hase zittert immer noch. Ich glaube, er weint.

»He, ist doch nicht so schlimm, ist doch nur ein Spiel.« Das war ein echt lahmer Versuch.

»Ist es nicht.« Der Hase klappert mit den Zähnen.

»Warum hast du da eigentlich mitgemacht?«, frage ich. Eigentlich komisch, dass ich das noch nie gefragt habe.

»Ich wollte mal was Großes tun.«

Was Großes tun. Ich muss lachen und spüre, wie sich der Hase neben mir verspannt. »Tut mir Leid«, sage ich und lege meinen Arm um seine Schulter.

»Du weißt ja nicht, wie es ist.«

»Wie was ist?«

»Das Leben in New Potsdam.«

»So viel anders als in Zehlendorf kann es nicht sein. Vorstadtidylle eben.«

»Es ist aber anders!«, bricht es aus dem Hasen heraus. »Es ist was anderes, in einer künstlichen Stadt mit Mauern drumrum. Da ist alles geregelt, bis ins Detail. Wie viel Zentimeter dein Rasen lang sein darf, welche Blumen du in den Vordergarten pflanzen darfst, welche Farbe deine Haustür hat, wie viele Autos, Hunde, Katzen und Kinder du hast und wo die sich wann aufhalten dürfen. Du kannst aus der Community dafür ausgeschlossen werden, dass du dir die Haare blau färbst. Mit der Frisur, die du mir geschnitten hast, würde ich gar nicht erst reinkommen.« Der Hase fährt sich über den Iro. »Das wird alles mit der ›Harmonie des Ortsbildes‹ begründet. Die Leute zahlen ein Schweinegeld, um da leben zu dürfen, und sind auch noch stolz drauf.«

»Und wieso …«

»Wieso was?«

»Wieso lebt deine Familie da?«

»Wir sind nach dem Tod von Mark hingezogen. Ich glaube, meine Eltern wollten für den Rest ihres Lebens vor bösen Überraschungen sicher sein. New Potsdam bietet so eine Art Sicherheitsversprechen. Alles ist geregelt, alles ist vorhersehbar.«

Mir ist immer noch kalt. Ich rücke näher an den Hasen ran.

»Aber Mark war nun mal tot. Da hat auch New Potsdam nichts dran geändert.«

»Vermisst du ihn?«

»Na ja. Irgendwie fehlt er mir schon. Aber danach wurde es mit meinen Eltern echt unerträglich. Mark hier und Mark da, egal, was ich gemacht habe, Mark hätte es besser gemacht. Und das Schlimme ist: Sie haben Recht. Mark hätte es besser gemacht.«

»Ich würde meine Geschwister kein Stück vermissen«, sage ich.

»Das glaube ich dir nicht.«

»Ich habe die erst kennen gelernt, als ich zwölf war und die schon so um die zwanzig. Das sind die Kinder von Anneliese.«

Der Hase rutscht noch näher an mich ran. »He!« Ich ramme ihm meinen Ellenbogen in die Seite. »Aua! Was soll das denn?«

»Wollte nur mal klarstellen, dass wir hier nur so sitzen, weil uns kalt ist.«

Jetzt ist er bestimmt wieder beleidigt. Aber dann fragt er: »Und wieso magst du deine Geschwister nicht?«

»Die sind so spießig.«

»Aber zufrieden, oder?«

»Weiß ich nicht.«

»Klos und Duschen leider alle defekt« – Yves hängte ein Warnschild an die Außenklinke und verriegelte den Waschcontainer von innen. Sie waren sicher nach Panama gelangt. Die wenigen Passanten, die ihnen begegnet waren, hatten sich ebenfalls Regenschirme, Taschen oder Zeitungen über die Köpfe gehalten, sodass sie mit der Folie über dem Kopf nicht weiter aufgefallen waren. h.b. hatte vorgeschlagen, sich in Panamas Waschcontainer zu verstecken. Ihr war die spezielle Beschaffenheit des Containers bereits aufgefallen, als sie zum ersten Mal in Panama gewesen war und Yves sie zum Pinkeln an Land geschickt hatte.

»Jetzt sind wir erst mal sicher.«

»Und wieso sind wir erst mal sicher?«

»Der Container ist die perfekte Abschirmung«, erklärte h.b. »Wir befinden uns in einem geschlossenen Metallkasten, der von innen isoliert ist. Da kommen keine elektronischen Signale rein und keine raus.«

Arif sah sich um. Nicht nur der Boden, sondern auch die Wände und die Decke waren mit schwarz genopptem PVC belegt.

»Ja, das haben wir letzten Winter gemacht, damit das Klo besser wärmegedämmt ist«, bestätigte Yves. »Außerdem kann man die Noppen gut abwaschen.« Sie musste ihre Stimme anheben, der Regen prasselte auf das Metalldach.

»Ich werde jetzt erst mal die Nanosender los, die noch in meinen Haaren kleben!« h.b. schnappte sich Rasierzeug, das im Regal über dem Waschbecken lag, stieg in eine der Duschkabinen und warf ihre Kleidung Stück für Stück über die Trennwand. Yves blickte versonnen auf den wachsenden Kleiderberg und fragte dann: »Soll ich dir beim Rasieren helfen?«

»Klar, komm rein!« Yves sprang aus ihren Klamotten und stieg ebenfalls in die Dusche.

Jo betrachtete sich im Spiegel. Sein linkes Auge war geschwollen und begann sich zu verfärben. Direkt auf der Höhe des Planeten Mars hatte er eine kleine Platzwunde. Er hoffte, dass ihm die Wunde die Tätowierung nicht versaute.

Arif füllte am Waschbecken neben ihm zum wiederholten Mal ein Glas mit Wasser und trank es in großen Schlucken. h.b. und Yves kicherten in der Dusche. Schien viel Spaß zu machen, h.b. die Nanosender abzuschrubben. Jo wurde bei dem Gedanken an die Sender wieder schlecht. Er stürzte zum Klo und würgte.

»Alles in Ordnung?« Arif reichte ihm ein Glas Wasser.

»Wir haben Sender im Verdauungstrakt und du fragst, ob alles in Ordnung ist?«

»Trink was. Das spült die Sender schneller aus deinem System.«

Jo nahm das Glas und trank. Die Strahlen spielten bestimmt schon

Fußball mit seinen Zellen, hüpften Springseil mit seinen Chromosomen, amüsierten sich über die Ordnung seines Körpers und nahmen kleine, fröhlich wuchernde Veränderungen vor. Er musste wieder würgen. Arif hatte Recht, kotzen half jetzt nichts mehr, er musste seinen Verdauungsprozessen nachhelfen und viel trinken, und am besten nicht über die Mutationen nachdenken, die gerade in seinem Erbgut ausgelöst wurden. Er musste sich ablenken. Er war eingesperrt in einem Metallcontainer, in dem sich vier Menschen, zwei Duschen, zwei Waschbecken und zwei Toiletten befanden. Wie sollte er sich da ablenken? Sein Blick fiel auf einen blauen Eimer in der Ecke, in dem sich Putzmittel und zwei Schwämme befanden. Jo füllte den Eimer mit warmem Wasser, gab etwas Putzmittel dazu und begann, das Waschbecken zu wienern. Arif fummelte hinter ihm an einem uralten Kassettenrecorder herum, den er auf dem Handtuchregal entdeckt hatte. Leiernd ertönte Rock 'n' Roll. Dann gesellte sich Arif zu ihm, griff sich einen Schwamm und bearbeitete das zweite Waschbecken.

»Ablenkung ist gut.«

Jo polierte stumm den Wasserhahn.

»Warum war Kookie eigentlich so sauer auf dich?«

»Was?«

»Als wir zusammen in den Club Fischauge gekommen sind, hat sie dich Verräter genannt.«

Jo säuberte den Bauch des Waschbeckens. »Das ist ne Privatangelegenheit.«

»Ihr seid nicht zufällig zusammen?«, erkundigte sich Arif.

»Nein.« Das war nun wirklich nicht das Problem. Ständig fragten ihn andere Männer, ob er und Kookie zusammen waren, das war doch absurd.

»Na dann ists ja gut.« Arif wirkte erleichtert.

Jo stutzte. »Bist du etwa verliebt in Kookie?«

»Na ja…«

»Ich geb dir einen guten Rat: Lass das lieber bleiben.«

»Du liebst sie auch?«

»Nein, also ja, aber nicht so ...«

»Wie denn dann?«

Aus der Duschkabine kam ein Rumpeln und ein Stöhnen. Jo drehte sich um und verdrehte die Augen. Arif vermied Jos Blick, grinste verlegen und stellte den Kassettenrecorder lauter.

10

Arif schlug die Augen auf. Vor seiner Nase baumelten die Putzlappen, die er gestern in die Beuge des Abflussrohrs geklemmt hatte. Er war im Schlaf direkt unter die Waschbecken gerutscht. Ächzend wälzte er sich auf die Seite und richtete sich langsam auf. Ein stechender Schmerz fuhr ihm in den Nacken. Er bewegte den Kopf langsam von links nach rechts, um die Verspannung zu lösen. Ein Scharren an der Wand des Containers ließ ihn innehalten, von außen machte sich jemand an der Tür zu schaffen. Langsam drehte sich der Schlitz der Türverriegelung von der Waagrechten in die Senkrechte. Arif zog seine Beine an und drückte sich in die Ecke. Die Tür wurde aufgerissen, jemand stellte scheppernd eine Werkzeugkiste in den Container. Ein dunkelhäutiger Mann sah Arif verblüfft an.
»Wer bist du denn?«
Yves steckte ihren Kopf aus einer der Duschkabinen.
»Ed! Komm rein und mach die Tür zu, schnell!«
»Was auch immer.« Ed schloss die Tür und fragte: »Gehe ich recht in der Annahme, dass die Klos gar nicht kaputt sind?«
»Ja.«
»Und was macht ihr hier? Orgien feiern?« Ed brach in abgehacktes Gelächter aus. Er klang nicht sehr erheitert.

Jürgen Peters, Überwachungstechniker bei net.tv, bückte sich nach seiner Tasche, holte die Thermoskanne heraus und goss sich einen Kaffee ein. Die ganze Nacht hatte er vor dem Überwachungsmonitor gesessen und darauf gewartet, dass die zu überwachenden Subjekte wieder erfasst wurden. Nichts hatte sich getan, sie blieben verschwunden. Ein Geburtstagsgeschenk für seinen Sohn hatte er auch noch nicht besorgt. Er wusste nicht, wie die zu überwachenden Subjekte es geschafft hatten, aber sie waren, kurz nachdem sie das net.tv Gebäude verlassen hatten, vom Bildschirm verschwunden. Er hatte es zunächst auf den heftigen Regen geschoben, aber der hatte irgendwann aufgehört. Sie mussten eine Möglichkeit gefunden haben, die Signale der Nanosender abzuschirmen. Aber wie? Die einzige Möglichkeit war, sich in komplett abgeschlossene Metallkisten zu setzen. Seine Aufgabe, vor diesem Monitor zu warten, bis es auf dem Stadtplan blinkte, war hoffnungslos. Er glaubte nicht daran, dass sie wieder auftauchen würden. In weniger als vier Stunden musste er sich einer Kindergeburtstagsparty stellen. Ihm graute. Mehr als ein Kind auf einem Haufen war einfach zu viel nach einer durchwachten Nacht. Er rieb sich wieder die Augen und stellte sich vor, topfschlagend über den Boden zu robben. Die Spiele würde er organisieren, das hatte er versprochen. Topfschlagen, Würstchenschnappen, Wattepusten. Mit angestrengter Stimme würde er die Spiele erklären, mit festgetackertem Grinsen und rasenden Kopfschmerzen inmitten des Chaos und Gekreisches. Er war ein guter Vater. Um das Geburtstagsgeschenk musste er sich noch kümmern. Irgendwas Buntes, Lautes, so was mochten Kinder. Er blickte auf den Monitor. Seit Stunden wurde der leere Stadtplan aufgezeichnet. Er könnte einen Film aus dem Netz laden, einen Animationsfilm mit quietschenden Figuren. Allerdings würde das mindestens eine Viertelstunde dauern und die private Nutzung der Firmencomputer wurde nicht gerne gesehen. Wenn er die Aufzeichnung des Stadtplans kurz unterbrechen würde, könnte er das Runterladen beschleunigen, in weniger als fünf Minuten könnte er den Film ziehen. Kurz entschlossen drückte er auf »Stop«, zog den Stadtplan in die rechte obere Ecke, ging auf die Disney-Seiten, wählte »Lars vom Mars«, gab seine Creditinformationen ein und lud den Kinderfilm auf den net.tv-Rechner. Dann schob er eine Disc ein und speicherte den Film ab. Er bückte sich wieder nach seiner Thermoskanne und goss Kaffee nach. Als er den dampfenden Becher zum Mund führte, sah er aus den Augenwinkeln ein Blinken in der rechten oberen Ecke des Monitors. Er knallte den Becher zurück auf die Schreibtischplatte und drückte auf »Record«. Zu spät. Das Blinken war vorbei, auf dem Stadtplan von Berlin bewegte sich nichts mehr. Der Tag entwickelte sich noch unangenehmer, als er befürchtet hatte. Langsam nippte er am Kaffee und ließ den Monitor nicht mehr aus den Augen. Dann tippte er eine Kurzmitteilung an Frau Schmidt-Schöffenbacher. Er musste Meldung machen, keine Frage. Das Blinken war nicht aufgezeichnet und er hatte so schnell nicht gesehen, woher es kam. Sie würden ihn feuern. Obwohl. Das Blinken war nicht aufgezeichnet, niemand außer ihm wusste, dass es überhaupt geblinkt hatte. Sein Finger schwebte in der Luft. Send oder delete? Delete. Das nannte man wohl menschliches Versagen. Die Chancen standen gut, dass niemand es merkte.

Ed schüttelte wütend den Kopf: »Ich habe euch doch erklärt, dass ich euch nicht helfen kann, begreift ihr das nicht! Warum taucht ihr hier auf?«

»Wir sind nicht hier, um dich um Hilfe zu bitten, wir sind hier, weil der Container die perfekte Abschirmung ist«, erklärte h.b. Sie hatte eine Glatze und trug eine abgeschnittene Jogginghose und ein Schlafshirt. Beides hatte sie aus der »Vergessene Klamotten«-Kiste im Waschcontainer gezogen.

»Abschirmung?«

»Net.tv hat uns Nanosender eingeflößt.«

»Nanosender? Wisst ihr eigentlich, was für ein Risiko ihr für Panama seid? Wenn die uns hier ein Terrorismusverfahren anhängen, dann ist es aus mit den Booten.« Er schlug mit der flachen Hand gegen die Wand. »Es ist sowieso schon zu spät.«

»Wieso zu spät?«

»Ich bin genauso ein Risiko für die Siedlung wie ihr.«

»Und wieso?«

»Wir müssen hier schnell verschwinden, damit Panama nicht mit reingezogen wird«, sagte Ed mit Nachdruck.

»Wenn wir den Container verlassen, werden wir sofort von net.tv entdeckt.«

»Die haben euch wahrscheinlich sowieso schon entdeckt, als ich die Tür aufgemacht habe.«

»Also«, fasste h.b. noch einmal zusammen. »Wir haben mehrere Probleme. Das erste sind die Nanosender, die ihr zum Teil noch intus habt.«

»Wenn wir weiter viel trinken, hat sich das Problem im Laufe des Tages erledigt«, meinte Yves.

»Das nächste Problem wird sich nicht so leicht lösen lassen. Net.tv wird weiter nach uns suchen, die werden sich nicht so schnell geschlagen geben«, fuhr h.b. fort.

Nach einem Moment des Schweigens schlug Jo vor: »Dann müssen wir sie dazu bringen, uns nicht mehr zu wollen.«

»Und wie soll das gehen? Sollen wir uns monatelang verstecken und hoffen, dass sie irgendwann aufgeben?«, fragte Yves.

»Die werden euch finden, Kinder«, sagte Ed ruhig. »Die Überwachungsdaten werden international ausgetauscht. Die ganzen Kameras und die biometrischen Programme, das ist alles vernetzt.«

»Überlegt doch mal! Was sie wollen, ist die Gruppe. Wenn wir keine Gruppe mehr sind, dann haben sie kein Interesse mehr an uns«, meinte Jo.

Yves zuckte mit den Schultern. »Dann erwischen sie uns eben einzeln und zwingen uns, als Gruppe zu arbeiten.«

»Nein, wir müssen uns so überzeugend streiten, dass sie glauben, dass wir keine funktionierende Gruppe mehr sein können«, erklärte Jo.

»Und wie machen wir das?«, fragte Yves.

»Wir gehen irgendwohin, wo sie uns sehen und hören«, schlug Jo vor.

»Nein, das ist schlecht. Wenn sie uns erwischen und wir nicht mehr verwendbar sind für sie, kriegen sie uns garantiert mit dem Terrorismusparagraphen dran«, sagte Yves.

»Wisst ihr was! Ich habe das Überwachungsamulett vom Hasen noch im Rucksack! Wir nehmen das wieder in Betrieb und tun so, als merken wir es nicht.«

»Das wäre eine Möglichkeit.« Ed nickte. h.b. fand das Amulett in einer Seitentasche und zupfte am elektromagnetischen Isolierband, in das es immer noch eingewickelt war.

»Und dann? Was passiert danach? Die haben unsere Daten, die werden uns nicht in Ruhe lassen.« In Arifs Stimme schwang Panik mit.

Ed seufzte. »Wenn ihr euch als Gruppe auflösen könnt, könnt ihr euch auch als Personen auflösen.«

»Wie soll denn das gehen?«

»Ich habe darin Übung.« Ed wurde wieder von seinem abgehackten Lachen geschüttelt. »Du meinst, unsere virtuelle Identität…«, sagte h.b.

»Genau!«, japste Ed.

»Meinst du, das schaffen wir so schnell?«, meinte h.b. zweifelnd.

»Diesmal wird das alles etwas professioneller, unter meiner Anleitung nämlich«, sagte Ed.

»Wieso unter deiner Anleitung?«, fragte h.b. misstrauisch.

Ed zuckte mit den Achseln. »Du kennst mich. Ich bin Memnon.«

h.b. fing an zu lachen. Die anderen sahen sie verständnislos an.

»Und wer ist Memnon?«, fragte Jo.

»Einer von den Greeks. Ein ziemlich guter sogar, ein Wizard.«

»Könnt ihr vielleicht noch mal von vorne erklären, was ihr eigentlich machen wollt?«, erkundigte sich Yves.

»Unsere virtuellen Identitäten löschen und durch neue ersetzen.«

»Und was bitte ist meine virtuelle Identität?«

»Deine virtuelle Identität ist ein Knotenpunkt, also das Netz von Beziehungen, die du im virtuellen Raum hast«, erklärte h.b.

»Noch mal, bitte.«

»Das Netz ist Kommunikation. Jedesmal, wenn du dich im Netz bewegst, hinterlässt du Datenspuren. In Mailarchiven, in Newsgroups, auf jeder Seite, die du anklickst«, meinte h.b.
»Deine virtuelle Identität besteht aus der Summe aller Informationen über dich«, fügte Ed hinzu. »Zum Beispiel aus deinen Daten beim Einwohnermeldeamt, deinen Krankenakten, deinem Vorstrafenregister, allen Büchern, die du je in der Bibliothek geliehen hast, allen Dingen, die du je per Internet gekauft hast, allen E-Mails, die du je geschrieben, allen www-Seiten, die du je von deinem Rechner aus angeklickt hast, allen Telefongesprächen, die du je geführt hast, und aus jedem Moment, den dich eine Securitycam auf dem Schirm hatte.«
Jo schüttelte sich. »Ich weiß, warum ich Computern nicht traue.«
»Du solltest lieber den Leuten misstrauen, die sie bedienen.«

Vorsichtig öffne ich die Tür und blinzle in die Sonne. Wir schlüpfen nach draußen und schleichen uns langsam zwischen den Bootsschuppen Richtung Panama. Überall sprotzt grellgelber Löwenzahn, knallebunt ist es draußen nach dem Dämmerlicht des Schuppens. Wie ein überbelichteter Film sieht das aus, als wäre die Welt eingefroren in einem harmlosen, grüngelben Augenblick. Wir wissen immer noch nicht, was passiert ist. Unzählige Male habe ich versucht, die anderen per Smartie zu erreichen, aber es hieß immer nur: »the user is momentarily not available«. Wir müssen die anderen unbedingt bald finden. Und dafür müssen wir Black Beauty und Schrotti aus der Bootsiedlung holen. Wir schlüpfen durch die Pforte, unter dem Schild mit dem Totenkopf durch. Die Fahrräder sind vorne am Geländer zur Spree angeschlossen. Neben dem Waschcontainer steht ein Grüppchen von Leuten und diskutiert.
»He, da sind sie doch!«, ruft der Hase und läuft auf die Gruppe zu. Ich renne hinterher. Als wir näher kommen, macht Yves scheuchende Bewegungen in unsere Richtung.

»Endlich haben wir euch gefunden! Was war los?«, will der Hase wissen.

Yves macht weiter abwehrende Handbewegungen, dann drehen sie uns den Rücken zu und hasten dicht gedrängt und gestikulierend weiter.

»He, Moment mal!« Die tun so, als ob sie uns nicht hören. Ich trabe h.b. hinterher und fasse sie an der Schulter. Sie versucht, sich loszureißen, die anderen bleiben auch stehen.

»Was ist denn los?«

»Verpisst euch!«, zischt h.b.

»Was?«

»Verschwindet!«

»Was ist denn?«

Yves zuckt mit den Schultern und sagt: »Jedenfalls nichts, was euch was angeht.«

»Schon klar«, schnappe ich zurück, »das habe ich schon gemerkt, dass ich euch nichts mehr angehe.«

Yves wirft h.b. einen Blick zu. Die machen sich lustig über mich.

h.b. sagt: »Kookie, das darfst du jetzt nicht persönlich nehmen, aber ...«, und guckt mich die ganze Zeit so komisch dabei an. Ich baue mich vor ihr auf und frage: »Was, was soll ich nicht persönlich nehmen? Dein Getue mit Yves?« h.b. verzieht den Mund. Die macht sich echt lustig über mich, ich bin ein dummer Witz, ein kleiner Furz in der rosaroten Winde-Schmatze-Kuschelwelt. h.b. sieht so aus, als ob sie gründlich darüber nachdenkt, wie sie mir die nächste Unverschämtheit reindrücken kann.

Yves stößt sie an und sagt: »Los, sag schon was! Nicht hier abbrechen!«

h.b. holt Luft und sagt dann: »Mir langts!«

»Mir langts auch!«

»Dann zieh doch aus!«

Ich glaube, ich habe mich verhört. Spinnt die jetzt komplett? Dann zieh doch aus. Und langsam wird mir alles klar. h.b. ekelt mich aus der Wohnung raus, die wollen zu zweit sein, Yves will bei h.b. einziehen, die wollen ihre Zweisamkeit in der Wohnung feiern, da bin ich überflüssig. Jo hat mir das Geld geklaut, Yves mir die Wohnung und h.b. mir die Freundschaft. Ich schlucke. Jetzt nicht heulen, keine Schwäche zeigen im Moment der Niederlage.

Jos Fresse trieft vor falschem Mitleid. »Kookie…«, er streckt die Hand nach mir aus, ich weiche zurück, der soll mich nicht anfassen, der Verräter. Ich stolpere rückwärts, würge ein »Verpisst euch doch selber!« raus und renne zu Black Beauty, nestle am Shock-Lock, schwinge mich aufs Rad, rase die Eichenstraße entlang und biege in die Schlesische ein.

»Warte, Kookie, warte mal!«

Der Hase ist mir gefolgt, er strampelt mir hinterher auf der Klappermähre.

»Wohin fahren wir?«, keucht der Hase. Immer fragt der mich solche Sachen, bin ich Gott oder was?

»Bin ich Gott oder was?«, würge ich raus.

»Du hast also keinen Plan«, stellt er fest.

»Doch, hab ich.« Ich schwenke scharf nach links in die Falckensteinstraße und halte mit schrillenden Bremsen vor der weltbesten Eisdiele.

»Honig-Sesam und Rote Grütze.« Ich knalle die Münzen auf die Theke.

Eis ist gut jetzt, Eis kühlt den brennenden Hals und die brennenden Augen. Der Hase holt sich Erdbeer und Schokolade und setzt sich auf den Betonpoller neben meinem.

»Hast du schon eine Idee?«, fragt der Hase.

»Nerv nicht.« Ich muss mich immer noch darauf konzentrieren, nicht zu heulen. Ich drehe mich von ihm weg und starre auf die andere Straßenseite. Dort hat ein Trödler seine Ware auf den Bürgersteig gestapelt. Es türmen sich Tische, Schränke, Sofas und Kommoden. Drei alte Frauen mit Kopftüchern haben sich Stühle geliehen, sitzen schwatzend draußen und stricken. Um sie herum kurven ein paar Kids mit Rollern und Fahrrädern. Auf dem Schaufenster steht »Billig & funktioniert. An- und Verkauf.« Hinter dem Glas flimmern ein paar alte Monitore, drumrum verstaubt noch mehr Unterhaltungselektronikschrott. Der Hase steht auf und geht aufs Schaufenster zu. Jetzt ist der bestimmt wieder beleidigt, der Knabe. Kann ich auch nicht ändern. Ich habe eigene Probleme. Kein Geld, kein Job, keine Wohnung und keine h.b. Der Hase dreht sich zu mir um und winkt. Der soll mich einfach in Ruhe hier sitzen lassen, die sollen mich alle mal in Ruhe lassen. Obwohl, der Einzige, der mich nicht verraten hat, ist der Hase. Er kommt zurück auf meine Straßenseite gehoppelt.

»Kookie, da läuft gerade ›RunRabbitRun‹!«

»Und?«

»Das ist keine Wiederholung, das ist eine Sondersendung.«

»Was, um die Zeit?«

»Ja, eine Sondersendung!«

Ich überquere mit ihm die Straße und starre auf den Monitor im Schaufenster. Vorm Geschäft hängt ne einsame Box, der Ton wird nach draußen übertragen, um Kunden anzulocken.

Tobby Reissens dramatische Miene füllte den Bildschirm aus.

»Hase, falls du uns hören kannst: Unsere Gedanken sind bei dir in diesen schweren Stunden. Ganz Deutschland – nein! –, ganz Europa nimmt teil an deinem Schicksal, dem Schicksal eines jungen, unschuldigen Mannes in den Klauen skrupelloser Datenterroristen. Für die anteilnehmenden Zuschauer aus dem europäischen Ausland haben wir aus gegebenem Anlass heute einen Extraservice eingerichtet. Die englische, französische, spanische, italienische, holländische, polnische und russische Synchronübersetzung finden Sie, liebe Fans auf www.net.tv/europe/languages, nur zwei Euro fünfzig die Minute. For the participating fans from the European Community we created

an extra service today. You can find the synchronized translation for English, French, Spanish, Italian, Dutch, Polish and Russian at www.net.tv/europe/languages. Lieber Hase, wir alle fühlen mit dir, und wir hoffen, dich lebend wiederzusehen.«

Die tränenüberströmte Hasenmutter wurde eingeblendet, daneben sein Vater, der sich die Augenwinkel wischte, und wieder Tobby Reissen mit sorgenvoll gefalteter Stirn. »Werte Zuschauer und Zuschauerinnen, die net.tv-Zentrale hat soeben beschlossen, die Hälfte des Preisgeldes der Bekämpfung des internationalen Datenterrorismus zur Verfügung zu stellen, im Gedenken an unseren tapferen Kandidaten. Die andere Hälfte wird selbstverständlich seiner trauernden Familie übermittelt. Falls der Hase das Geiseldrama unerwarteter Weise überleben sollte, gehört das Geld natürlich ihm.«

»Die tun so, als wäre ich tot!« Der Hase ist empört. »Ich muss da hin, sofort!«

»Bist du wahnsinnig? Das ist oberoffensichtlich ne Falle!«

»Das ist live, ich muss es nur bis auf die Bühne schaffen, die können mir live nichts tun. Außerdem sind meine Eltern in der Show.«

»Das ist ne ganz schlechte Idee. Wenn die dich nicht in der Show fertig machen, dann machen sie dich danach fertig. Oder morgen. Oder übermorgen, das ist denen doch egal. Und dann schieben sie es den Greeks in die Schuhe.«

»Das werden sie auf jeden Fall versuchen, auch wenn ich jetzt nicht in die Show gehe. Und so kriege ich immerhin das Geld und kann es vielleicht noch in Sicherheit bringen, bevor sie mich kriegen.«

»Tus nicht.«

»Weißt du, es ist nicht nur wegen dem Geld.« Er lächelt vorsichtig. »Jedenfalls nicht nur. Ich will einmal was richtig zu Ende bringen.«

»Na gut. Dann komm.« Ich drehe Black Beauty in die andere Richtung und schwinge mich auf den Sattel.

»Du kommst mit?«, fragt der Hase erstaunt.

Ich zucke mit den Achseln.

Jürgen Peters spielte Frau Schmidt-Schöffenbacher die Tonaufnahmen vor. Als er die doppelten Signaturen bemerkt hatte, hatte er ihr sofort Bescheid gegeben. Die eine Signatur stammte von der Minicam und dem Bodymike, die Ray trug, um die Audios und stündlichen Visipics für »RunRabbitRun« zu erstellen. Das war vor ein paar Tagen notwendig geworden, als es die zu überwachenden Subjekte irgendwie bewerkstelligt hatten, das Überwachungsamulett des Kandidaten auszuschalten und falsche Audios und Visipics zu senden. Frau Schmidt-Schöffenbachers Anweisung hatte gelautet, die falschen Daten mit besseren Fälschungen zu ersetzen. Nun war plötzlich die Signatur der Originalausrüstung des Hasen wieder auf dem Monitor aufgetaucht und er konnte sowohl Ton als auch Bild empfangen. Auf dem Monitor war ein verwackeltes Visipic von Kookie und dem Hasen zu sehen, im Hintergrund die Twintowers. Aufmerksam lauschte Frau Schmidt-Schöffenbacher zum zweiten Mal den Aufnahmen.

»Verpisst euch!«

»Was?«

»Verschwindet!«

»Was ist denn?«

»Jedenfalls nichts, was euch was angeht.«

»Schon klar. Das habe ich schon gemerkt, dass ich euch nichts mehr angehe.«

»Kookie, das darfst du jetzt nicht persönlich nehmen, aber ...«

»Was, was soll ich nicht persönlich nehmen? Dein Getue mit Yves?«

»Los, sag schon was! Nicht hier abbrechen!«

»Mir langts!«

»Mir langts auch!«

»Dann zieh doch aus!«

»Kookie ...«

»Verpisst euch doch selber!«

Schritte entfernten sich hastig.

»Ich glaube, sie hat das jetzt missverstanden.«

»Was gibt es daran misszuverstehen?«

»Du glaubst ja wohl hoffentlich nicht, dass ich bei dir einziehe oder?«

»Wieso, ich dachte, du suchst ein Zimmer?«

»Schatzi, wir haben eine Affäre, keine Ehe.«

»Ich dachte, wir hätten mehr als eine Affäre!«

»Da hast du dich wohl getäuscht.«

Wieder entfernten sich Schritte.

»Und du bist schuld!«, schrie jemand.

»Schicken Sie sofort jemanden zu den Twintowers. Vielleicht kann unser Testteam noch eingefangen werden!«, ordnete Frau Schmidt-Schöffenbacher an. Dann ließ sie das Gespräch zum dritten Mal ablaufen. Es klang wie ein Streit, aber irgendetwas irritierte sie. Etwas stimmte nicht, einzelne Formulierungen stimmten nicht. *»Nicht hier abbrechen.«* Was hatte die junge Frau damit gemeint? Nun, bald würde sie es wissen. Die Nanosender waren ein überwachungstechnologischer Reinfall gewesen, aber mit Hilfe der Signatur der Hasenausrüstung würde sie ihr Team bald wieder nach Hause bringen.

Die »Dead Cow« entfernte sich rasch. Yves packte das Überwachungsamulett des Hasen in einen Frischhaltebeutel, blies ihn auf, knotete ihn fest zu und warf ihn vom Steg aus in die Spree. Der Beutel wurde von der Strömung erfasst und tanzte über die Wellen davon. Yves griff nach dem Rucksack, den h.b. in der Eile auf dem Steg vergessen hatte, und schwang ihn sich auf den Rücken.

»Und jetzt?«, fragte Arif.

»Wir sollten uns auf keinen Fall in Panama aufhalten«, meinte

Yves. »Damit hat Ed Recht. Und am besten sollten wir nicht zusammen gesehen werden. Könnt ihr irgendwo anders hin?«

Jo zuckte mit den Schultern. »Nicht so richtig.«

Sie liefen am Schrotthaufen vorbei zum Ausgang. Yves trat auf die Straße, wurde plötzlich grob am Arm gepackt und zur Seite gerissen. »Da sind sie!« Ein gutes Dutzend Menschen stürmte auf sie zu. Arif und Jo versuchten, wegzurennen, waren aber schnell umringt. Immer mehr »RunRabbitRun«-Fans strömten zusammen und wedelten aufgeregt mit Computerausdrucken, auf denen die Gesichter vom Hasen, h.b., Kookie, Jo, Yves und Arif abgebildet waren. Der Mann, der Yves gepackt hatte, verglich zufrieden das Bild mit der realen Yves. Er schüttelte sanft den Kopf. »Du hättest dir wenigstens eine Mütze aufsetzen können, Mädchen, du machst es uns wirklich einfach.« Dann holte er langsam und lächelnd aus, schlug ihr mit der flachen Hand ins Gesicht und zischte: »Du Terroristen-Fotze!« Für den Bruchteil einer Sekunde stand die Welt still. Eine Spreemöwe schrie, die Sonne schien, es war ein schöner Tag. Der Mann holte noch einmal aus, schlug Yves ins Gesicht und brüllte: »Du Negerschlampe!« Dann brach die Hölle los. Von allen Seiten droschen Fäuste auf Yves ein, bis sie, die Hände über dem Kopf, zu Boden ging, sich zusammenkrümmte und es Tritte hagelte. Auch Jo wurde von einer Menschentraube umringt, zu Boden gerissen und festgehalten, während ein junges Mädchen ein Klappmesser zückte und mit kippender Stimme kreischte: »Du Mörder, du Terrorist!« Arif rief: »Ich bin ›Flash Gordon‹, ihr kennt mich, ich bin ein Jäger, ich bin Thomas Freund, ihr kennt mich aus net.tv, ich bin kein Terrorist!« Die Gruppe um ihn herum zögerte unschlüssig, ein kleiner Junge schubste ihn. Durch das Geschrei der aufgebrachten Menge drang eine Sirene, etwa zehn net.tv-Officers sprangen aus dem Einsatzwagen und bahnten sich mit Schlagstöcken den Weg durch das Gewühl. Sie zerrte die Leute von den Verwundeten und führten Arif und Jo zum Wagen. Yves mussten sie tragen. »Und was ist mit meiner Jagdprämie?«, schrie der Mann, der Yves als Erster geschlagen hatte. Der Mob wälzte sich Richtung Kleinbus, die ersten Fäuste schlugen gegen das Blech, als die net.tv-Officers mit quietschenden Reifen anfuhren und Richtung Treptower rasten.

»Ich denke, du hast das schon oft gemacht!«, beschwerte sich h.b. Sie durchsuchte das t-net nach Programmen, die ihre virtuellen Identitäten eliminieren konnten, während die »Dead Cow« gemächlich mit Autopiloten Richtung Osten schipperte. Ed hackte wie wahnsinnig auf die Tastatur ein.

»Ich habe das gründlich und mit ausreichend Zeit gemacht«, erwiderte er.

»Und wie lang ist ausreichend Zeit?«

»Ein paar Wochen …«

»Du verarschst mich, oder?«

Ed schüttelte den Kopf. »Ich habe jedesmal alle über mich existierenden Daten genau recherchiert, geknackt und die Einträge geändert, verstehst du?«

»Und wie sollen wir das in ein paar Stunden schaffen?«, rief h.b. »Ich dachte, du hättest Übung im Verschwinden!«

Ed nickte. »Die Zeit ist das Problem, nicht das Verschwinden. Das hatten wir doch schon.«

»Der große Wizard Memnon entpuppt sich als Poser«, sagte h.b. ärgerlich. »Vorhin hast du so getan, als wäre das alles kein Problem für dich. Ein bisschen Daten austauschen und schon ist alles wieder gut. Hätte ich mir denken können, dass da was nicht stimmen kann.«

»Wir lösen es anders.«

»Und wie?«

»Kind, hör auf, so eine Panik zu verbreiten. Ich weiß auch noch nicht wie. Dazu müssen wir unsere Köpfe anstrengen. Panik können wir jetzt nicht gebrauchen.« Ed klang, als müsste er sich selbst überzeugen.

Ich nähere mich dem Portal von net.tv, türkis grinst mir der Fisch ins Gesicht. Ungut, das, was ich hier mache, ist ungut und ungesund. Die haben mich genau im Blick, hier komm ich nicht wieder weg, ich weiß jetzt schon, dass es ein Fehler war herzukommen. Ich habe dem Hasen mein Speedy-Shirt geliehen und selbst den Rucksack auf, Fahrradkuriere kommen überall rein, dachte ich mir. Rein kommen sie überall, aber rauskommen wird das Problem. Wir kommen aus zwei unterschiedlichen Richtungen und gehen mit ein paar Minuten Abstand rein, zwei Kuriere, die zufällig in der Halle aufeinandertreffen, kann mal passieren, dass zwei gleichzeitig da sind bei so ner großen Firma wie net.tv, völlig unauffällig, dachte ich mir. Der Hase ist schon drinnen, hoffentlich noch nicht zu lange. Der Pförtner scannt den ID-Code auf meinem Rucksack, die Türen gleiten beiseite. Cremefarbener Marmor in Kathedralenausmaßen, die Eingangshalle würde Gotham City alle Ehre machen. Ein riesiger Wallscreen, kinoleinwandgroß, »RunRabbitRun« wird live übertragen. Davor stehen einige Leute und glotzen, auch der Hase steht dabei. Ich stelle mich neben ihn und tippe ihm auf die Schulter. Er fährt zusammen.

Der Vater des Hasen saß auf einem der Zeugensessel, Tobby Reissen beugte sich zu ihm hin und legte ihm die Hand auf den Rücken.

»Herr Schröter, es gibt eine dramatische Wendung. Unsere Bemühungen um die Befreiung ihres Sohnes aus den Klauen der Greeks haben unerwartet neue Erkenntnisse ans Tageslicht gebracht.« Tobby Reissen machte eine bedeutungsschwangere Pause und drückte dem Vater tröstend die Schulter. »Herr Schröter, bleiben Sie stark. Es gibt vieles, was darauf hindeutet, dass der Hase seit längerem mit den Greeks zusammenarbeitet.«

Die Hasenmutter stieß einen Schrei aus: »Nein, das kann nicht sein, das muss ein Irrtum sein!«

Der Vater hob die Hände und ließ sie wieder in den Schoß fallen. »Und ein Irrtum ist ausgeschlossen?«, fragte er.

Tobby Reissen klopfte ihm auf die Schulter, nickte ernst und bestätigte:
»Ein Irrtum ist ausgeschlossen.«
Der Vater hob noch einmal die Hände, ließ sie kraftlos fallen.
»Ja, was soll man dazu sagen.«
»Sind Ihnen die terroristischen Umtriebe Ihres Sohnes nie aufgefallen?«
»Natürlich nicht, wofür halten Sie mich? Ich kann das nicht so recht glauben.«
»Manchen Eltern fällt es schwer, zu akzeptieren, dass ihre Kinder auf Abwege geraten sind.«
»Also, das kann ich nicht behaupten.«
»Sie akzeptieren also, dass Ihr Sohn ein gesuchter Terrorist ist?«
»Nein, ich weiß nicht.«
Tobby Reissen wandte sich wieder an das Publikum.
»Nun, um auch Ihnen unsere Erkenntnisse über das terroristische Netzwerk der Greeks und die Rolle des Hasen nahe zu bringen, werden zwei Spezialistinnen zu Wort kommen. Frau Verena Kauffinger vom Ministerium für Innere Sicherheit und Terrorismusabwehr, die Sie ja bereits kennen, und Frau Schmidt-Schöffenbacher, Senderchefin von net.tv und Kommunikationspsychologin.«

Ich ziehe am Hasenarm. Jetzt weg, weg, weg, schnell, sofort. Der will nicht, der Hase, und sperrt sich gegen mein Ziehen. Ich hake ihn unter und zerre ihn raus. »Weg hier!«, zische ich. Ich winke dem Pförtner zu, rufe: »Das ist ja mal ein Ding mit dem Terror-Hasen!«, und schleife den Hasen durch das Portal hinaus zu Schrotti.

»Hier, wie wärs mit Trace-Scrambler?«, schlug h.b. vor. Bis jetzt hatten sie im Tool-Archiv des t-net kein geeignetes Programm gefunden, um ihre Identitätsdaten zu löschen und auszutauschen. h.b. ahnte langsam, dass ein solches Tool schlicht und einfach nicht existierte. Alle Datenbanken zu finden, in denen Informationen über sie gespeichert waren, in sie einzubrechen und die Einträge zu löschen, das konnte kein einzelnes Tool leisten, dazu war tatsächlich wochenlange, mühselige Kleinarbeit notwendig. Und dafür hatten sie keine Zeit.

»Was macht Trace-Scrambler? Spuren löschen?«, wollte Ed wissen.

»Im Gegenteil. Es generiert so viele falsche Spuren, dass die Information zur Desinformation wird. Wie ein Fußabdruck, über den hunderte andere drübertrampeln.«

»Das könnte uns weiterhelfen. Erzähl mal genauer, was Trace-Scrambler kann.«

»Wenn ich ein Suchwort eingebe, also zum Beispiel meinen Namen, findet Trace-Scrambler alle frei zugänglichen Daten im Netz, die es dazu gibt. Dann verbindet Trace-Scrambler die gefundenen Daten mit beliebigen anderen Daten und generiert mit diesem Gemisch Homepages, Mailarchiv- und Newsgroup-Einträge in unendlichen Variationen. Diese Klone der originalen Datenmenge sind die Grundlage für die nächste Generation Klone und so weiter, sodass sie sich langsam, aber sicher immer mehr vom Original entfernen. Aus der Masse der Informationen ist irgendwann die echte über dich als Person nicht mehr zu finden. Jedenfalls nicht im www.«

»Das ist schon mal ein guter Anfang«, meinte Ed.

»Aber es langt nicht«, fügte h.b. hinzu. »Erstens können die falschen Homepages und Archiveinträge herausgefiltert werden, wenn sich jemand ein paar Stunden dransetzt. Die enthalten zwar alle unterschiedliche Textinformation, weisen aber ähnliche Programmstrukturen auf. Und zweitens kommt Trace-Scrambler nicht in die gesicherten offiziellen Datenbanken. Wir haben immer noch das Problem, dass wir unsere Originaldaten vollständig verschwinden lassen müssen.«

»Ich weiß«, seufzte Ed. »Wir müssen uns in komplett neue Personen verwandeln.«

»Vielleicht müssen wir das gar nicht«, meinte h.b.

»Wieso?«

»Überleg mal. Die einzigen Daten, die uns gefährlich werden könnten, sind die von net.tv. Vielleicht langt es, unsere Spuren mit Trace-Scrambler zu verwischen und zusätzlich die Informationen zu vernichten, die net.tv über uns hat.«

»Du weißt, dass wir uns bei net.tv nicht eben mal schnell einhacken können, die sind zu gut gesichert«, gab Ed zu Bedenken.

»Dann müssen wir es eben von innen machen!«

Frau Schmidt-Schöffenbacher schloss ihren Vortrag mit den Worten: »Und so kommt es in der beschriebenen Konstellation zwingend zu einer Identifikation mit dem Aggressor. Ihr Sohn, der die soeben beschriebenen ängstlichen, gehemmten, autoaggressiven Persönlichkeitsstrukturen aufweist, hat sich mit den Greeks, den eigentlichen Aggressoren, so stark identifiziert, dass er danach strebt, mit dieser Gruppe zu verschmelzen. Die Gruppenzugehörigkeit bietet eine Art perverser Ersatzfamilie.«

Neben Frau Kauffinger und Frau Schmidt-Schöffenbacher saßen Herr und Frau Schröter in den türkisen Sesseln.

Tobby Reissen wandte sich an den Vater: »Was sagen Sie dazu, haben die Erläuterungen unserer Expertin Ihren Sohn treffend beschrieben?«

»Ja, dann ist das wohl so«, sagte der Vater.

»Und wie würden Sie Ihr Verhältnis zu Ihrem Sohn beschreiben, Frau Schröter?«

»Wie soll ich das sagen? Er war halt nie so begabt wie sein älterer Bruder Mark«, antwortete die Mutter.

»Was meinen Sie damit, können Sie ein Beispiel bringen?«

»Er konnte nie was ordentlich zu Ende bringen«, sagte die Mutter.

»Er hat uns immer wieder enttäuscht, wenn Sie wissen, was ich meine«, fügte der Vater hinzu.

»Das kann doch wohl nicht sein! Hase, die haben deinen Eltern was eingeflößt, die zwingen die dazu, Scheiße zu reden!« Der Hase sitzt im Gras, als wäre er schockgefroren und sagt nichts. Wir sind nach Kreuzberg in den Görlitzer Park geflüchtet, sitzen abseits auf der Wiese und gucken »RunRabbit-Run« per Smartie.

»He, das sagt der bestimmt nur in der Show, der meint das nicht so, das ist ein schlauer Trick von deinem Vater.«

Der Hase schüttelt den Kopf, als hätte er Wasser in den Ohren.

Ich rede weiter: »Dein Vater sagt das nicht freiwillig, die haben den dazu gezwungen. Sonst kriegen die deine Eltern dran wegen Unterstützung von Terrorismus oder so.«

Der Hase schüttelt immer noch den Kopf. »Mein Vater meint, was er sagt.« Das Schütteln geht in ein Zucken über, das Hasenzucken. »Ich hab versagt, ich hab wie immer versagt«, zuckt er. Mit dem Häschen sitz ich in der Falle, sitz ich in der Grube und komm da nicht mehr raus. Ich lege meinen Arm um den Hasen und fange an zu summen: »Häschen in der Grube, saß und schlief, saß und schlief, armes Häschen bist du krank, dass du nicht mehr hüpfen kannst.« – »Willst du mich verarschen?« – »Tschuldige, war nicht so gemeint.«

Jo stellte seinen Blick unscharf. Er musste sich konzentrieren, er durfte sich nicht ablenken oder einschüchtern lassen, er musste diese Prüfung bestehen. Er setzte sich gerade hin und konzentrierte sich auf seinen Atem. Das Blut lief ihm in die Augen, der Mob hatte ihm »Terrorist« in die Schädelhaut geritzt. Zu viert hatten sie ihn festgehalten, während ein junges Mädchen in seine Kopfhaut schnitt. Wenn Narben blieben, würde er sich die Haare wachsen lassen müssen. Panik schwappte über ihn. Er durfte jetzt nicht an seinen Schädel denken, nicht an das verschandelte Tattoo, er durfte jetzt nicht Trauer oder Entsetzen empfinden, er musste sich loslösen von seinen Gefühlen und sich konzentrieren. Er bemerkte, wie das Blut auf das türkise Leder des Sessels tropfte und einzog, fast schwarz wurde das Leder dabei. »Immerhin den Sessel versaue ich euch«, dachte er. Jo atmete langsam ein und aus und ließ seinen Blick durch den Raum schweifen. Geradeaus, in den

Zuschauerraum hinein, konnte er nichts erkennen, die Scheinwerfer blendeten zu stark. Arif rannte mit geschwollenem Auge auf der Bühne rum und versuchte den peinlich berührten Kameraleuten zu erklären, warum er gar nicht dazu gehörte, warum das alles ein fürchterlicher Irrtum war. Von Arif war keine Hilfe zu erwarten. Im Sessel neben ihm hing, eng zusammengekrümmt, Yves. Sie hatte es am schlimmsten erwischt, ihre gebrochene Nase hatte wieder angefangen zu bluten. Vermutlich konnte sie ihm auch nicht helfen. Helfen bei was eigentlich? Jo fühlte, wie seine Intuition am Rande seines Bewusstseins winkte. Neben Yves stand h.b.s Rucksack. Irgendwas an diesem Rucksack ließ seine Intuition aufgeregt auf- und abspringen und wilde Zeichen machen. Irgendetwas war IN – er beugte sich nach unten und wühlte im Rucksack. Eine Taschentuchpackung geriet ihm in die Finger, zwischen den Taschentüchern fühlte er etwas Flaches, Hartes – h.b.s Memcard Fucky. »Was machst du da?« Er fühlte die Pranke eines net-tv-Officers auf seiner Schulter. Vorsichtig drehte Jo sich um, sagte: »Ich wollte mir die Stirn abwischen«, zog ein Taschentuch aus der Packung und wischte sich das Blut von der Stirn. Dann wandte er sich wieder an den Officer: »Entschuldigen Sie bitte, ich müsste mal dringend austreten, bevor die Show anfängt.« Der Officer ignorierte ihn. »Ich sollte mir vermutlich auch noch mal das Gesicht waschen«, fügte Jo hinzu und strich sich über die blutverklebte Stirn. Der Officer sprach in sein Headphone. Dann sagte er, zu Jo gewandt: »Mitkommen!«, und packte ihn beim Arm. Sie verließen die Bühne und gingen einen türkisgrünen Flur entlang. Links und rechts führten Türen zu Büros. Irgendwie musste er in eins der Büros kommen, irgendwie musste er Zugang zu einem Computer bekommen, irgendwie musste er Fucky in einen der Computer schieben. h.b. hatte erwähnt, dass sich auf Fucky ein Virus befand, der net.tv lahm legen würde. Jo riss sich los und stürmte in das nächstbeste Büro. Der Officer war sofort hinter ihm, drückte ihm den Arm auf den Rücken und presste ihn gegen die Wand. »So nicht, Freundchen.« Er verpasste Jo einen Schlag in die Nieren, dass ihm die Luft wegblieb. Dann führte er ihn aus dem Büro wieder Richtung Bühne. Alles war so schnell gegangen, dass Jo noch nicht einmal gesehen hatte, ob Leute in dem Büro gewesen waren. Er schnapppte nach Luft: »Toilette bitte.« – »Die Pinkelpause hast du dir gerade verscherzt.« Der Officer schubste ihn weiter. »Bitte.« Jo blieb stehen, der Officer gab ihm einen Stoß. Das war seine letzte Chance, die allerletzte, Jo war sich plötzlich sicher, dass es keine zweite geben würde. Er presste und fühlte, wie sein Urin einen warmen, feuchten Fleck auf seiner Hose bildete und langsam an seinem Bein herunter auf den Teppich rann. »So eine Sauerei!«, schrie der Officer und schubste ihn wieder in die richtige Richtung, weg von der Bühne, hin zu den Toiletten. Er gab Jo einen Stoß und postierte sich vor der Toilettentür. Jo betrat mit zitternden Knien die Herrentoilette, versuchte ohne Erfolg, seine Hose mit Klopapier trockenzureiben und wusch sich das Blut von der Stirn. Aus dem Spiegel sah ihm ein totenbleicher junger Mann entgegen, auf dessen Stirn in eckigen Buchstaben »TSIRORRET« geritzt war. Jo sah diesem fremden jungen Mann in die Augen und schwor ihm, sein Leben grundsätzlich zu ändern, falls er aus dieser Sache heil herauskäme. Falls.

Yves ging es schlecht, sehr schlecht. Sie hatte drei angebrochene Rippen, eine gebrochene Nase und unzählige Prellungen. Nur innere Blutungen hatte sie vermutlich keine, wie ihr die net-tv-Ärztin mitgeteilt hatte. Sie hatte eine Amphetaminspritze bekommen, war dann auf die Bühne geschleppt und auf einem Sessel platziert worden. Die Scheinwerfer waren so grell, dass sie die Augen nicht richtig öffnen konnte. Sie sackte immer wieder in sich zusammen und kämpfte dagegen an, das Bewusstsein zu verlieren. Verschwommen tauchte Jo neben ihr auf und schob ihr etwas zu. Automatisch legte sie die Hand darauf.

»Yves, du musst das in einen Computer schieben«, zischte Jo. Yves schüttelte schwerfällig den Kopf. »Tu so, als fielest du in Ohnmacht!« Jo sprang auf, rief etwas und rannte auf die Bühne. Sofort umringten ihn net-tv-Officers. Yves schob mit großer Anstrengung die Memcard in ihren Hosenbund und sackte auf dem Tisch zusammen. Gedämpft hörte sie, wie Jo zeterte: »Ihr müsst der Frau helfen, die kratzt hier ab, die muss in ein Krankenhaus!« Sie spürte, wie sie gepackt, hochgehoben und durch Gänge getragen wurde. Türkis und weiß zog in Schlieren der Flur an ihr vorbei. Sie wurde auf einer Liege abgesetzt, das Gesicht der net-tv-Ärztin schwamm über ihr. »Noch eine kleine Amphetaminspritze, dann kann sie wieder auf die Bühne. Holt sie in zehn Minuten ab«, sagte die Ärztin. Yves spürte einen Stich und hörte sich entfernende Schritte. Sie zwang sich, die Augen ganz zu öffnen und rollte sich auf die Seite. Ein stechender Schmerz fuhr ihr in die Seite, sie japste. Langsam kam sie in die Senkrechte, ihr war schwindelig und übel. Die Ärztin war nicht im Raum. Auf dem kleinen Schreibtisch stand ein Labtop. Sie hievte sich hoch, machte ein paar wackelige Schritte durch den Raum, stützte sich schwer auf den Schreibtisch, zog Fucky aus ihrem Hosenbund und schob die Memcard in den Laptop. Sie stieß sich von der Tischplatte ab, machte einen weiteren Schritt Richtung Tür, konnte sich nicht mehr halten und stürzte zu Boden.

h.b. drückte sich vor dem Eingang von net.tv herum. Es war ein Dilemma. Sie musste IN das Gebäude, um Zugang zu den Rechnern zu erhalten. Das war der einzige Weg, es gab keinen anderen. Ed hatte gekniffen, Ed hatte ihr seine Memcard zur Verfügung gestellt und das Virus draufgeladen, dann hatte er sie an Land gebracht und sich verabschiedet. Sie war allein und hatte keine Ahnung, wie sie in das Gebäude kommen sollte. Sie sah zwar mit Glatze anders aus als noch vor ein paar Tagen, aber die biometrischen Programme von net.tv hatten sie bei der

Feier sogar mit Schminke erkannt. Vielleicht sollte sie einfach durchrennen, so schnell sie konnte, und hoffen, irgendwo einen Computer zu sehen, um das Virus installieren zu können? Blödsinn. So etwas klappte nur in Filmen, sie würden auf sie schießen, sie würde nicht weit kommen. Ihr Action-Repertoire war begrenzt. Der einzige Weg, in das Gebäude zu kommen, war der Vordereingang. Und genau der war ihr versperrt. Es war zum Verzweifeln. h.b. starrte auf die Scheibe des Eingangs, als könne ihr Blick das Glas zum Schmelzen bringen. Auf einmal bemerkte sie Bewegung im Wachpersonal in der Vorhalle. Eine Sirene erklang, Leute begannen wild durcheinander zu rennen und aus dem Gebäude zu strömen, mit der Schiebetür schien etwas nicht zu stimmen, sie schloss und öffnete sich in unregelmäßigen Abständen und trug zum großen Durcheinander bei. h.b. bewegte sich näher an den Eingang heran, niemand schien ihr Aufmerksamkeit zu schenken. »Ein Anschlag, das ist ein Anschlag, wir müssen das Gebäude evakuieren!«, schrie einer der Officers. h.b. schlüpfte durch die Tür. Sie war drin. An ihr vorbei rannten die Leute panisch nach draußen, stauten sich immer wieder vor der sich schließenden und wieder öffnenden Tür, drängelten und drückten. h.b. hielt sich an der Wand, um nicht umgerannt zu werden. Auf dem riesigen Wallscreen in der Eingangshalle flackerte es, eine Art Klingel ertönte. Das Klingeln kam h.b. bekannt vor. Sie fing an zu lachen. Die anderen waren schneller gewesen als sie. Auf dem Wallscreen erschien das net.tv-Logo, der grinsende türkise Fisch. Der Fisch verzog seinen Mund nach unten, blähte sich auf und platzte. Aus den kleinen Teilchen fügte sich ein neues Bild zusammen: die Comicversion eines hölzernen Pferdes. Eine Bauchklappe öffnete sich, aus der sich eine Schriftrolle entfaltete. Die Buchstaben darauf wuchsen, bis sie deutlich zu lesen waren:

Information wants to be free! Reclaim the Cyberspace!

We reclaim the cyberspace as a collective place of sharing thoughts, information and knowledge. Cyberspace was not meant to be mutilated by the »Duty of Copyrights Act« nor was it meant to be reduced to a giant shopping mall. What was meant to be a worldwide space of communication is now enslaved by the transnational net- and entertainment corporations.

Information wants to be free!
Share your knowledge!

We are the virus in your system,
the Greeks

Epilog

Es war schneidend kalt, Kookies Atem gefror in ihren Wimpern. Vor den Mund hatte sie sich einen Schal aus Thermoflies gezogen. Sie fuhr auf der Bernauer Richtung Eberswalder Straße, links erstreckte sich der winterliche Mauerpark. Hier auf dem Schaukelhügel hatte sie oft mit Jo gesessen, früher, als Jo noch in der Behmstraße wohnte. Bevor sie »RunRabbitRun« gespielt hatten, bevor die Informations-Terrorismus-Hysterie ausgebrochen war, bevor massenhaft Personen unter Terrorismusverdacht verhaftet wurden, bevor alle Menschen tagelang in den Ämtern anstanden, um alle biometrischen und genetischen Daten freiwillig registrieren zu lassen. Bevor Jo aus der Stadt verschwunden war, ohne sich zu verabschieden. Kookie bremste ab, schwenkte nach links und sprang auf den Bürgersteig. Sie schaltete in einen kleinen Gang und strampelte den Schaukelhügel hoch. Die Reifen knirschten auf der hart gefrorenen Erde, Kookie schnaufte. Der Hügel war menschenleer. Langsam rollte sie die Kuppe entlang, sprang ab und blickte über den Park. Bis auf das gedämpfte Brummen des Stadtverkehrs war es völlig still. Am Fuße des Hügels hatten ein paar Menschen ein Lagerfeuer angezündet. Sie standen drumherum, tranken Bier und rieben sich die Hände. Die Szene war seltsam stumm, wie ein Film ohne Ton. Ein dünner Sichelmond stand über den Hochhäusern. In den hell erleuchteten Wohnungen saßen die Menschen jetzt beim Abendessen. Ein Flugzeugdröhnen kam langsam näher, schwoll an, hing eine Weile über ihr und klang wieder ab. In die zurückgekehrte Stille brach ein Knarzen, ein Knarzen und Quietschen. Jemand schaukelte. Kookie stellte Black Beauty an die Mauer und ging dem Geräusch nach. Das gefrorene Gras knisterte unter ihren Füßen. Sie lehnte sich an den Schaukelpfosten und sagte: »Hallo.« Die Schaukel schwang langsam aus. »Hallo Kookie«, antwortete Jo. »Wie hast du mich gefunden?« – »Son spontanes Gefühl«, sagte sie knapp. Sie ging zu einer der Bänke und setzte sich auf ihre Messengertasche. Jo setzte sich neben sie.

»Wo warst du?«, fragte Kookie.

»Hab mir den Osten angeschaut«, sagte Jo.

»Mmh.« Kookie starrte geradeaus auf den Mond.

»Ich musste raus aus der Stadt.«

»Einfach verpisst hast du dich, so siehts aus.« Kookie rieb ihre Hände aneinander.

Jo zog aus seiner Manteltasche einen Tabakbeutel und Blättchen.

»Und, wie gehts dir und den anderen?«

»Wir haben uns ne Weile nicht gesehen. Hatten Panik, wegen den ganzen Verhaftungen.«

Jo rollte den Joint zwischen den Fingern, leckte die Gummierung an und klebte ihn zu.

»Anrauchen?« Jo reichte Kookie den Joint und gab ihr Feuer. Sie zog heftig, die Papierspitze loderte kurz auf. Kookie stieß den Rauch aus.

»Hast du gehört? Net.tv bringt ein neues Format raus.«

Jo nahm den Joint entgegen. »Echt?«

»Die haben schon über ne Million Bewerbungen für die Show.«

»Um was gehts denn?«

»Eine Gruppe, die Aufgaben lösen muss. Zusammen.«

»Über eine Million Bewerbungen. Was gewinnen die?«

»Visioneyes.«

Jo schwieg und zog am Joint. Kookie zitterte und presste die Kiefer zusammen, um nicht mit den Zähnen zu klappern. Jo ließ seinen Blick über den Park schweifen, über den Hügel, über das kleine Feuer mit den paar Gestalten, über die mickrigen, kahlen Bäume und atmete langsam aus.

Jeder Text ist ein kollektives Werk. Und deswegen danke ich:

Elke und Rolf für die moralische und monetäre Unterstützung
Holger und Klaus für die technische Beratung
Christine, Doris, Henny, Jakob, Nele, Pierre, Sepp, Tine und Uwe fürs konstruktive Testlesen
Kerstin und Ellen für die gute Arbeitsatmosphäre
Christine und Christian für das Audion
Teresa für die Bootssiedlung
Conrad fürs Berlinern

Und Heinke Hager, die immer von diesem Projekt überzeugt war.

PIPER ORIGINAL

Falko Hennig

Radio Hochsee

139 Seiten. Klappenbroschur

Falko Hennig reist aufs Land – und macht Erfahrungen mit der Heißen-Kühlschrank-Karte und dem Häßlichen-Biber-Ticket. Gibt's nicht, sagen Sie? Stimmt, könnte aber gut sein: Falko Hennig beobachtet den täglichen Aberwitz in unserem Leben und übertreibt, maßlos. Er erzählt von esoterischen Autowerkstätten und lispelnden Kellnern, von Dönerschorle und unvorstellbaren Geräuschtapeten.
Ausgestattet mit dem Wortwitz und der Phantasie des großen Komikers gelingen Falko Hennig hinreißende Szenen und reihenweise verblüffende Pointen. Wie würde sein legendärer Kellner sagen: »Daß müßen ßie leßen!«

04/1032/01/L